浮生有你

吴旭春　著

求真出版社

图书在版编目（CIP）数据

浮生有你 / 吴旭春著 . —北京：求真出版社，2023.7
ISBN 978-7-80258-295-8

Ⅰ . ①浮…　Ⅱ . ①吴…　Ⅲ . ①传记文学—中国—当代　Ⅳ . ① I25

中国国家版本馆 CIP 数据核字 (2023) 第 055302 号

浮生有你

著　　者：吴旭春
责任编辑：吴绍兵　张力方
出版发行：求真出版社
社　　址：北京市西城区太平街甲 6 号
邮政编码：100050
印　　刷：北京建筑工业印刷厂
经　　销：新华书店
开　　本：710 × 1000　1/16
字　　数：220 千字
印　　张：17.75
版　　次：2023 年 7 月第 1 版　2023 年 7 月第 1 次印刷
书　　号：ISBN 978-7-80258-295-8 / I · 64
定　　价：49.00 元
编辑热线：（010）83190296
销售服务热线：（010）83190520

序 一个家的『完整』记忆

张大诺[1]

到目前为止，由我指导残疾人士创作的个人自传，已经出版40本书。在我看来，每一个作者都是一个谜，这个谜，从他们出生的时候开始：他们将怎样走向力量、热爱以及自我和解。

而更大的谜在于：他们身边的爱人。他们是怎样无怨无悔来到爱人身边，大都以十年以上的岁月，尽心尽力呵护照顾残疾伴侣。

所以，我也一直期待有一个人，能够记录下这整个过程。但这确实很难。因为，它需要同时具备三个条件：第一，他们携手相伴十年以上；第二，这个爱人，有着同样优秀的文笔；第三，有着强烈的表达冲动。

近20年的指导生涯，终于等来了这样的一个人，他，就是方华清的爱人阿春。

之前，我指导华清创作出版了三本书，其中一本，是关于她与阿春的爱情、婚姻。而现在，我开始指导她的丈夫阿春创作。

---

①本文作者，中央电视台“中国好书”获奖作家，本书指导老师。

在一个视频之中，我看到：华清坐在轮椅上，阿春在认真地给她梳头，动作从容娴熟，就像是一个母亲在为女儿梳头一样。

一个男人，十年如一日为自己的妻子梳头。仅仅这一句话，就让我们觉得：他的人生，以及这本书，有着非常不一样的内容，以及情感容量。

一切都是那么平常，岁月如水，每一天的早晨，一个女人，因为手抬不起来，没有办法“对镜贴花黄”，但是，有一个站在她背后的男人，心甘情愿为她梳头一辈子。

另外一个场景，出现在华清写的书里：阿春抱着她，在火车的过道里行走。一不小心，一个踉跄要摔倒，阿春首先想到的，是不能让妻子受伤，他以跪倒和半跪的姿势，摔在过道上，怀里仍然抱着华清。

这一幕，像极父母对待婴儿的本能反应。但父母的本能反应是天生的，阿春这种本能，是后天的。在生命前三十年的岁月中，他并不认识这个女人；在未来几十年岁月中，他要和这个女人相伴一生。在角色转折的时刻，这样的本能立刻出现，永远都在。

在人类的历史上，把自己的爱人当作“婴儿”，并且拥有守护婴儿的本能，这不是每个人都能做到的，这又是一种怎样的爱的情感？

第三个场景，是我去他们俩开办的民宿探访。阿春的话不多，坐在旁边，看着我和华清聊天儿。认识他这么多年，他的表情是一贯的：非常平静，又非常坚定。让你觉得，如果你是华清的家长，你会很放心把她交给对方。这种平静的坚定，让你仿佛看到未来的时光，那里有着超然的稳定，以及安全感。

指导完阿春的书后，我有一个强烈的感觉：阿春一直在寻找一个家。一个安稳的、温暖的——叫做家的——家。家，对于阿春来讲，像是一种信仰。

这个简单的愿望，前三十年，他一直不敢奢望，之后，他决心自己去创造、去努力，甚至去“战斗”，以获得它。

生命旅程，因为这样一场最简单也最坚决的“战斗”，变得倔强以及美丽。

黄昏夕阳之下，安徽歙县的一条古街上，阿春推着华清在青石板路上“咯噔噔”走着。在阿春的心中，他在推着一个此生值得的女人；他在呵护着，一个此生值得的家。那“咯噔噔”的声音，是在告诉世人，有一对夫妇，和大家一样，回家了。

而这个家，又有些特别，它创造了一个历史：

两个人，各自创作了一本描写婚姻生活的书。这本书，同时拥有了丈夫和妻子两个人生，是一个家的 a 面和 b 面——将一个家全面地呈现，是一个家真正的完整记忆。

这在文学史上，绝对是为数不多的佳话。

佳话，家话，真正的一家的佳话。

目录

第一章 自己养活自己

没妈的孩子是根草

厚厚的积雪在脚下发出咯吱咯吱的声音，我奋力往山坡高处爬着，在一块树木稀少的地方停了下来。兴安岭雪原在阳光下白得耀眼。我喘着粗气，跺了跺鞋上的雪，兽皮缝制的鞋面便清爽了。身旁的白桦树林冲天而起，光秃秃的枝丫，仿佛伸到了蔚蓝的天空之上，好像顺着树就能爬到天上去。转身回望，脚下是白雪覆盖的厚实大地，群山延绵。我站在这天与地的中间，是自然界的一部分，这种感觉很亲切，很舒服。

我是鄂温克族人阿格迪，再过十多天，就是1993年春节，过了年，我就十七岁了。我的祖祖辈辈都生活在内蒙古东部、大兴安岭的山林里，养驯鹿，狩猎，我喜欢这种自由随性的生活。前方的雪地里，有一堆一节节的粪便，有只傻狍子不久前在这里经过，我眼前闪过那狍子一蹦一跳的呆萌样子，我笑了。

“阿格迪，过来啦。”

伙伴们的喊声从半山坡传来，他们带着猎物准备下山了。冬天的兴安岭，太阳下午三点半就落山。

很快，太阳消失在云层中，雪大片地飞舞起来，我和伙伴们骑着马，加速返回……

院子里，厚厚的积雪把屋门封住了。我知道父亲又是几天没回家了，在院墙边找到一把铁锹，把门口的雪清理掉，打开门，破旧的木门发出让人不舒服的咯吱声，一股寒意扑面而来……我赶紧抱柴火生火，把炉子点起来，坐在炉子边，看着土墙上挂着霜，一阵悲凉从心底涌出，如果妈妈和姐姐在多好……

1984 年 6 月，父母离婚了。这一年我八岁，姐姐十岁，妈妈抛下我们走了。失去妈妈的孩子是自卑伤心的，每天都在想妈妈。一天，姐姐突然就失踪了，大人们找了几天都没找到。

这天下午，我在操场上体育课，一个熟悉又亲切的声音在叫我，回头一看是姐姐。

“走，我们去找妈妈。”

姐姐一把抓住我的手。透过姐姐温暖的手，我感觉妈妈就在不远的地方，没有丝毫犹豫，就跟着姐姐走了。那个年代的农村，体育课大部分时间就是孩子们自己在操场玩耍，没有老师看到我离开。

我和姐姐走出了内蒙古那个叫南木的村子，在火车站上了火车，到扎兰屯换乘了去北京的车次。姐姐已经打听到这趟列车是开往北京的。记得妈妈说过，姥姥家在唐山，离北京很近，到了北京应该很快就可以找到妈妈了。可当我们到了北京，看见北京的高楼大厦，车来车往……才知道北京好大，离唐山还挺远的，姐姐和我都不知所措了，也不知道怎么去唐山。我急得哭了起来，姐姐抱着我，说我们一定能找到妈妈。

姐姐在火车站附近找到一个废弃的铁路小工房，里面有一张破旧的铁架床，姐姐用纸板把破窗子封上，我们在里面住了下来。白天，姐姐出去找吃的，有时是面包，有时候是人家丢掉的水果，更多的是在饭店里捡的剩饭剩菜。就这样，我和姐姐在北京站徘徊了半个月左右。我们打听到有直达唐山的临客列车，几次想从检票口上火车，因为没有车票被拦了下来。后来，姐姐想到一个办法，绕过车站，沿着铁道直接走到火车停靠处，然后钻进火车底下。两个人蹲在火车轱辘中间的横梁上，这样扒火车走。那横梁的宽度正好和我的脚一般大，顶上刚好有突出的零件可以当把手用。我们就这样试了几次，最后找机会“坐”上了开往唐山的火车。

伴随着一声长长的汽笛声，火车缓缓启动着，蹲在火车底下的我，心情也兴奋起来。妈妈就在唐山，下了火车就应该能见到妈妈了。可是随着火车越来越快，铁道就像闪电一样唰唰地在脚底闪过，很快，铁道和碎石子就看不见了，眼前一片白光。风越来越大，像无数只手把身体往下推，随时都能把人吹落。我感觉自己抓不住了，死亡的恐惧瞬间使我绝望地哭了起来，我无助地用最大声向上面喊着:“上面的人，救命呀！”也不记得喊了几声，喊了多久，最后发现只有自己能听见……转头看见姐姐，她苍白的脸上满是惊恐，但嘴巴在说话，铁轨加上风声完全把她的声音淹没了，从嘴型看得出她在说，抓住，抓住……真不知道当时是怎么坚持下来的，才八岁、十岁的两个孩子……时间一长手就麻木了，根本不听指挥，只知道必须抓住，掉下去就没命了。求生的本能和对妈妈的思念激发出强大的意志力，我们就这样苦苦支撑了两个小时，终于，火车缓缓地停靠在唐山火车站。

我第一时间想着赶紧出去，却发现身体不听使唤，两只手已经僵硬松不开了，越紧张越拿不下来。突然，姐姐一下滚落到铁道中间，她挣扎了一下，跪起身，拽着我的手臂，帮我把手打开从上面拉了下来。我想抬腿往下走，突然身体一空也摔了下去，我发觉膝盖也一样不听使唤了，但心里知道要赶紧离开铁轨，一会儿车子开动就真的要死掉了。两个人手脚并用，像毛毛虫一样蠕动着往外爬，姐姐在后面把我往外顶，我先爬出了铁轨，然后姐姐爬了出来。爬到铁轨外边，人已经没有力气再动了，正好铁道石子有坡度，我们就顺着石子坡滚到安全地带。随即，火车就启动了。

我们在路边爬不起来了。这时，走过来一个铁路工人大叔，看见我们，他眼睛瞪得溜圆，吃惊地说："是不是扒火车了？胆儿真大呀！命真大呀！"他把我和姐姐扶起来，指着不远处说："从那里可以出去。"

好心的大叔还从口袋里掏出一张五毛钱的纸币，递给姐姐。走出铁道口，姐姐去买了几个烧饼。我头昏昏沉沉的，没有胃口。姐姐赶紧摸摸我的额头："你好烫，是不是生病了？"

"我头疼，想睡觉。"我说。

我们在火车站的长凳上坐下来。我靠在姐姐身上，渐渐地失去意识，昏睡了过去。不知这样睡了多久，耳边传来嘈杂声，昏昏沉沉中，感觉到头底下软软的很暖和，我知道是姐姐。我努力睁开眼睛，看见姐姐的脸，她的眼睛红红的，挂着泪水，双手紧紧地抱着我，也不知道抱了多久。

看见我睁开眼睛，姐姐哭了："你醒了，你吓死姐姐了。"

姐姐的眼泪大颗大颗地滴到我脸上，温热的，看到姐姐这么心疼我，我又委屈又幸福。

"饿不饿？还哪里不得劲？你都睡了一天一夜了。"姐姐说。

“我身上没劲，还渴。”我说。

……

第二天，我缓过来一些了，在陌生的好心人帮助下，我和姐姐搭车到了唐山遵化——妈妈的老家。当地民政部门根据我们提供的信息，帮我们寻找母亲。一个多月，先后来了四个同名同姓的女人，都不是妈妈。又过了一段时间，父亲接到通知，把我们接回了内蒙古南木。

从那以后，姐姐就不上学了，在家照顾我和父亲生活，洗衣做饭，打理院子里的菜地。我的学费、作业本和文具，都是姐姐卖冰棍挣来的。总感觉姐姐有用不完的力气，那个沉甸甸的冰棍箱有她身体一半大，她蹲下身，把带子跨在肩膀上，然后起身，一气呵成。到了秋天，姐姐会储存好足够冬天吃的菜。

没有妈妈的日子，是灰暗的，每次和伙伴玩得开心，都会被他们妈妈那一声“回家吃饭了”打断，呆在原地的我，无比的自卑和羡慕。我心里渴望着妈妈能再一次出现，叫一声，“阿格迪，回家吃饭了。”然后我跑回家，吃着热气腾腾、可口的饭菜。

一年以后，我和姐姐又一次去找妈妈，这次我们打听到妈妈在遵化东兴庄。但是这次我们刚到哈尔滨，就被遣送回来了。几个月后再次尝试，又被遣送回来了。

转眼又过年了，父亲已经不像以前那样做冰灯给我玩了。姐姐就用罐头瓶做了一个灯笼给我玩。没钱买新衣服，姐姐就用旧衣服给我改了一套过年：上衣是棕黄色的，灰色的纽扣，裤子是用两条旧裤子改的，前面是灰色，后面是褐色。姐姐说：“这个叫作便装。”

在妈妈离开之后的几年里，年少的姐姐承担起家庭女主人的担子。她做得没有妈妈好，但至少我还可以吃上热乎的饭菜，至少姐姐会无时无刻心疼我、关心我，让我在没有妈妈的日子里，得到一丝温暖。可是命运总是会跟你对着干，姐姐十五岁的秋天，那天吃好早饭，姐姐说去采榛子，要晚上回来。

“锅里有剩饭，饿了热着吃。”姐姐说。

我不高兴地说：“剩饭不好吃。”

我做梦也想不到，这是我和姐姐最后的对话。车祸带走了姐姐，带走了我最后的温暖。从那以后，父亲彻底变了一个人，天天喝大酒，麻醉自己逃避现实，一年有一半的日子不着家……

我走到里屋，火炕已经有点热了，抱过被子铺好。蓝白花的粗布被单已经很旧了，这被单还是姐姐买的……我走出屋子，关上破旧的木门，朝三姑家走去。

三姑家暖气烧得很热，很暖和，晚饭做了酸菜炖粉条，我吃了两大碗饭。饭后，我陪着妹妹玩，不想回去。

“厨房有包子，一会儿多带几个回去，留着明天吃。”三姑说。

我应了一声。

三姑用沉重的语气说：“你阿爸喝大酒，你也指望不上他……你也是大小伙子了，三姑再好也只能管你一时，管不了一世。你要独立，不能懒惰，不指望你有多大出息，起码能养活自己……”

我没有说什么，只是默默地听三姑在说，随后，去厨房拿了几个包子就回家了。

北方的夜晚，月光照在雪地上，亮如白昼，把我瘦小的个子在雪地上拉得很长，拖拽着我朝家的方向走去。路两边的人家，窗户里透出温暖的橘红色灯光，屋里的人们笑容满面。我仿佛听到了他们的欢声笑语，自己身上愈发感觉到寒冷。想想那曾经温暖的家，如今毫无生机且冰冷，想着自己连顿饭都吃不饱，继续在家只能这样混下去，谁也帮不了我，生活也不会有什么改变。只能靠自己了。

年后一开春，我就简单收拾了行李，铺盖卷比我个子还高，扛在肩上，头也不回地踏上了打工的路程。

差点被骗到冻死街头

我在哈尔滨下了火车，七八年前找妈妈，姐姐带我来过这里。看着熟悉的火车站台，我和姐姐走过的地方……物是人非，勾起我对姐姐的思念，心里不免一阵酸楚。

老乡吴大哥来接站，带着我到了一个有几十栋住宅楼的工地。工地灰尘飘扬，道路泥泞，我跟着吴大哥走到工地宿舍，那是一个四面用砖砌起来的围墙，上面是用木方加石棉瓦做的工棚子。我们一进去，地上满是雨水，湿漉漉的，臭脚丫夹杂着汗水酸臭的难闻味儿扑面而来，让我胃里一阵干呕。

吴大哥安排我和他住在一起。工友们毫不避讳地问我："体格这么小，能干得了这活吗？"我连忙说："干得了。"生怕因为我个子小就不要我。晚饭吃的是馒头，大头菜汤里几片菜叶，一点油水也没有，我也吃得很香，吃了四个馒头。刚吃好，工头进来大声说道："卸水泥，现钱，有人去吗？"

我不假思索地站起来："我去。"

工头愣了一下，看着我："你是新来的？"吴大哥赶紧过来说了我的情况："别看他个子小，有力气呢。"

工头说："行，那你去卸吧，五吨。"

我来到工地上，看到一辆解放 141 卡车，五吨，满满一车水泥。我有点发怵，太多了，这能不能干下来……我心中没底。走到卡车前，车身有我的脖子高了，水泥还在上面，够不着……我看看四周，在泥地上找到一个铁钩子，正好拿来钩水泥。随着钩子一钩，力道没把握好，一百斤一袋的水泥加上下坠的重量，重重地砸在身上，顿时脑袋嗡的一下，身体失去重心……我本能地伸出手死命抓住车厢，才没有倒下去，也勉强接住了水泥……细细的水泥灰飞迸出来，呛得鼻子喉咙都难受，我赶紧闭上眼睛，以免水泥灰进入眼睛，水泥灰会把眼睛烧坏的。抓住肩上的水泥包，我用力挺直腰杆，水泥死沉死沉的，压得我喘气都费劲。我调整呼吸，站稳后，扛着水泥颤颤巍巍地迈出脚步，每迈一步，腿都在抖。雨后的地面，泥泞得很，我努力保持身体平衡，一步一挪……好在堆放水泥的地方只有几步远，地上有个木架子，到跟前身体一弯曲，水泥唰的一下自由落体……袋子砸到木架上，爆了，灰漏了出来。我吓了一跳，赶紧看看四周有没有人看见，还好没人。我连忙去搬第二袋，这次放下的时候就要绷住劲，用手托一下，轻轻地放，水泥没有再爆，但是更累了。

我扛了几包之后，身体有点适应了，走路稍微稳了一点。随着车上水泥位降低，可以直接把水泥拉到肩膀上，水泥堆高了，我放下去也轻松了一点。但是架不住这么多呀。我大口地喘着粗气，体力透支了，感觉大脑缺氧，有点迷糊……肩膀在疼，腰也酸，腿也疼，汗水把衣服都湿透了。长这么大，第一次干这么高强度的工作，打工的辛苦已经远远超出了我的想象。都怪自己嘴快，但我心里也知道，如果这份活做不下来，基本在工地上就做不了了。老板不可能用我，本来身体瘦小，人家就不太想用。“出来打工只能靠自己，这只不过是我进入社会，养活自己的第一步，没有半点退路，必须坚持下去。”我鼓励着自己，擦擦汗，继续干，一定要把这车水泥卸完。也不知道自己花了多长时间，终于卸完了，我用塑料布把一大堆水泥蒙上，接过工头给的十块钱，回到工棚倒头就睡了。

我就这样开始了打工生涯，工地上苦活累活经常有，也怕自己身体吃不消，但是我得坚持。转眼大半年过去了。过完中秋，十月，哈尔滨开始下雪，工地也就停工了。每天做一些收尾的活，等着开工资。这大半年，包工头只预支了生活费，过几天结算工资，就可以开到两千三百块钱，我很高兴。闲暇之余，我常去店里看衣服，想把自己打扮帅气一些，再给父亲买双大头皮鞋，大烟袋……两千三，这是一笔大钱，我自己赚的，想想都会笑出声来。

这天下午，公司突然来人清场，并说包工头中秋节就把工钱拿走了。听到这个消息，我顿时全身僵住，身体发麻，后背凉飕飕的……“包工头跑了，工钱拿不到了，没钱怎么回家？怎么过年？”我脑海里飞速重复着这几句话。我出来干活就是为了养活自己，我没有可以依靠的人，就是想出力干点活，赚点钱，年底买身像样的衣服，体体面面地回家过年。我更期待得到别人的夸奖，说你看阿格迪这小子，妈妈走了，人不大，能自己养活自己；穿得漂亮了，懂事了，真有出息……工钱没了，我没脸回家。在工地大半年了，每天干劲满满的，每天也都在期待着干完活就发工资，然后开心地回家。可现在这一切，都随着包工头的消失化成泡影。我心里也想不通，我出力，你给我工钱，这是最起码的对等交换，为什么就这样为难我呀。这些钱对包工头来说，可能只是一顿饭或者一件衣服的钱，可对我来说就是全部的依靠。如今一分钱拿不到，这是个致命的打击。不全部给，哪怕给一半工资呢，我也可以接受……心里越想越气愤，恨不得马上跑到他家里要钱，打砸一通……热血一下子涌上脑袋，我骂了一句粗话，大喊道：“我们去他家要钱去，不给就把他家砸了！”工友们早就炸锅了，都在骂骂咧咧地和公司的人吵架。公司的人表示，这事他们也没办法。

在公司的催促下，工友们无奈地收拾行李，走出工地，找了一个大通铺的小旅馆住下，商量着去找包工头要钱。好在过中秋的时候，我找包工头预支了两百块钱，身上还剩一百多。第二天一大早，我和工友们出发去包工头家。包工头家在距离哈尔滨不远的双城五家镇，一个独门独院的房子，大门紧锁，空无一人。连去几天都是如此。大家身上都没钱了，只能选择回家。他们没赚到钱，但有家可以回去，而我想想那个冰冷的家，一片茫然，不知何去何从。

吴大哥说：“我去冷冻厂干活了，你趁着还有点钱，买张车票回家吧。要工钱的事，过完年大家一起去。”我木然地点点头。第二天快中午，我在街边小摊吃了一碗豆腐脑，几个肉包子。然后，坐公交到了哈尔滨火车站，正准备买票进站，看见公交站牌上有个招工启事：

“粮食加工厂，月薪六百，满勤一百，加班费另算，包吃住，按月发工资。”

工资很高，还包吃住。我很激动，心头狂喜。本来没赚到钱，根本就不想回去。我就像抓住了一根救命稻草，立刻就按照上面的地址去了。到了一看，是一家劳务中介，一个中年胖女人坐在办公桌后面。我仔细询问了工作内容还有待遇，确认没看错。胖女人说：“去的话交五十块钱，告诉你地址自己去。要去就快点，冬天干活人有的是，一会儿人就满了。”我一听，不假思索掏出了最后的五十块钱，交到对方手里。胖女人在纸上写了个地址：“就是这里，自己去吧。”

纸条上写着埃德蒙顿路，离这里十几公里，要转两趟公交车。我用身上仅剩的零钱坐公交车到了那里，按照门牌号找到了那个加工厂。铁皮大门关着的，我轻轻敲门，从门缝中探出个头，应该是看门的一个老头。

我连忙说："我是来干活的，中介介绍来的。"

"这儿不用人了，你被骗了，赶紧走吧。"说完他就把门关上了。

我呆呆地站在原地，脑海里电光石火，"又被骗了，一分钱也没有了，怎么办？"我很绝望。想到中介办公室还在那里，跑不了，我情绪稍微缓和。"没事，去找她！"身无分文，十几公里路只能步行回去了；这不是问题，在家打猎，山林雪地中一走十几二十里都是常有的事。我一路边走边想着，怎么把钱要回来？想着仅剩的一点钱被骗走，等于要了我的命呀！越想越气！就想到了之后，当面质问她："为什么骗我？人不是应该相互信任的吗？我信任了你，你却骗我的钱，做人怎么能这么坏呢……"等我走回中介，天已经黑了，中介大门紧锁，下班了。这时我的肚子也饿了，更现实的问题是，这个寒冷的长夜怎么过？想着被骗的五十块钱还是得要回来，不然，我连一张回家的车票都买不了。我心一横，决定等她一晚，就不信她明天不上班。这时已经是十月下旬了，哈尔滨早就开始下雪，晚上零下十几度。我身上只穿着不太保暖的普通冬装，还好我买了一双羊毛雪地靴，冷了就在原地跺脚踏步，加快血液循环，保持体温正常。

就这样过了几个小时，随着夜深，温度也越来越低，原地跺脚踏步已经不能让身体暖和了，何况，我从中午到现在，十多个小时没有吃东西，肚子空空的又冷又饿。我本能地沿着街道快步走了起来，快得近乎一路小跑，跑了大概半个小时出汗了，也感觉暖和许多，就改成步行。街道上已经结冰。一阵一阵更冷的寒意袭来，我低头一看，是因为出汗，衣服上已经挂满霜。我赶紧把霜拍打掉，要不本就不保暖的衣服，加上挂霜会让人感到更加寒冷。

我躲进一个小区一楼的楼道里，这里风吹不到，能好受点。刚站下，有个男人进来，进屋去了。我在楼道里跺跺脚，搓搓手。屋里人大概听到动静，过了一会儿，那个男的开门，用很警惕的眼神看我。我感觉打扰到人家了，只好离开。

走到一条偏僻的小路上，我捡到了一些废纸和树叶，口袋里有个打火机，点着火来取暖。烤得差不多了，我赶紧把火踩灭，怕把警察招来，也怕风大造成失火。鄂温克族的孩子生长在大山森林里，都有很强的防火意识。

身体终于暖和了，但我的肚子更加饿得受不了，看见生肉都可以吃下去的饥饿感突如其来。我就去饭店门口的垃圾桶里找吃的，找到了一些结冰的食物，米饭粒、剩菜、鱼刺、还有烟头、餐巾纸冻在一起的冰块。管不了那么多了，能吃下去的都吃，烟头什么的就丢掉。但毕竟是冻成冰的食物，吃下去身体很冷，我赶紧又快步走起来，保持在不出汗的强度上。

身体吸收了食物，渐渐不太饿了，我不停地快步走着，身上也正常回暖。这时已经是后半夜了，街上一辆车子都没有，寒风凛冽。我很累但更加困，处在睡意迷糊的状态下不停地走，两条腿像绑了大石头一样沉重，每走一步都要有意识地去指挥它……一天走了十多个小时，身体已经累到罢工了，它告诉自己："坐下去，躺下去，会很舒服。"但理智告诉自己："不能坐下来，哪怕就是蹲一下都不行，一旦倒下就再也起不来了。"我用力地抽打自己，本来被冻坏的脸上，被打一下就会有血丝出来，那种疼痛会让自己清醒一点……

我竭力地走着，像是被世界抛弃在无底的黑夜……终于，东方露出了鱼肚白，再过个把小时天就亮了。这也是北方冬天最冷的时候，叫作鬼龇牙，意思就是这个时候鬼出来都会被冻得直龇牙。抽打的疼痛已经不能让自己清醒了，我坚持不下去了，一步都挪不动……要倒下去了……我感觉死神就紧跟在我身后，只等我倒下，把我吞掉……这是我第二次近距离感受到死亡……上一次在火车底下，有姐姐陪着我，这一次是我自己面对……想到姐姐，仿佛感觉到她温暖的怀抱，看到她熟悉亲切的笑容……我鼓励自己："再坚持一下，天马上亮了……就要熬过去了……"可是身体已经不听使唤了，神思恍恍惚惚……我不知不觉走到了铁道边，走上铁轨……火车顺着铁道疾驰而来，灯光照在我身上，汽笛声尖叫着……危险迫使我激发求生的本能，赶紧往外一跳，跑下去……如此几次，人清醒了，天也彻底亮了。太阳出来的时候，我知道自己摆脱死神，活过来了。

街边小吃摊冒出热气，我勉强走到一个看上去面相和善的阿姨那里，跟她说："能不能给我几个包子，我快饿死了。"阿姨看着我，没有说话，包了六个包子给我。我拿过刚出锅的包子，直接塞进嘴里，几乎没有嚼两口就吞了下去。六个包子吃进去，身体有点儿劲了，我吃力地朝着中介走去。

到地方了，我推门进屋，屋里暖气很热，和门外的冰寒世界相比，屋里就是人间天堂。那个胖女人吃惊地看着我，我脸冻坏了，加上一夜体力透支，估计样子极其难看，把她吓了一跳。我大声说："你骗了我五十块钱，知不知道因为没钱，我昨晚差点被冻死。"胖女人赶紧走进里屋了。随后，出来一个五大三粗的男人，他说："交钱是你自愿的，加工厂也有，不存在骗你。"

"那里早就不招人了，你就是骗人。"我喊道。

"别胡说，谁逼你拿钱了？又没人逼你，加工厂也有……"

他态度很凶，我不怕他，只是我已经没有力气去争辩了……刚才一激动，头很晕，脚底发软，浑身不舒服……那个男人看我状态不大对劲，从抽屉里拿出一张纸币："看你也挺可怜，就给你十块钱吧，快走，别磨叽……”

我接过钱，顺势坐在边上的长条椅上，感觉坐在了棉花里，人是软的，坚硬的长条椅也是软的。我知道自己到极限了，必须要休息一下。我用近乎哀求的语气和那个男人说：“大哥，我走了一个晚上，实在太累了，在这椅子上睡一会儿，醒了就走，绝不给你添麻烦。”那个男人犹豫了一下，默许了，然后我就睡了过去。

不知睡了多久，被一阵嘈杂声吵醒，我坐起来动了几下，身体没有什么异样，放心了。就在起身站起来的一刹那，脚底一阵剧痛，人没有站稳就歪倒在椅子上了。我把鞋子脱下来，发现走了一夜脚底已经磨出血，袜子也磨破了。我忍痛把袜子脱下来，用烟灰处理了磨破的地方，防止感染。然后一瘸一拐地走出中介。身上只有十块钱，自己还弄成这样，我很沮丧。家指定不能回去了，怕丢人。想起吴大哥说他在冷冻厂干活，我决定去投奔他。

而立之年一身伤痕

在吴大哥的帮助下，我在冷冻厂谋得一份生计。这是一个中外合资的冷冻食品厂，主要做日本的单子，六人间宿舍带暖气。

我被分配在土豆车间，车间操作台上，一大排水龙头，工人们清一色穿黑色水衩服，戴红色胶皮手套，手中不停地削土豆。出口食品要求非常严格，土豆要削得干干净净，哪怕一个小小的斑点没有清理到位都不行。我手笨，加上右眼睛失明，做这种细活就比较慢。计件工资，一斤五分钱，一天下来，除了日常开销，还能剩个十多块钱。

工作很枯燥，但是这个冬天能有个热乎地儿吃饭睡觉，还能赚点钱，比起前几年，经常一个人在家饿着肚子睡觉的凄凉，我已经非常知足了。

开春之后，冷冻厂停工了，同时得到一个坏消息，包工头把双城的房子卖掉，不知躲哪儿去了。眼看讨薪遥遥无期，我跟着吴大哥，来到哈尔滨道外区中马路，这里是哈尔滨最大的建材交易市场。我们在周老板的装卸队干活，装卸队干活比工地轻松，干完就给钱。每天下班，我总是把场地打扫干净，最后一个走。周老板很喜欢我。

…………

哈尔滨北三道街 12–8 号酒馆，这是一栋建于十九世纪的巴洛克式房子，充满古典风格。老板是个俄罗斯后裔，大高个的混血儿。我照例在圆顶窗的位置坐下来，依旧是一大杯黑啤，一碟酸黄瓜，一块列巴加红肠……

一转眼，这是我在哈尔滨打工的第十四个春天。我已经是一位个头不高、身体结实的青年了。我是这家酒馆的老客，我喜欢他家自酿的黑啤，在轻柔的音乐中喝一口醇厚的液体，感受舌尖口腔的滋味变化，前尘往事在心里慢慢化开……

午后的窗外，红男绿女，人来车往。不远处，一对母子在街上争执起来。妈妈四十岁左右，穿着得体漂亮。男孩比妈妈高一个头，穿蓝色校服，白色旅游鞋。只见男孩把背包用力摔在地上，头也不回地走了。那位妈妈呆在原地，最后捡起背包，拍拍灰尘，消失在我的视野。我能感觉到那位妈妈的委屈难过，还有她眼里的泪水，有点心疼，也很鄙视男孩的行为。如果我是那个男孩，我一定听妈妈的话，不让妈妈难过。

“妈妈，”我举杯喝了一大口黑啤，在心里问，“妈妈，此刻你在做什么？你想我了吗？”

当年，我跟吴大哥进了装卸队，年底的时候，十八岁的我，带着对妈妈无尽的思念和姐姐未了的心愿，独自踏上了寻亲的旅程。

妈妈的地址已经烂记于心。火车在唐山站停靠的时候，我想起姐姐在候车室抱着我一天一夜的情景，怕自己难过会哭，没敢下车。我在天津站下的火车。当天下午，长途跋涉到了遵化，打了一辆摩的去东兴庄。也许是老天的安排，司机恰好就是东兴庄人，在他的帮助下，我来到一座独门独院的屋子前。

“王秀玲在家不，快点出来，你儿子来了。”司机大声喊着，声音还带点喜悦。

“来了来了，谁呀，谁找我？”

久违的、熟悉亲切的声音传到耳边，是妈妈！脑海中像放电影一般浮现画面……姐姐抱着我说，没事，妈妈很快就会回来；姐姐拉着我的手说，走，去找妈妈；在寻找妈妈路上的各种磨难……此刻，我是喜悦，是开心，还是幸福？更多的，是说不尽的委屈和对姐姐的思念。一个熟悉小巧的身影走出屋子，那一刻，所有的画面戛然而止。我呆呆地站在原地，眼泪止不住地流下来。

妈妈见到我，愣了一下，快步向我走来：“儿子，真的是我儿子？”她抱着我就哭了，“妈想你们呀，妈对不起你们……”两个人抱在一起哭着，所有的思念委屈都随着泪水尽情流淌。等情绪稳定下来，看到妈妈老了许多，脸上有皱纹了，熟悉的眼神还是那样温暖亲切。忽然发觉院子里还有一个瘦高男人，小小的眼睛正仔细地打量我。我知道妈妈再婚了，应该就是这个男人了。

“我儿子来了，”妈妈对他说，妈妈又对我说，“他是……你叫大爷吧。”

“来了就赶紧进屋吧。”瘦高男人说完，就先进屋去了。

这是一栋典型的河北农村连体民房，进屋就是厨房，东西屋是火炕。我刚在炕上坐下，跑进来一男一女两个七八岁的孩子。妈妈说：“这是你弟弟妹妹，他俩跟你和你姐一样，一个属蛇，一个属兔……”有些缘分就是这么的奇妙，看着眼前同母异父的弟弟妹妹，仿佛看到了小时候的我和姐姐，既熟悉又陌生。

晚上，妈妈做了很多菜，东屋灯亮起来的时候，饭菜都上桌了，大家围桌而坐，这是家特有的温馨气氛。那个男人中年得子，很是溺爱弟弟，吃饭紧着他夹菜，喜欢吃什么只许他一个人吃。我有点鄙视弟弟的行为，想起自己小时候也是这样吃的，心里又很羡慕他。“赶紧吃吧，好不容易来了，就别走了。”那个男人似笑非笑地对我说。我听懂了他的言外之意，浑身不舒服，但又不好说什么。妈妈埋怨男人：“说那些干啥呀，我儿子刚来。”妈妈紧着给我夹菜，给弟弟妹妹夹菜。饭菜是妈妈的味道，妈妈在身边，可是气氛不对了……看着有血缘关系，却没有感情基础的弟弟妹妹，看着那个陌生的男人，我心里有种本能的抵触……我知道妈妈再婚了，然而，亲眼见到这一切，我还是难以接受这个现实，我完全不能接受……我曾经无数遍天真地幻想，找到妈妈，就把妈妈带回内蒙古，那样我就又有家了。此刻，我突然明白，我那个曾经的家早就支离破碎，永远回不去了。

在妈妈家住了几天，我提出回哈尔滨。妈妈极力反对我走。但我清楚，妈妈有自己的家了，在这里，我就是一个突然造访的陌生人。我不属于这里，妈妈也不属于我一个人。我能见到妈妈，再次吃上她做的饭菜，能够完成姐姐未了的心愿，已经足够了。

在东兴庄的桥头，回程的车到了，我用力抱了一下妈妈就上车了。妈妈在车后的灰尘里追着跑……我不敢回头看妈妈流泪的眼睛。

酒馆窗外，不知什么时候下起了雨，雨珠顺着玻璃窗滑下来，模糊了视野，吧台的音箱里播放着一支英文歌曲，富有磁性的女声，温暖如抚慰。我低头看了一下时间，以掩饰眼里的酸涩。我在酒馆待了两个小时了，但我并不想离开……

“先生，再给你来一杯黑啤吧。”大高个的混血老板在身旁问我，他对我已经很熟悉了，每次我都会待很长时间。

我举起杯中泡沫细腻的啤酒，玻璃的酒杯上，反射出一个女孩的身影。我抬头看出去的时候，她正从窗前走来，撑着一把透明的小伞，年轻貌美，不过她的身材没有阿茹娜丰满。想起阿茹娜，我深深地遗憾，我终究是没能把她娶回家。

阿茹娜，一个布里亚特女孩（蒙古族分支），小我六岁，我和她是通过朋友认识的。为了能在一起，也为了能给她好的生活，给自己一个家，二十六岁那年，我结束了在外打工漂泊的生活，回到老家种地。和阿茹娜在一起的日子，是我这些年最开心、最幸福的时光。

认识阿茹娜的前一年，父亲因为常年喝大酒，身体出了问题，他早早地丢下我去世了。老房子无人居住，破旧且灰大，我带着阿茹娜借住在亲戚家里。寄人篱下的生活，阿茹娜没有怨言，她起早贪黑跟着我种地。为了节省开支，四十亩地除草不买农药，不雇人，自己动手在毒辣的太阳下拔草。秋天收黄豆，收割机到不了的边边角角，她和我一起拿镰刀收割。一年下来，白净的姑娘变黑了，细嫩的手也磨出了老茧。我满怀愧疚地说：“跟着我，让你受苦了。”阿茹娜温柔一笑：“没事，过日子就是要两个人一起努力的。”这个善良淳朴的姑娘让我感受到了幸福，脑海中自然浮现出跟她结婚生子的画面，和寻常夫妻那样，温暖简单地生活。

在一起的三年里，她父母来过两次，每次都把她接走，每次她又自己跑回来。我永远忘不了那个晴朗的夏日上午，那天，我很愉快地从扎兰屯办事回来。刚下客车，村里人看见我就说，你那个胖胖的丈母娘又来了。我心头一紧，什么也没说，赶紧往家走。前几天，阿茹娜和我说过，她父母要来找她，带她回去，不许她再来了。这一刻真的来了，我惶惶然如大难临头……我急匆匆赶回那个红顶平房，看见阿茹娜父母和舅舅都来了。

“必须要有新瓦房和一万块钱，否则打死也不把姑娘给你。”

阿茹娜妈妈不会汉语，阿茹娜用哀伤的语气翻译给我听。我呆立在屋子里，说不出话。回家种地这三年，年头不好加上经验不足，一年除了生活开销，没剩什么钱。别说盖新房子了，就是一万块钱也没有。

即使我们感情再好，即使我一万个舍不得，也没能抵住现实的残酷，阿茹娜被她家人带走了。那一刻，我整个人都被掏空了，没有喜怒哀乐，也没有了知觉，宛如行尸走肉。我把地包给村里人，逃一样地离开家乡，离开了这个有太多不堪回忆的伤心故乡。

我带着所有的积蓄，每天沉醉在哈尔滨的网吧里、酒馆中，过着颓废不堪的生活……钱花光了，就找份小工混日子，有钱了，就喝酒、上网、K 歌；没钱了，就去干点活……就这样颓废了整整两年。或许，时间真的是治愈伤痛的良药，两年后，我逐渐清醒过来，明白生命中不会再有阿茹娜了，不能再这么混下去了，再这样下去，这辈子就废掉了。

我回到了装卸队，因为我那些年的勤快，周老板热情地收留了我。我的生活慢慢恢复正常。闲暇时间，我喜欢来这个酒馆喝酒，喜欢透过这个圆顶窗看外面的世界。人来人往的街头，我能看到他们身上拥有，而他们自己却看不到的东西。很多人，他们拥有好的生活和感情却不知道珍惜，而有的人却求而不得。

窗外，一个中年男人，穿着气派，意气风发地走过。想着那句老人常说的话：人过三十天过午。一种危机感袭来。自己没有一技之长，没有学历并且右眼失明，好点的工厂都不用我。如今，我依然只能做着卖力气的活，生活和我理想的样子还差得好远。我想找一个能够改变我生活的事情，至于做什么，我还没有清晰的目标。毕竟三十一岁的人了，同龄的朋友都结婚生子了，我至少得有能力成家立业，过上普通人的生活，我想拥有一个温暖简单的家。不能停留在打工这个层面了，我需要改变。

被砸烂的不止是烧烤摊

2007年的初夏，我和一起干活的老乡白哥，决定合伙做个烧烤摊。白哥是内蒙古海拉尔的，浓眉大眼，一米八八的大高个。他曾经开过烧烤店，有技术经验。我们都不甘心一直做装卸工，于是一拍即合。

我们在装卸队附近租了一间六十多平方米的平房，买来石灰自己动手把墙刷白，地砖洗亮。里间住人，放我和白哥的两张单人床；外间用来做食材操作间，两张旧桌子刷洗干净，拼起来放在窗户下面，平时就在这里切肉、切菜、穿肉扦什么的。靠墙边是从二手市场淘来的两个冰柜、烧烤箱、餐具、折叠桌椅、推车等出摊工具。总投资五千元，我和白哥一人出一半。

哈尔滨道外区是美食云集的地方，毗邻江边的地段人流量最大，很热闹，但是那里的摊位费是我们交不起的。我们把摊位地点选在了人口相对不密集的一条胡同里。毕竟是在中马路这个哈市最大的建材集散地，相信我们用心做，口碑会越来越好。

第一天出摊，来的都是工友，四张桌子坐得满满的。白哥负责烧烤炉，我负责接待和上菜。白哥手底功夫很是了得，他能同时烤三四十根肉串，一手抓一把肉串，在炭火上来回翻动，动作娴熟，就像跳舞一样，很有节奏感。大块的肉串在炭火上翻转着，一样样调料撒在上面，油脂在滋滋作响，最后抓一把孜然均匀地撒在上面，这就是烧烤的灵魂，那个味道真的好香，让人忍不住流口水。

虽然摊位有点偏，依靠着工友捧场，加上我们在烧烤味道上的用心，渐渐地客源多了起来，摊位变得很热闹。

“小内蒙，来十个板筋，十个心管……”

“鸡头五串，羊肉、牛肉各来 40 串……”

“小内蒙，来十串豆腐卷，一扎冰啤酒，要带冰碴的……”

我回应着客人，同时快速地在本子上写下客人点的东西，把单子递给白哥，把餐具摆上桌，小菜啤酒先端到客人面前。为了把生意做好，来的客人我们都会赠送小菜或者啤酒。同时，烤炉那里，肉串在白哥手中有节奏地舞蹈着，油亮红润的肉串在炭火上翻滚着，红红火火的……过日子，幸福的样子应该就是这样了。想着这一桌单子就能赚一百块钱，我心里很高兴。

“二号桌，豆腐卷，心管、板筋好了。”白哥喊。

我脚步轻快，端着肉串送到餐桌上。刚转身，有人在叫老板，又来了几个男女，我马上拿起小本子：“几位吃点什么？”

烧烤摊的生意好得超出我的预期，收摊都在后半夜。每天回到住处，把钱盒子里的钱往床上一倒，就是我和白哥最开心的时刻。两个人数着一堆花花绿绿的纸币，一天的疲惫都消失了。今天净赚四百多，一人分了两百多块钱。这样算下来，一个月赚个五六千没什么问题，一年就是五六万，想不到这条路我们还真走对了。

“照这个下去，干个两年，在哈尔滨首付买个房子不成问题。”白哥说。

“我不在哈尔滨买房子，我回家盖个大瓦房……”我说。

这样做下去，烧烤摊每天都会有这么多钱赚，在南木盖个一百多平方米的大瓦房，最多两万块钱。像我这个年龄，靠自己赚钱盖大瓦房的同龄人还没有呢，都是在父母支持下盖的房子。那个时候，大家看到我都会很尊重，很热情，走到哪里，都很有面子。我不要再像现在这样，每次回去都问，赚到钱了吗？让人心里不舒服。我的家庭一直很清贫，几十年了，如今在我手里改变了。每次想到这些，我都有种壮志满怀的英雄感。

然后，我要找媒人说个对象，最好是少数民族的女孩，长相不挑，人本分，能踏实地跟我过日子就行。那时候岳父母要彩礼钱，我也拿得出了。我和媳妇要生两个可爱的小女孩，我要亲自带孩子去上学，陪伴孩子成长……每天回家就有热乎饭，有人关心有人问候，多好啊！我会好好经营这个家，让家充满温馨，我会守护孩子长大，我经历过的事情，绝不能在孩子身上重演。我要带她们一起去唐山，让妈妈看一眼她的儿媳、孙女们，她会很高兴……

可惜父亲不在了，看不到我现在的样子，他要是看到，一定也会很高兴。以前，我对父亲有诸多的抱怨，抱怨他没有给我完整的家，抱怨他在妈妈走后，对我不管不顾。即便后来，父亲有时候带着歉意表达关心，我都非常抗拒。可自从父亲走了以后，这种抱怨都没有了，取而代之的是怀念父亲对我的好，越是想念越是自责，后悔当时连举手之劳的事情都不想做，连句“阿爸”都不想叫。这种自责，让我对父亲有了亏欠感……过得好了，我想带着媳妇、孩子去父亲坟前磕个头，同时，让父亲看到他的孙女们一点点长大。这是回报父亲最好的方式，也是最好的缅怀……

如今，对未来的憧憬不再是迷茫遥不可及的，感觉是如此真实，仿佛一切想要的就在手里。

每两天我们就要起大早去大市场买食材，荤的素的，忙到下午一切妥当。早早吃过晚饭就出摊了。两个人干劲十足。很快，两个多月过去了。秋天来了，天就要冷了。我和白哥计划着，用这两个月赚的钱租个店面，这样天冷也能经营，再把营业执照办了，长期做下去。店名都想好了，"内蒙兄弟烧烤"。一切都在向好的方向发展。

这一天晚上，大概八点多钟，一帮人簇拥着一个衣着讲究的中年男人来吃烧烤。走到桌子旁边，其中一个男人赶忙拿出纸巾擦了擦本来就不脏的椅子，一脸讨好相。衣着讲究的中年男人顺势坐下。我认识那个擦椅子的，他是另外一个装卸队的小队长，听说他的老板叫马哥，有好几个装卸队，在中马路一带很有名。

我知道这些人惹不起，谨慎地走过去："几位大哥吃点什么？"

那个小队长慢条斯理地说："羊腿来两个，羊排来一个，剩下的你看着上吧。"

我拿着单子递给白哥，白哥小声叮嘱我："这几个不是什么善茬，小心点，别得罪他们。"他们吃完已经快半夜了，我拿着单子过去，熟练地报着数量和价格："啤酒小菜是送给几位大哥的，羊腿羊排什么的，一共三百二，几位大哥第一次来，就算两百好了。"

"这么贵，我没吃过烧烤呀？少蒙我，"小队长掏出一百元，啪的一声拍在桌子上，"就这些，爱要不要。"他转身就要走。

我一急，下意识地拉住他："大哥，真的太少了，我已经给你打对折了，我们出摊混饭吃也不容易，你多多照顾。"

白哥也放下手头的事情过来了，高大的蒙古汉子还是有一些威慑力的。这时，那个穿着讲究的中年男人掏出两百块钱，扔在桌上就走了。小队长猛地把我的手打开，恶狠狠地说：“你真行，今天卷我面子，你知道他是谁吗？他是马哥！我今天生日他才跟我吃饭的……行，明天开始会好好地照顾你生意，放心。”说完，他扬长而去。

知道得罪了惹不起的人了，第二天傍晚，我和白哥怀着忐忑的心情推车出摊。六点多钟，小队长带着一帮人来了，三两个人占一张桌子，一人拿一瓶啤酒，几个免费的小菜，什么东西都不点。小队长扔下一百块钱，说先付钱，不白吃，转身就走了。剩下的人一坐就到半夜，我们一单生意也没法做。接下来几天都是如此，我和白哥中间也报过警，警察一来，他们就走了，警察一走，他们又回来了。

我和白哥没办法了，找到装卸队周老板，想请他帮着求求情，说和一下。对方开出条件，可以不捣乱，每月必须给他三分之一的提成，否则没完。这样的要求我们当然不能接受。

晚上，那些人照例又来了，没等他们坐下，我态度强硬地说：“哥几个坐一个桌子，剩下桌子留给其他客人。”那些人根本不理会我，径直找到椅子要坐。我抬脚就把椅子踢开，对方扑通一下跌坐在地上。他爬起来挥拳就打过来，我闪身躲过，热血一下就涌到脑门，脑海里就一句话：“干吧，反正这摊子也做不了了。”白哥大高个跑来，一拳就把那人打出去老远。就在一瞬间，烧烤摊椅子酒瓶子乱飞，我的脑袋就被打出血了……血流到眼睛里的那一刻，已经感觉不到疼了，我就像野兽一样嚎叫着，拿起什么就是什么，往对方身上狠狠地打……明明已经用尽全力，感觉还是软绵绵，一边打一边告诉自己，再使劲，再使劲……

白哥我们两个都不要命了，这让对方产生了怯意，最后他们跑了。

我们手里拿着酒瓶狠狠地追了好远，直到看不见影子才停了下来。疯狂的情绪慢慢恢复理性，我身体一软坐在地上，疼痛感也回来了。我和白哥相互搀扶着，走回摊位，摊子一片狼藉……不光是桌椅被砸了，烧烤炉、冰箱，所有的东西都被砸坏了，没有一件完整的。模糊地记起来，打架的时候，有几个人拿着棒子专门在砸东西，此刻想来，这才是他们的目的，烧烤摊完了。

我和白哥浑身是伤，从医院包扎回来，还会不由自主地走到摊位去。看着空空的摊位，前两天还那么红火热闹，突然就没了，感觉像做梦一样。这急剧的转变和落差，真的让我措手不及。每天在这里赚钱的时候，感觉自己想要的生活近在咫尺，这些年追求的东西，这一次是最真实的，真实得好像是已经拥有……我所有的希望都寄托在这个摊位上，忽然又化为泡影，我浑身软绵绵的……

这两个月，我和白哥又给摊位添了不少东西，合着有万把块钱，都被砸了。还有几十箱啤酒，几个不锈钢的扎啤桶、满桶的酒，都要赔，损失惨重。开店是不可能了，中马路也混不下去了……白哥是有家的，他可以回海拉尔。我依然还是没有地方去。红火的烧烤摊，我苦心追求的梦想，不复存在。

我头上缠着绷带，一个人背着行囊走在人流川息的偌大都市，脑海里空荡荡的。在松花江边徘徊了好久，夜幕降临，我索性就拿出大衣睡在江边的椅子上。

几天后，我找到一家建筑材料添加剂厂上班，厂里主要生产保温剂、早强剂、砂浆王，因为没干过这活，车间进不去，只能跟着货车各个工地送货。

送货是最辛苦的，一人跟一辆货车，一天十多趟，关键是时间随机。有的时候半夜工地要材料，就要以最快的速度让自己清醒、起床，然后装车，送到工地再卸车。搬运这些添加剂，粉尘比水泥都大。虽然一百斤对现在的我不算什么了，但是想起第一次来哈尔滨干的就是这种活，十几年后，依然如此……十几年的拼搏没有丝毫改变，唯一改变的就是年龄。想想那些曾经拥有过的东西，妈妈，姐姐，童年时代那个温馨的家庭，那个不怎么称职、又让我内疚的父亲……还有那个布里亚特女孩阿茹娜，我曾经红火的小事业烧烤摊……所有的经历，我都以为是老天在考验我，只要我坚持，终究会给我想要的生活。我以为只要认真做事，努力拼搏都可以拥有……可是如今都彻底破碎，永远失去了……我忽然觉得，生活真的永无出头之日了，我不可能在日复一日的货物搬运中实现理想。我觉得自己再也无力去改变什么，这辈子就是个苦力搬运工，一直干到老了搬不动为止。也许哪天就随便找个女人过日子了，和其他搬运工一样，喝着酒，抽着烟，开着粗俗的玩笑，过着枯燥单一的生活。我还是败给了自己不想要的生活。沉重的现实，残酷得令人绝望。我一直希望我的生活是多一些色彩，多一些精彩的……一生可以平凡，但是不能平庸，绝对不是这种枯燥得近乎死寂，从开头就看到了结局的人生。这种生活不是我想要的，我不想要，太压抑、太令人窒息了。

“这样活着跟死去有什么区别呢？”当这个念头冒出来的时候，我忽然就觉得一切都无所谓了，人活着也就那么回事，短短几十年。既然命运不给我想要的，可以，我也就妥协了，不再拼了，不再为难自己。

这天上午，我加快手里的活，送完最后一趟货，回去跟财务结算工钱。我买了一身体面的衣服、火车票，第二天就坐火车回了老家。下车后，我买了很多酒，纸钱，还有父亲喜欢玩的扑克牌。我没有见任何人，直接去了村外的山坡。四月初的内蒙古南木，白雪皑皑，一踩一个雪窝子，山野空旷荒芜，树枝都是干的，像极了我灰暗冰冷的心灵。我在父亲坟头一边烧纸一边说：“阿爸，这是儿子最后一次给你送钱了，儿子实在太累了……你们都走了，扔下我一个人，没人管我，没人关心我，我也不干了，太累了，不过没事，过几天我就能见到你了，还有姐姐……”

给父亲上过坟之后，我了无牵挂，准备回哈尔滨找砸我摊子的人，给自己一个说法。

一个重度残疾的女孩

返程的列车在南木火车站缓缓启动，我瞪大眼睛看着车窗外白雪皑皑的家乡，想把这所有的一切，再一次刻在我的脑海里。再见了，我的故乡。

回到哈尔滨，我找了一个小旅馆住下。休息一天后，我又来到了中马路，开始找那个小队长。正是上午快下班的时候，我来到他们货场，看见一个那天砸我摊子的人，一个胖乎乎的油腻男。他看见我就骂：“你还敢来这儿？把我们兄弟打伤了，赔医药费，要不别想走！”

我冷冷地一笑：“要钱没有，要命一条，你们队长呢？”

看我一副来者不善的样子，油腻男说：“不知道。”

我说：“你转告他，我是回来报答他对我的‘照顾’的，希望跟他见一面。”

油腻男没说话，直接就进去了。“瞧你那个怂样！”我在心里骂了一句。我在货场转来转去没找到人，就在他们装卸队门口等，他总要出来的。守了一天，没有见到那个小队长。一天等不到就两天，就不信你不露面了。连续几天，我就像个无所事事的流浪汉一样，叼着烟，阴着脸，有事没事就在他们装卸队门口，阴魂不散地转悠来转悠去。我抱着毁灭的心态，心里满是仇恨。

这天，装卸队周老板来找我，说那个小队长找过他，请他过来说和一下。周老板说，小队长表示，摊子可以照价赔给我。我没有答应。此刻的我，被一股极端的情绪挟持着，我找小队长就是要出口气，不是为了钱，因为他毁了我最后的希望。

接下来的日子，听说他们小队长换人了，那个小队长调去了滨江站。我经过仔细打听和熟人透露的信息，终于找到他的租住房。一切准备好之后，我就约以前要好的工友一起吃饭喝酒，反正已经没什么好留恋的了，倒是这些萍水相逢的工友们，一起干活、吃饭、相互帮助，处出了近乎兄弟的感情。工友们劝我不要闹，找份活干，好好过日子吧。我根本听不进去。

吃完饭，工友们上班，四散而去。我来到四道街常去的一个网吧，想和网络上的好友聊聊天，然后像往常一样说句再见，只是他们不知道，今天的再见即是再也不见了。做完这些，我打开一个经常玩的网站，看到一个叫“罗浮月影”的帖子，这个名字比较特别，罗浮，寺庙里的罗汉？我不知道。月影则又很幽静。我觉得这个人应该是个很聪明的人，就点开了她的帖子，看到一段文字：“我想有个家，一个不需要华丽的地方，轻衫布衣，粗茶淡饭，只要身边有个他，心儿就是甜蜜，小屋就是天堂……”文字下面还有一首诗歌：

假如我能站起来 / 我会天天做你爱吃的饭菜 / 让你不再孤单消瘦 / 一直一直的胖胖白白。

假如我能站起来 / 我会天天把温热的水烧开 / 慢慢地亲手洗去 /

你劳作一天的疲惫和尘埃。

……

我的心跳了一下，被触动了。这诗里表达的东西，正是我想要却求而不得的，它与我一直追求的生活和情感完美契合。“让你不再孤单消瘦，一直一直的胖胖白白。”我感觉这句诗，就好像是在对我说的一样，此时的我，就是孤单消瘦，渴望关心的……我也曾经渴望，劳累一天，有人给我烧好热水……我被这首诗深深地打动了，反复看了好几遍。尤其诗的最后两句，“而你也不知道，我透明的泪光背后，情深似海。”……脸上的泪水，透明的……多么美又多么让人伤感，让我想起了错过的女孩，还有姐姐温热的眼泪……这首诗歌，触动到了我内心最柔软的那一部分。在这个世界上，一个素不相识的人，却写出了我内心的感受，这种感觉既温暖又奇妙，这首诗，把我的心扉打开了。这一刻，我似乎感受到了一丝希望，这个世界也并不是我感觉得那么冰冷……我迫切地往下拖动网页，这时才看到后面附着一则征婚启事：

“我叫南香雪，三十六岁，来自安徽黄山，从小重度残疾，生活不能自理……”

看到这里，我的胸口突然咚的一下，仿佛被人重重地打了一拳。她是一个不能走路、不能自理的弱小女孩，可是她对生活却有着如此炽热且执着的向往。而我一个手脚健全有力气的男子汉，竟然要放弃。说实话，在我心里对残疾人是有误解的，我一直以为，残疾人的生活没有意义。但是我没想到，残疾人还有南香雪这样的……征婚启事上说，她没怎么上过学，天天在家里……但是她对生活的理解，对人生的领悟远远要高于我。这一刻，我非常羞愧，只觉得无地自容，自己连个女人都不如……同时，也对她充满了好奇，还有一份尊敬。

我继续拖动网页，下面是她的联系方式，一个 QQ 号和一句非诚勿扰。让我更吃惊的是，下面还附着她写的一首古典诗词《如梦令》：“一抹流云愁损，几片飞花轻恨。窗外绿荫沉，窗下谁人言闷。遥问，遥问，溪畔娇莺啼甚？”她竟然会写古典诗词，好厉害。在我的意识里，古典诗词只出现在课本中，比如李清照的《如梦令》。我看不懂古典诗词，但是感觉她写得很美，和课本里李清照的差不多，带着一丝忧伤。

我按照网页上留的号码，加对方 QQ，毫不犹豫地，我一定要加上她。我感觉对面这个人是会对我有很多帮助的。我突然发觉，其实，自己并不是真心想走极端，只是人生处境太痛苦，经历的事情太多了，不知道怎么去面对。一个人形只影单这么多年，如今，是这种情况，面对这个特别的女孩，备注里不知道怎么留言才好，干脆就留了一句“你好。”等待的时间有点焦灼，我轻轻在桌面上敲击鼠标，烟一支接一支地抽……此时的我，就像一个囚禁在孤岛上的人，渴望被解救，受折磨又得不到回应……这个南香雪，在我心里就像是一位老师一样，她能为我解惑，给我指引。南香雪，一片在南方飘舞的幽香雪花，这雪花是多么的倔强。我迫切地想要认识她，和她聊聊……过了好一会儿，QQ 验证消息闪动了，显示对方已经通过你的好友请求。她用了一个长发女孩的头像。

我如释重负，飞快地在键盘上打字：“您好，这首诗是不是您写的？”同时，我把那首诗复制到了对话框里。我急于验证，诗是不是她写的。残疾人是我以前看不上的一个群体，我认为他们的人生没有价值。当然，我也知道残疾人里有很多优秀人物，比如孙膑、保尔、贝多芬，但是他们对我而言只是一个抽象的概念，而南香雪把一个抽象的东西具象化了。“我透明的泪光背后，情深似海。”她丰富的感情，优美的诗句，与我的灰暗冷寂形成鲜明的对比。片刻，她回复我了：

“您好，是我写的。”这一刻，我很开心，积压在内心多年的孤单感，突然就消散了。我快速地打字说：“这首诗里的东西也是我想要的。”她回复了我一个微笑的表情。

我说：“您这首诗里的东西，就是我努力却得不到的，为什么会这样？”

她回复：“相信一个人只要努力不放弃，终究会拥有自己想要的。”

“那什么才是自己想要的呢？我很迷惑。”我说。

“做自己想做的，没有束缚。”

她的回复刚过来，我编辑好的话也发过去了：“做自己想做的，自由自在，没有任何束缚。”两个人相同的答案，几乎同时出现在对话框里，这说明，我和她是同频的。我心头有一种愉悦和温暖。我和她就这样聊了起来。我很想把我的经历向她倾诉，直觉告诉我，她能懂，会给我一些继续坚持下去的理由。但是，要向一个人展示自己脆弱不堪的一面，是需要勇气的。聊天中间，我打开她的 QQ 空间看了一下，她写的很多文字都一下子抓住我的心。我感觉好像很久以前就认识她，她就是一个想我所想的人。

忽然遇到一个懂自己的人，这种感觉很温暖，也很亲切，我既希望她能给我一些安慰，又怕那些不堪让她瞧不起，得不到渴望的答案。我欲言又止，谨慎小心，我对她使用尊称“您”，她对我也彬彬有礼。但是我感觉她不反感我，否则，她不会陪我聊天。接下来的聊天中我了解到，她连小学三年级都没机会读完。这又是一个让我震惊的事情，我对她更加敬佩了。

我问她：“这么多年您一直在坚持，您是一个弱女子，有没有抱怨过命运不公，太累了，不如放弃？”

她回复：“是很艰难，但是美好的生活都属于强者，生活从来不会怜悯懦弱和自暴自弃的人……”

这句话如果是其他人说，我会呵呵一笑，当它从一个弱小的女孩口中说出来，并且说得如此坚定自信，我找不到半点怀疑的理由。此刻，电脑那边这个重度残疾的女孩，让我再一次无地自容，非常羞愧。南香雪的努力，让我明白了一个道理，想获得他人尊重不是靠有多少钱，受人尊敬的方式有很多种。我开始反思自己。

手机有消息，是工友发信息约我晚上吃饭喝酒。虽然还没有聊够，我还是和南香雪道别了。我想在吃饭前这个时间里，一个人安静地思考一下。

我离开网吧随意地走着。黄昏时分，夕阳的余晖铺洒在松花江上，岸边停靠着一只渔船，此刻，渔夫应该坐在炕头上享受着老婆做的饭菜，家庭的温暖吧。日出而作，日落而息，不光是黑白的交替，“作”是为了生活，“息”即是家，“家”，多么温暖的一个字。“美好的生活都属于强者，生活从来不会怜悯懦弱和自暴自弃的人……”我的脑海里不断地浮现这句话。回想这些年来，我都是在抱怨和自卑中度过的，我怨命运不公，家庭残缺，自己生活在社会底层，怎么努力也出不了头。我无论做什么事，都抱有目的，那就是为了所谓的争光，为了别人能说出那一句，阿格迪真有出息呀。可是拼搏多年，理想中的生活却更加遥不可及，我也就更加自卑了。我把自己的命运和价值，都附加在了别人的嘴上，这是多么可笑的事情。命运夺走了我很多宝贵的东西，就是这些让我痛苦颓废。但是，至少我还拥有生命，拥有健康自由，我来来去去，无求于人。而那个重度残疾的女孩，她连这些最起码的健康都没有，可是她还努力地活着，写出那么动人的诗歌。

此刻，我知道，自暴自弃不好，我要继续活着，有些事情已经不能改变了，再用一种极端的方式去对待它，是很蠢的，是不值得的。

我想靠近这个叫南香雪的女孩，我想透过她的眼睛再去看看这个世界。我看到的人生是单一的一条线，而她能看到很多我看不到的东西。明天我要继续去见她，今天有很多话没有说出口，虽然我不确定她是否愿意听。

我可以叫你姐姐吗

命运真的非常奇妙，就在我要放弃的时候，又给了我一线希望和勇气。我睡了个懒觉，上午十点多钟才起床，看看窗外，哈尔滨的上空一片蔚蓝，阳光灿烂，我的心情似乎也被阳光照出了一丝光芒。我换了一身干净衣服，仔细刮了下巴上的胡茬，对着镜中的自己笑了笑。虽然不开 QQ 视频看不到彼此，但我一样要收拾得干干净净地去见她，这是对她，也是对自己的尊重。

简单吃过午饭，下午两点多钟，我又来到了那个网吧，打开老位置的十六号机子。一登录 QQ 就看到她头像在线，心里很踏实，仿佛她是在特意等我。

我向她打招呼，南香雪依然回复一个微笑的表情。我想，她一定是一个喜欢微笑，比较安静的女孩。我也喜欢这样性格的女孩。

"您在干吗呢？"我问。

"在听音乐，《布列瑟农》。"她回复。

"那也是我非常喜欢的音乐，伤感唯美的旋律。"我飞快地打字。

"伤感的歌曲，诉说着离愁……"

我们从音乐慢慢聊到她的家庭，我了解到，南香雪的父亲是学校老师，母亲务农，家里三个孩子，她是老大，弟弟妹妹都成家了。南香雪因为小儿麻痹症导致身体残疾，生活不能自理，才八岁就无奈办理了退学。回家之后，父亲给了她一本《新华字典》，她跟着字典学认字，她的知识都是自学的。生活上，她除了能自己吃饭、刷牙、梳头发，其他所有的事情都要他人来代劳。最让我震惊的是，她只有两根手指可以电脑打字。

我呆了片刻，为南香雪感到心疼，我没想到她是这个样子。老天给了她善良强大的心，却让她舍弃了健全的身体。我无法想象，八岁辍学，生活一切都需要别人代劳，这么多年是怎么过的？她还能保持着这么好的心态，还学会了写诗。此刻，我对南香雪又多了一份敬重，心里也升起一股怜惜。一个依赖他人照顾的弱小女孩，本该是被人心疼呵护的，可是她却承受了这么多苦楚。没有任何人教她，她却凭着毅力自学了这么多有用的东西。她如此不易，又如此出彩。

“生活中，让您最开心的事情是什么呢？”我问。

“我爸抱我到院子里晒太阳，我可以看到蓝天白云，屋外的群山，心情很舒畅。”

“每天都能出去吗？”

“不，只有冬天天气好的时候。”

我有点蒙了，一个简单的晒晒太阳，对我而言是简单得不能再简单的事了，可对她来说却是一种奢求。

“不过，您还是幸福的，至少有个温暖的家，有爱您的父母。”我说。对话框里的聊天突然停顿了，片刻，她回复过来“我不知道怎么说……我爸病了，癌症。”

“会治好的，现在医学这么发达。”我赶紧安慰她。

“已经晚期了，借了很多债，还是看不好。”

听到这里，我心里痛了一下，我父亲前几年也走了，我知道那种失去父亲的痛楚。难怪她会听《布列瑟农》。那么伤感的歌曲，只有经历过生命沉重的人才能体会。虽然南香雪很平静，但是，我能感受到她对父亲的担忧和哀愁，毕竟父亲是她最大的依靠。

想到这些年，我所经历的一切，和对面这个女孩几乎同样沉重。我心里有一种非常熟悉的感觉，大概就是所谓的同病相怜吧。此刻，我更加觉得，她是那种可以知无不言、说体己话的人。我内心憋了太多压抑，就像火山岩浆一样喷涌而来，我们同样都在承受着生命中很多的失去……

我在键盘上敲出这样几句沉重的话："接下来，我想把我的故事说给您听，有悲伤痛苦，还有更多的不堪……您不用回答我，也不用说什么，我就是要把这些告诉您……"不等她回复，我就手指飞快地敲击键盘，往事像电影一样一幕幕展现，破碎的家、梦想，对生活的失望，找不到坚持的理由……所有这些，在我的手指下变成文字飞到对面。这中间，她发了一杯咖啡的表情，让我知道她在听。我感受到她就在我身边似的。内心最深处的话终于说出来了，不知道她会不会笑话我，或者会烦我一个老爷们像个娘们一样喋喋不休。这些都不管了，说完仿佛卸下了千斤枷锁，身上无比轻松。

这时，我突然害怕她会说出我不能接受的话，连忙打字说："我有事下了，下次聊。"然后就把 QQ 退出登录了。

连续几天，我去了网吧都不敢登录 QQ，每次都在激烈的网络游戏中度过。我也不想去酒馆喝酒听音乐，就怕静下来会想这些事情。

这天晚上，我还是忍不住了，关闭游戏，输入了 QQ 登录密码。一上来就看到她的头像在闪，心里准备了一下，才有勇气打开：

"你还好吗？几天没见你了，我很牵挂。听了你的故事，很心疼，也感受到你的毅力和迷茫，这一路走来，你辛苦了。生活是一个看不见刀光的沙场，我们都在经受着磨难的挑战。希望在以后的日子里，互相陪伴，一起坚持，努力把磨难踩在脚下。相信一切都会好起来的。”

看完这段话，我鼻梁发酸，温暖又感动极了。她是如此温暖的女孩，平等对待我、理解我，完全没有我担心的轻视，她对我说了这么多关心的话。我突然之间觉得，这种感觉好熟悉，这么温馨……闭上眼睛去感受这种感觉，噢，这是姐姐的感觉……以前，只有姐姐会这样哄我、安慰我……此刻，我觉得南香雪像是姐姐的化身，她就和姐姐一样熟悉亲切。我就知道，她是一个能够让我感觉到温暖的女孩。

想想南香雪，我所面对的一切，在她面前都太渺小了，她是残疾人，但是她对生活依然抱着那么炙热的态度。我的生活再不好，我依然能自由行走，可以自由支配自己的生活，这本身就是一种幸福。南香雪的生活永远在屋子的某一个角落，但是，她的心却能够在天上自由飞翔。我虽然有手有脚，我的心却在一条直线上行走，狭窄单一。生活有很多条路，我为什么就抱着执念，把所有东西附加在世俗认定的框框里呢?

透过南香雪的眼睛，我看到世界不是我眼中的灰色，世界是多彩的，生活很美好。我还年轻，只要活着，未来就有很多种可能。活着本身就是生命的意义，我应该去过一个属于自己的不一样的人生。

我用一句：“你好，我来了。”作为开场白。她微笑的表情后面附着一句：“很高兴见到你。”双方很默契，都没有提之前的聊天，彼此和以前一样自然地聊着。她的字体是绿色的，像春天的大兴安岭山脉；她的语言平静而充满力量，给人希望。我真想看看电脑对面这个女孩的样子，她有一颗乐观、积极向上的心。

“你对未来最大的希望是什么？”我很想知道这一点，就问她。

她说：“想有个真心对我的人，能有个属于我自己的家。”

“你这么阳光、用心、有才华，你一定会遇到一个对你好的人。”说完，我又问道，“以后，我能叫你姐姐吗？”

“弟弟好。”她回复。

我很激动，快速地敲打键盘：“姐姐，以后弟弟会去黄山看你，也许会给你的生活带来一丝丝色彩。”

我又有了姐姐，精神上有了寄托，这让我心里非常的轻松温暖。

下线后，我不禁想，等我有时间了，我要去见见这位姐姐，然后带她出来玩一玩。姐姐现在其实没有人陪伴的，爸爸病了，家人肯定都围着爸爸转，她每天待在那个屋子里，肯定憋坏了。我抱姐姐上轮椅没有问题，注意点儿路，慢点儿推，这样她会舒服一点。我想象着自己推她的样子，带她去她说的码头看看，再去老街逛逛……

第二章 心上有个人

替她实现一个心愿

一个月后。傍晚的风吹拂着我脸上的汗珠和灰尘，我和工友们卸完最后一车货，拿扫帚把场地打扫了一遍，终于下班了。我回到宿舍，以最快的速度吃好饭，脱掉脏外套，洗头洗脸，刮胡子，换上前几天新买的衣服，收拾好，出门直奔网吧。

通过和南香雪的接触，我体悟到，一个人走的每一步，可能都是他应该经历的。不能改变的事情，不如意的事情，就要学会去放下。有时候，眼前浮现出姐姐的模样，我想，姐姐也不希望看到我这个样子。虽然心疼我的姐姐不在了，现在，网络对面这个人也是姐姐，这就是老天在帮助我，这些就可以支撑我继续走下去，觉得人生也就没有那么苦了。这段时间，我白天干活，晚上去网吧见南香雪。

跟南香雪在一起的时候，我觉得自己像个人了，有人关心、在乎，这种有人牵挂的感觉真的很温暖，让我身心不再孤单、漂泊、不安定。而且，我只要跟她聊天之后，人就会安静下来，好像有一种力量在影响我、引导我重新审视自己的人生，我内心的希望感也逐渐多了起来。有时候，我会想起和她聊天的样子，然后就开心地笑了，笑完身心愉悦。回过神来之后，我被自己的笑给震惊到了，我已经很久没有这种发自内心的幸福的笑容了。

去网吧次数多了，工友们都嬉笑着调侃我："又去找女网友呀，小内蒙。"我挑衅地回复："找女网友咋地。"然后迅速出门。网吧离装卸队不远，走几分钟就到了。每次下班去网吧，感觉就像回家一样，想着电脑那头有个女孩在等着我，就非常愉快。通过南香雪我知道了，罗浮是梅花的别称，香雪也是梅花的意思。想想她的境遇和毅力，她真的是一朵傲雪寒梅，不与百花争艳，却在风雪中独自微笑。很快我到了网吧，老位置十六号机，打开电脑登录，打开 QQ"家人"分组，看到她的头像亮着，我愉快地打出三个字：

"我来了。"

"心愿？你怎么改名字了？"她的话后面跟着一个可爱的笑脸。

我微笑着告诉她："因为心里有个心愿了。"

我询问了她父亲的病情，得知在吃中药治疗，情况还好，心里轻松了许多。希望她父亲早日康复，她就不用这么担惊受怕了，姐姐这么好的人，我希望她能过得快乐一点。

2008 年 5 月 12 日下午，快下班的时候，听说四川地震了。第二天上班又听说，四川这次地震比唐山地震还要厉害，北京都有震感。姥姥家在唐山遵化，我从小就从姥姥的描述中知道唐山大地震的破坏力，对地震也有恐惧感。北京有震感，我立刻想到南香雪，黄山离四川不是更近吗？她那里怎么样，不会有事吧？我心里很焦急，盼着赶紧下班，好去网吧看看她。越是着急，时间却好像静止了，过得越慢。终于熬到傍晚下班，我扔下手里的工具，脸没洗饭不吃，直奔网吧……

打开电脑，看到她的头像亮着，她在线，我的心终于放下来了。

“地震，你那里没事吧？”

“我这里没事，你那边也都好吧？”

“没事就好，我很好。”

我长长地舒了一口气，人放松下来。打开新闻，全是地震的报道，四川汶川，八级地震，余震还在继续。看着视频里灾区的惨状，一条条鲜活的生命逝去，尤其是那些孩子们，他们还没来得及看清这个世界，生命就永远定格在那里了，真让人无比心痛。看着部队已经陆续进入灾区展开救援，很激动，心里想着自己也要做点什么。对，那边急需血液，我要去献血……

我问南香雪：“如果你身体健康，此时，你想为汶川做点什么呢？”

她很快回复过来：“如果我好好的，我就去汶川做志愿者，我要献血，抢救每一条宝贵的生命……真想为灾区做点什么啊……”

“姐，哈尔滨防洪纪念塔那里，晚上为四川做祈福活动。我在新闻上看到，所有商品所得款项全部捐给灾区。我要去捐款，到时我替你也捐一份。”我说。

“太好了，我好想为灾区做点事，谢谢弟弟帮我实现心愿。”

“姐姐，那我下线了，现在就出发。”

晚上六点多，我来到防洪纪念塔，这里已经好多人了。我看到有一个卖蜡烛的，十元一包，旁边有个大箱子。我往箱子里放了五十块钱，拿了两包蜡烛，一包是我的，一包是南香雪的。南香雪身体残疾，但是面对灾难，她也想为灾区做点事情。她身体那么弱，隔得这么远，我想给她倒杯水都不现实，此刻，我自然是很愿意帮她实现为灾区捐款的愿望。

绵延几百米的防洪纪念塔江边，已经点燃了无数支蜡烛，一盏盏孔明灯缓缓地升起，飘在空中，好像那些逝去的生命飞向天堂。江面上无数只莲花灯把江水照亮，为死难者送行，为灾难中的人们祈福。场面很让人激动。我把两包蜡烛摆成心形点燃，火苗在微风中舞蹈着，我闭上眼睛，心里默默地为灾区同胞祈祷，一遍是我的，一遍是南香雪的，这样就好像把她也带到了现场。想到地震中逝去的人，感叹命运的无常，我和南香雪何尝不是这风中摇曳的烛火呢？微风尚可燃烧，一阵风雨即可熄灭。此刻，面对无情的大地震，我更加体会到生命宝贵，活着就是一种幸福。我祈愿，愿我和南香雪这份真挚的祈祷，能够为灾区带去一份温暖和帮助；也祈愿我和南香雪，以及所有活着的人，都好好珍惜身边人，过好每一天。等蜡烛燃尽，我学着其他人，把蜡烛油从地面上清理掉，以免加重清洁工的工作量。

再次下班去网吧，我把事情向南香雪做了汇报。她很高兴地感谢我，我说举手之劳客气啥。

“我今天去献血了，二百毫升，因为怕打针，紧张，筋肉紧绷，护士姐姐针扎不进，扎了好几次。妈呀，吓死我了，我最怕扎针抽血了。”

她发了一个大笑和一个大拇指的表情：“弟弟很勇敢。献血了，那你明天别干活了，请假休息一天。你去买点营养品，奶粉鸡蛋什么的，你做体力活的，需要补充营养。”

“没事的，就是刚抽完有点晕，献血站发了营养品，”我若无其事地说，接着问，“姐姐，讲讲你小时候的故事可以吗？我想听。”

她略作沉默：“可以。”

随着对话框里发来的一段段文字，我心里也越发心疼对面这个强大的弱小女孩。我们聊完已经很晚了，相互道别下线。

我躺在宿舍里，脑海中浮现一个八九岁的女孩子，她早早就起床了，坐在八仙桌旁的椅子上。家人都去上班了，弟妹上学，透过空荡荡的客厅大门，看着外面的阳光。她先用无力的手撑住桌子，慢慢把腿挪在地上，颤颤巍巍站起来。站一会儿，等腿适应了身体的重量，再一步步沿着桌子往大门方向挪动，挪到桌子尽头稍作休息，然后憋住一股劲儿，紧盯着大门把手的位置，猛冲过去……因为手脚无力根本不听指挥，走起路来像鸭子一样左右摇摆，如果力气足，可以顺利抓住门，反之就是重重地摔倒在水泥地上……抓住门了，还要调整力气和重心，先迈出一条腿，挪到凳子跟前，身体靠着墙，减缓下坠速度坐到凳子上；如果半路摔倒了，手脚摔得发麻也顾不上哭，赶紧手脚并用爬到凳子上坐好，以免被人看到尴尬。走到门口，虽然只有四五步的距离，但她要拼命一般全力以赴，还要冒着摔倒的风险……

我问她："为什么非要冒险走出去？"

她说："坐在屋子里，就被世界抛弃了，走出去能看到天空、太阳、路上的人、嬉戏的小孩，就好像，我还拥有这个世界。"

我知道，她是害怕被遗忘，害怕生命中没有伙伴，被孤立。我想到了自己小时候，和伙伴玩得开心，都会因伙伴妈妈那句"回家吃饭了"，而感到被孤立、被遗弃。这种感觉是一生的痛。我和南香雪尽管经历不同，但感受却如此接近。我的内心闪过一个近乎冲动的想法，我有健康的手脚，我可以做她的腿，每天带她出去，去看看这个世界，拥有这个世界。

鼓足勇气去表白

时间飞快，一眨眼就到了火热的夏天。我和南香雪越来越聊得来，这种感觉很舒服。前段时间，白哥回哈尔滨了，他带我去江北大学城工地干活，收入比装卸队高。我辞别周老板，和白哥去了大学城。

2008 年 8 月 8 日，第二十九届奥林匹克运动会在首都北京举行。这是中国第一次举办奥运会，作为一个中国人，我无比骄傲和激动。我老早就和南香雪约好了，要一起看奥运会开幕式。

我特地请了半天假，买了一堆好吃的和啤酒，想着如果南香雪在我身边就好了，两个人一起吃，一起看开幕式多好。傍晚，我洗了澡，换了身干净的衣服出发。大学城这边距离网吧很远，坐了四站公交车，又走了一段路才到网吧。坐在电脑前，看着南香雪的头像一直没上线，我有些着急，这么重大的盛会，两个人一起看才更有意义呀。我一次次地发信息，直到开幕式开始了，她也没有上线。我只好一个人看奥运开幕式了。我边看边给她打字："你不在有点遗憾，没事，我把精彩的地方记录下来，告诉你。"

"烟花太美了，是个大脚印，好像空中有个巨人在走路……中国队进场了，人好多，队伍很长……运动员好多……这次奥运会是历届人数最多的一次，这次中国队奖牌数量一定超过美国，拿第一名……"

我把所有的精彩瞬间都记录下来发给南香雪，想到明天她打开电脑就看见我发的这些，一定会很开心，我也哼着歌曲回去了。

第二天去网吧我才知道，南香雪父亲病重去上海了，家人都在医院陪护，邻居每天照顾她起居。看到这个消息，我一下子也不知道怎么安慰她，就鼓励她一定会好起来的。

“我在网上发了个帖子，拍卖我的古诗词，为我爸筹钱，我什么都没有，只有这些年写的诗词。”耳麦里，她柔和的语气掩饰不住忧伤。

“什么时候发的帖子？”

“有一段时间了，我没告诉你，不想你着急。”

“我能做什么？要我做点什么？”

“不用的，你干活很辛苦，照顾好自己我就放心了。”

“姐，你把帖子发给我，我知道几个网站流量挺大的，我来转发过去，也许能帮到你。”

我立刻动手在几个知名论坛转发了南香雪的帖子，并留言希望大家帮助再转发。我心里默默地祈祷，希望她父亲能好起来，千万不要丢下南香雪。听她伤感的语气，我真的很想在她身边陪陪她。下线之前，我把手机号给了南香雪，告诉她：“夏天工地上忙，我干活不能经常来，有事就给我打电话。记得，无论怎样，你还有我。”

晚上躺在床上，我久久不能睡去，脑海中不断出现她的名字，她温柔的声音，以及同样让我揪心的她父亲的情况。父亲是南香雪最大的依靠，万一真的离开她了，她一定很伤心。想到南香雪失去父亲之后的生活，真的很不忍心。我心里闪过以前就出现过的感觉，我理想中的媳妇，就是像她这样温柔体贴充满智慧的。想到在我最脆弱的时候，她出现在我的生命里，并给了我活下去的勇气和动力。我从开始的敬重到后来的崇拜，还有那情不自禁就冒出来的想法，她要是做我媳妇就好了……可是自己都如浮萍一样漂泊不定，拿什么来给她安稳的生活？自己没有一技之长，也没有钱，以后怎么过？况且，还不知道她会不会接受我……更重要的是，她是一个思想心灵干净的女孩，还有她身体的情况……我只要对她说出那句话，就是一个承诺，而这个承诺是要用一辈子去实现的。婚姻对她不允许有挫折，否则她会承受不住。只能成功不能失败。想到这里，感觉有一座大山重重地压了过来。

我翻身起来，走到外面，点着一根烟让自己冷静一下。正是酷暑时节，闷热让人更加烦躁，一阵晚风吹来好舒服。南方天气更加闷热，此刻，想到南香雪，她一个人在家应该也没有睡着，心里一定在惦记着父亲。空荡荡闷热的房间，一个人忍受着悲伤……身上一定出汗了，可是她无力的手不能帮助自己擦去汗水，只能无奈地被迫忍受着。如果我在，我就抱她出去乘乘凉……我没有物质基础，但最起码，我能让她过上一个人应该有的生活，这是我完全能够做到的，也是她最需要的。她曾经帮助我走出灰暗的低谷，而此刻的她正在经历我经历过的痛苦，命运安排我们在彼此脆弱的时刻相遇，我想应该是有原因的。

南香雪对我而言，不光是一个知心的姐姐，更是有再造之恩，如果我能给她带去快乐，如果我的双手、我的双脚能够托起她的生命，我又有什么理由不去做呢。她现在和我一样，都需要一个属于自己的家……

“一个大老爷们，婆婆妈妈磨叽什么，既然认准了就去干。”我狠狠地在心里说，丢掉手中的烟头，回宿舍睡觉。

第二天早上，我很早就醒了，去找代班小工头，跟他说我有事请假一天。小工头很生气：“工地这么忙，你还请假，请假扣钱！”我说：“我真的有事，你要扣钱就扣吧。”工地机器声轰鸣，让人心情烦躁，我信马由缰地走上马路，来到一个人少的小公园，坐在长椅上点着一支烟，梳理一下思绪。

真的要去跟南香雪说出那句话了，我的心情突然一下子沉重起来。毕竟，我和她是两个世界的人，她是富有才华的女孩，有良好的修养和性情。而我是一个普通的打工仔，脾气急，有时偏激不讲理，还一无所有……如果她拒绝我，我会很没面子，一个残疾女孩都会拒绝我，我能不能承受这个打击……以后，还有没有信心再去寻找我的另一半？还有，即使她答应我了，我的亲戚朋友知道了一定会很吃惊，说我娶了一个残疾女人，一定会鄙视、看不起我，毕竟这样的结合超出他们的认知。甚至以后我们走在街上，路人也一定会用异样的眼神看我们，窃窃私语……

我以前谈恋爱，都是那种简单又传统的方式，认识后有好感，就托人约她出来，核心谈话就是，先处着看，如果合适就继续下去，不合适，彼此都可以平静地转身，再去寻找那个适合自己的人，对生活和未来没有任何影响。而南香雪则不然，虽然她是一个富有智慧且性格坚毅的女孩，但我可以肯定的是，在感情这件事上，她是一张洁白的纸，任何一点痕迹落上就是永远擦不掉的颜色。我是否有足够多的色彩，让这张白纸变成一幅绝美的画卷？在没有落笔之前，我是否已经把画面构思好？我落笔的走向与线条，都决定着她未来生活的方向，也决定着我未来的人生。

这是一个彻底改变我人生轨迹的选择，我清楚地认识到，跟她一起生活，我会失去很多。现在她是家人轮流照顾，跟我在一起之后，所有的一切就都是我一个人面对了，我所有的时间都要围绕她来转，不会再有如今的自由状态。这个事实真的有压力、也很沉重，而且这样的生活和这份承诺，是要用一辈子来完成的。试问自己，是否有足够的信心和耐心去履行这个承诺？在没有和她说之前，我有一万条退路，一旦那句话说出口，我只有一条路，那就是和她一起走过今生……一个人漂泊这些年，我很想有个温暖的家，我想有一种安定平稳的生活。如今的女孩总是世俗地提出我反感并且做不到的要求，而南香雪不会那样，她是注重精神世界的女孩，让我很安心、很踏实。况且，命运安排我们在彼此最低谷的时候相识，就像人生的脉络走向都有它的道理一样，这时候，是我该要做这个事情了。这是命运的安排，也是我和她走到一起的一个必然。对一个女孩做出一生的承诺，这是一个男人的尊严，更是一个男人的荣耀。既然我想和她度过此生，那就去表白，就算被她拒绝，也要试过才知道，万一她同意呢，那么，一个温暖的家，一个智慧温柔的媳妇，一个男人的荣耀就在眼前了。想到这里，一股从未有过的雄心壮志在心底油然升起。

我掐灭烟头，离开了小公园。就近找了一个小饭店，吃了点东西，特意喝了两杯白酒，就算是给自己壮胆吧。然后，我带着一股雄心壮志，像个战士走向战场一样，脚步坚定地朝着网吧走去。

幸福的钥匙

我买了两瓶冰镇可乐，特地多花了一倍钱，在网吧开了个包厢，这是一个庄重神圣的时刻，我得单独和她在一起。我打开电脑，但是没有登录 QQ，我还需要准备一下，酝酿情绪，让自己冷静，把要说的话在脑海里演练了几遍。大概过了十多分钟，感觉自己准备好了，然后登录 QQ。不出所料她在线，简单闲聊了几句，要说了……我的双手在键盘上放了好半天，接下来就不停地打字，把脑海里的话一口气说出来，发过去，中间一句话都不能断，头也不能抬……我听见胸口“嗵嗵嗵”在跳，心要从喉咙口蹦出来了……

“姐姐，接下来我要和你说的话，你可能会很吃惊，但请相信这是我的真心话，也是我慎重考虑过的。”

“我要做你的爱人，和你共度今生，做你的腿，带你去看大海、草原、沙漠，让你过上正常的生活，做个自由的女孩……”

打完字之后，我整个人就僵硬在那里了，像一下子按了暂停键，心还在狂跳……可是，对话框里却什么回复都没有。我既期待又很不安，连忙抓起身边的冰可乐，喝了一大口，让自己冷静……再看对话框，还是没消息。此刻，我心里很怕，就不停地喝冰镇可乐……我想，她是不是不想答应我？毕竟她是那么有才华的女孩……内心涌来一股沉重的担忧和不安，我害怕又一次的失败，害怕自己承担不了后果。她要是拒绝我，我以后可能都没有勇气面对自己了……忽然，对话框里跳出一段文字，她回复了……

“我身体残疾很严重……我可能也不能生孩子……不行的……我真的……很严重……”

南香雪的回复很凌乱，但是她并没有一口拒绝我。我如释重负，立刻打字过去：“我知道，我喜欢的是你的人格魅力和才华，是你的温柔，与你的身体没有关系。相信我，我会用心呵护你，时间会证明我对你说的话。”

她发了一个泪流满面的表情：“我……可以答应吗？我身体是畸形的……做什么都要人照顾……会很累……我怕……”

“不要怕，我不想孤单，也不想你再孤单下去了。你就是我要找的人，我会好好待你的。”

“你叫什么名字？”

她这个问题让我措手不及，这真是个很尴尬的事情。认识这么久了，从来没有告诉过她我的名字，每次两个人聊天都沉浸在那种舒服的氛围里。她竟然也没有问过我的名字，都是以网名来叫我，后来我叫她姐姐，她就一直叫我弟弟了。

“我的民族名字叫阿格迪，意思是勇敢智慧善良的猎人。我的汉名叫吴旭春，十个太阳。”我说。

“阿格迪，好听，意思也好。十个太阳……太晒了，生活会累……我送你一个名字好吗？以后，你就叫阿春，愿你以后的人生，像春天一样温暖多彩。”

当南香雪说完这段话，看着她送我的新名字——阿春，我内心是激动的，浑身充满力量，是这个女孩给我的力量。她赋予了我一个名字，我感觉到重生的意义，仿佛整个生命都焕然一新了。在我的意识里，能给你取名字的人，就是父母或者身边重要的人。南香雪赋予了我一个新的名字，这就是我人生的分水岭，我感觉从这一刻起，我和她的人生都不一样了。

“我喜欢你这么叫我。姐姐，那你答不答应我呢？”我有点心虚，有点着急，现在就想要一个确定答案。

“我想一想，好吗？”她的回答后面是一个害羞的表情。

从她回复的表情，我忽然有点懂了，她是个矜持的女孩子，她没有经历过这样的事情，她害羞。但是她没有拒绝我，还给我取了新的名字，那基本上……应该就是同意了。于是，我向她提出一个请求，把网络上的征婚启事删掉，因为我不想有竞争者。她答应了。这就对了，她就是接受我了。我心里一阵欢喜，嘴巴也不自觉地笑了起来。可是，我还是想听她亲口说出明确的答复，只有她说了，我心里才踏实。她答应两天后给我回复。

尽管两天不是很长，但是对我来说就是度日如年，我在焦急中等待着，期待她答应，又担心她变卦。

终于到了约定时间，我依旧在网吧包厢里，南香雪终于说出了“答应你”。这一刻，所有的等待煎熬都是值得的，她答应我了，我真的很激动，浑身暖暖的，非常愉悦。我终于可以有家了，而且这个家是以后都不会丢失的，我不会再漂泊了。

“阿春，我把来征婚的人都删掉了，以后我的生命里只有你了。”

看着香雪沉甸甸的话，我知道，就和我想的一样，她的婚姻只能成功，我一定会用我的全部去护她周全。接下来的人生旅途，我身边有了依靠，同样我也被她依靠着。以后的生活，我要承担起一个家的责任。

从网吧出来之后，看着这个生活了十五年的城市，感觉特别亲切，我发现我从来没有认真地看过她。此刻，天空刚刚下过一场雨，乌云正在散去，阳光从云彩的空隙里直直地照射下来，像舞台上的灯光，一束一束的，照在街上，照在人群中。云在漂移的时候，光束也跟着走，城市美得就像一个童话世界。我忽然发现，原来这个世界就是童话里的天堂，原来我们每个人都有一把打开天堂的钥匙，这把钥匙就在你身边，它是隐形的，在找到这把钥匙之前，你一定要经历很多东西，否则你无法拥有。最后，你找到它，也看不到它的样子，但是你会发现这个世界的美好，这个世界就是天堂。是香雪指引我找到了钥匙，她是我今生最宝贵的财富。

当一个人有了一个珍爱的人或者得到一件珍贵的东西，那种愉悦和激动，使得整个身体都很舒服畅快。我忍不住地想告诉每一个人，我有女朋友了。第二天，我跟白哥说了这件事。很快工友们就都知道了，反应各种各样。但是这些我并不是很在意，我就是想要说出来。

这天下午，我正在干活，手机收到一条短信，是用我以前的网名“影子传说”写的藏头诗：“影儿为谁瘦，子心痴念沉。传书倩鱼雁，说与心上人。”是香雪写给我的。看着手机上她优美而饱含真情的诗句，我的嘴角不自觉地上扬了起来。工友推着沙石满满的独轮车过来，他问我："看什么笑得那么开心，是情书吧？"我不做理会。"是情书，但比情书高级，是情诗。"我在心里开心又骄傲地说，擦擦脸上的汗，干活更有劲儿了。工地连续十多天没有休息，手机号给香雪也好久了，她没给我打电话，我想听她说说话。这么久没法上网，她一定也很想我。这天傍晚时分，她终于打电话过来，柔柔的声音像微风拂面，很好听、很舒服。

我抱歉地告诉她："工地赶工期，实在没时间去网吧。"

她说："没事没事，就是好久不见，担心你。你干活注意身体，不要累坏了。"

每次听到她关心的话，我都感觉好温暖，恨不得一下子把她紧紧抱在怀里，保护她，不让她受一点委屈，天王老子都不行。

九月份是工地缺少工人的时候，有的人回家收秋了，我们在工地的就吃苦了，每天都加班，甚至连轴转，干一天一夜休息半天。这天下班，随便扒拉了两口饭，我倒头就睡着了。朦胧中，听见有人叫我，坐起来一看，是香雪睡在我旁边，几个猥琐的光棍工人，正在欺负她。我发疯般地冲过去推开他们，推开这个，那一个又过来了，如此反复。我近乎绝望地叫喊着，死命挥着拳头，打着打着，手臂一空，一下子惊醒过来，赶紧看看身边，没有香雪……庆幸只是一场噩梦……我喘着粗气，身上全是冰凉的汗水。对我们未来生活的不安，又一次让我感觉迷茫，准确地说是不自信，我不确定自己能给她一个稳定的生活。梦里的情景绝对不能出现，绝对不能。

这天，我在 QQ 里和她说了这个梦。我真的很害怕那样的生活，我没有钱更没有技术，难道我要带着她过我现在的生活吗？香雪说："你别急，不要想得太多了。我们的事情，我跟我妈说过了。妈很高兴，说让你来我们这边。等你来了，我们可以在码头摆个水果摊，那里游客很多，会有生意的。或者，你来了去我叔叔工作的地方干活。生活总会有出路的。”香雪的话，让我安心下来，不再迷茫忧虑。

哈尔滨的十一月初，工地停工了。我和白哥找了一个工厂上班。这天晚上去网吧，登录QQ，这个时间，她头像竟然不在线，这是很少有的事情。我有种不祥的预感，点开她的QQ，签名上写着：“为父亲守孝，不亮QQ。”虽然知道父亲病情加重，心里也有准备，但这一刻到来的时候，心情还是沉重的。香雪一定很伤心，真恨不得马上飞到她身边，跟她说，不要怕，爸爸不在了，你还有我。此刻，她需要我，是最需要我的时候。我想，是时候见面了。我给她QQ留言：“我要去黄山见你，我做好准备了。”

六千里路去见她

2008年11月底，香雪父亲去世已经过了七七。我给香雪打电话，告诉她：“厂里发了工资，我就来黄山，你把详细地址告诉我。”

“你确定……准备好了吗？”香雪的语气略带迟疑。

我给了她肯定的答复，请她耐心等几天，我就来了。这天，跟厂子结算了工资，想着就要离开哈尔滨了，看着这个生活了十五年的城市，才发觉她已经融进我的身体，成为生命的一部分了。接下来的时间里，我几乎每天都去北三道街12-8号酒馆。还是那个圆顶窗的位置，轻柔的音乐，一大杯黑啤，酸黄瓜，列巴加红肠。那个俄裔老板跟我说：“这里的老建筑政府要重新规划，酒馆可能开不了几年了。”我心里很不舍，这充满异国情调的氛围里，有我很多的回忆。但人总是随着时代变迁而改变的，大概这是人生的另一种必然吧。

我把以前干活的地方都走了一遍，中马路装卸队，那里已经变成小区的工地，骗子中介那条路也走了一遍。记得当年被骗也是十一月份，上次是拼着命走路不想被冻死，这次我是在和所有这些、和曾经的自己作别……再见，那个四处飘荡的少年；再见，那个孤单茫然的男人。每次吃饭，我都会尽量多吃点，毕竟黄山那边吃不到这些了。最喜欢吃的张包铺的三鲜包子、二姐麻辣面、张飞扒肉……我再一次用心品尝着它们的味道，把这个城市我所熟悉的滋味，都深深地刻进我的身体。

离开哈尔滨的前一天，白哥特意找了个好饭店，叫了一桌子菜为我送行。白哥对我说："老弟，既然要跟人家过日子，就好好的，不能瞎弄。虽然人家是残疾人，但毕竟是个姑娘，还是个文化人。不能像我这样没正形，混到这熊样。如果她家对你不好，也别受气，不行就回来，哈尔滨还有白哥……"

"白哥，我这一走就不会回来了。你也要少喝点酒，好好干活，争取把嫂子接回来。"

听着白哥像个长辈一样嘱咐我，我心里一阵酸楚。往事历历在目，干活时，他对我的照顾，受人欺负时，他对我的保护，还有我们一起做的烧烤摊……白哥以前在老家开烧烤店，因为喜欢交朋友喝大酒，店里慢慢就没生意了。老婆恨铁不成钢，和他离婚了。眼前这个生活不如意的男人，这些年给了我很多帮助和关心，已经像亲人一样温暖。

第二天下午两点，天空飘舞着大片大片的雪花，世界白茫茫一片。在即将踏上列车的那一刻，我拨通了香雪的电话，郑重地对她说："香雪，我马上就要上火车了，上了这趟火车，我就把所有的后路都断了。"

手机里，香雪微微颤抖的声音："嗯，你一路小心。"

踏上火车，随着列车缓缓启动，我透过车窗，贪婪地看着这个生活了十五年的城市，眼泪不自觉地流了下来，再见，哈尔滨，我的第二故乡。

经过十几个小时的颠簸，第二天上午，火车到达北京站。出站后，第一时间我就去找电话亭，跟香雪报告行程："我刚到北京，今天坐北京到福州的火车，明天就到黄山了。我手机没电了，一会儿找个地方充电。"

"你辛苦了，吃饭了吗？累吧？要不你先找个旅馆睡一觉。"

香雪关切的话，把旅途的劳累一扫而光，她真的是个好女孩。我告诉她："我没事，不累，有事尽量短信联系，我怕手机电量坚持不到明天。"

下午，随着熙熙攘攘的人群，我登上了通往黄山的火车。找到位置坐下后，耳边传来的全是陌生的方言，几乎听不到北方话了，一股从没有过的陌生感袭来。想着更远的黄山，那里是什么样的？江南，古徽州，应该是山清水秀的……幻想着香雪的家，她说过，是个三层小楼。在北方盖楼房的人家很少，因为烧暖气很费钱，除非很有钱才盖得起。也幻想着和她见面的情景，她家人会很礼貌地跟我打招呼，接待我……而香雪一定会很紧张，一脸害羞的样子……还有我们约定好的，见面要给彼此一个深深的拥抱，准确地说，是我拥抱她。见面了，我也很想拥抱她，一个改变我命运的女孩，我要把她紧紧地抱在胸前。"你好，麻烦出示一下车票。"列车员检票把我拉回了现实，我拿出车票，问火车到黄山几点。列车员说，明早七点三十二。那还有十二个小时。越来越近了，终于要开始全新的生活……到了她家，见面的紧张过后，彼此都会很高兴的，但是再高兴，也不能哈哈笑出来，因为她家正在守孝期间……想着想着，靠在座背上就睡着了。不知何时，我在一阵嘈杂中惊醒，赶紧看手机，六点半，已经快到黄山了。我朝车窗外看去，一下子被惊到了，延绵的群山是深绿的，树叶是绿色的，草也是绿的，偶尔还有些野花，天空还下着小雨……北方的冬天一片干枯，只有白茫茫的雪……这一刻，季节在我的认知里错乱了。身旁的人说着我完全听不懂的方言，感觉到了另外一个星球。列车广播里说前方就是黄山站了。我突然紧张起来，赶紧去洗了把脸，简单收拾一下，拿好行李准备下车。

走出火车站，天空还飘着细碎的雨，一阵阴凉的寒意袭来，虽然我穿着厚实的冬装，还是很不习惯这种阴冷。怕香雪牵挂，我赶紧给她打电话，告诉她我到屯溪了（黄山市原名，香雪告诉我的）。香雪的声音听起来轻柔平静，但是我能感觉到她很紧张，只是在极力克制。她详细地跟我说了到她家的中巴路线，告诉我到镇上后，叫个三轮车，并说只要告诉车夫她父母的名字，车夫都知道的。

我放下电话，找了一个小吃摊，吃了碗馄饨。馄饨皮薄透明，看起来很好吃，但我却吃不出味道，就胡乱地塞进了肚子里。中巴车离开屯溪，朝着香雪的方向越来越近。公路两边山很多，间隔也很小，把路挤出很多弯道，不像北方的开阔。终于到深渡了。这是一个不大的徽州古镇，一条笔直的马路贯穿整个镇子，尽头是个码头。一些乌瓦白墙的建筑别有风味（后来知道那是徽派建筑）。码头上熙熙攘攘的人群，很是热闹。

我拉着行李箱走到一辆三轮车跟前，跟他说我要去哪里。司机用生硬的普通话问我："是那个会写书的残疾人吗？你是她的网友吧？"我装作没听见，他也就带着惋惜的语气说："那是个可怜人哦。"三轮车经过一座长长的大桥，河水碧绿清澈，不过此刻我没有心思观赏。过了大桥，不一会儿，三轮车转进一条很窄的巷子，车子还没有停下来，司机就探出头，中气十足地用方言大声叫起来。我被他吓了一跳，怕他的声音招来围观的人。

车子在一个院门前停下，应声走出来一个年纪和我相仿的女人，袖子上戴着孝布，应该是香雪的妹妹了。她那带有哀伤的脸上挤出一丝笑容，对我说："来了"，说完引着我走进院子，指着里面的门说，"她在里面。"转身就走开了。

我提着箱子走进去，因为阴天，屋里光线不太好。稍微过了一会儿，眼睛适应了，我看见香雪坐在书桌前，有点陈旧灰暗的墙壁上，一副挽联散发出悲伤又肃穆的气氛。香雪瘦弱的身体，蜷缩在宽大的米色棉衣里，发丝有点凌乱，面容清瘦惨白，戴着眼镜……她的手非常细，我从来没有见过一个成年人的手那么细……她的衣服也很单薄，衣服中的身体是畸形的……我感觉她很冷，心想赶紧给她加件衣服，或者怎么能让她暖和一点……这一瞬间，我脑海里飞速闪过很多想法。我意识到她也很紧张，整个人都在颤抖。我心里一阵心疼，也不知所措了……彼此沉默了一会儿，香雪温柔的声音很低："你来了。"

我答应了一声，把箱子放在一边，坐在离她不远的地方。从我进门，香雪妈妈就一直在院子里洗菜，她妹妹用纸杯给我倒了一杯温水，我赶紧低头喝水……感觉她在看我，一抬头，彼此的眼神碰在一起又同时闪开。

"你累了吧，要不要先睡一觉？"她轻声问。

我赶紧说好。我确实累了，同时也想让自己有个时间过渡一下。香雪的残疾远远超出我的想象，还有她家里悲伤冷淡的气氛，也在我的意料之外。香雪喊妈妈过来，带我去三楼休息。这里的房间和北方完全不同，床上铺的褥子和被子都很薄，没有暖气也没有其他任何取暖设备。我看看窗子，感觉屋里比屋外还冷。所有的一切都超出了我的想象，让我有些慌乱。

下午三点多，我睡醒了。下楼只见香雪独自在客厅坐着。屋门关起来了，屋子中间有个火盆，温度比上午暖和了很多。我简单地和香雪说了几句话，她还是很紧张。于是，我拿了一把折叠椅，有意坐得离她远一点。我知道，不能像正常谈恋爱那样的对待香雪，她就像一片雪花，既要保持她的美丽，又不能让她受到任何一点污染。其实，某些意义上她是被动的，而所有事情的轻重缓急，我是占了绝对的主导，但是这种主导不是一种压迫，而是要跟她处在一个平行面上，要尽量以一种很顺滑的方式过渡，让她慢慢地不紧张。

我问她："你冷吗？穿这么少，我给你倒杯热水暖暖吧。"

她看着我，轻轻地摇头。她说："厨房里有馒头，妈给你买的，你去吃点。"

这时候我肚子也饿了，就去厨房吃了两个馒头，吃了点菜。出来的时候，她微微笑了一下。我感觉她放松了一些。没一会儿，香雪妈妈回来了，她用方言和香雪说着什么，虽然我听不懂，但感觉是说轻松的话题。香雪妈妈说完，就去厨房做饭了。

客厅餐桌上，晚饭很丰盛，香雪一个人坐在书桌那里，她妹妹给她夹菜端饭过去。原来香雪都是这样吃饭的。我感觉她一个人吃饭没有味道，往碗里夹了菜，然后坐在香雪的书桌旁，陪着她一起吃。只见香雪用右手的食指和大拇指团捏着筷子吃饭，其他手指都是不能动的。虽然我早就知道她的双手情况，但是亲眼看到时，心中仍然有些震撼和心疼。她饭量不大，一小碗饭还剩了一点。

我说："你吃得太少了，要多吃点。"

她轻声说："吃饱了。"

我就把她剩下的饭倒进我的碗里，不能浪费。晚饭很多菜，关键是有馒头，看得出来是特意给我准备的。香雪妈妈还不停地叫我多吃点，我索性就敞开吃了起来。看着这一家人热气腾腾吃着饭，一股家的温暖渐渐包围着我，这久违的温暖。

晚饭后，香雪的家人都去串门了。我坐在香雪的书桌旁边，为了让她缓解紧张情绪，我避开那些沉重的话题，跟她讲了很多我小时候调皮捣蛋的往事，讲一些轻松开心的事情。香雪局促的神情一点点消失了，偶尔发出会心的笑声，话也多了起来。彼此之间的紧张，这时候才真的消除了，慢慢地找回了没见面之前的那种感觉。

“明天我带你出去玩吧。”我说。她用惊讶的眼神看着我，我坚定地重复了一遍：“明天我带你出去玩，好不好？”她的脸上出现开心期待的表情，冲我使劲点点头：“好啊。”

第一次推她出去玩

第二天起床，我看了看窗外的天气，还好，雨停了，太阳出来了。但天空还是有点灰蒙蒙的，不像北方的天空蓝得那么纯粹。

下楼吃过早饭，香雪妈妈和妹妹去市场买菜了。我就坐在香雪身边，两个人一起看电脑聊天。我才知道，她上网除了学习，就是听听音乐，上 QQ 和好友聊聊天。我跟她说：“电脑可以看电影。”她很惊讶。我更惊讶，这是一个多么认真学习的女孩子呀，竟然不知道电脑可以看电影。我微微一笑，心想真是个傻女孩。

我起身倒了一杯温水给香雪喝，自己也倒了一杯，就发现她有点心神不宁，一次一次地看大门外，神情欲言又止的……她消瘦的圆脸上，一双单眼皮的小眼睛，在镜片后滴溜溜地转来转去。我知道，她很想出去玩，昨晚我说了带她出去的，但是她又不好意思说出来。我觉得她这个样子很有趣，就在心里笑，有意拖了一会儿，最后实在不忍心了。我说："我带你出去玩。"

香雪的小眼睛立马炯炯有神，开心极了，她告诉我："轮椅在大门背后。"

我把轮椅从门后拖出来，这是一辆银色的折叠轮椅。我左看右看，看不出所以然。

香雪说："你抓住扶手，往两边一拉就打开了，再把脚踏放平。"

我按照她说的，打开轮椅，然后，推着空轮椅在客厅里来回走了几步，感觉还比较顺手，心里轻松了很多。驾驭轮椅是我今后必须具备的技能，不然我就做不好她的丈夫。

门口有两级台阶，轮椅不能直接推出去，我就把轮椅搬到门外，把刹车刹住，这是抱她坐上轮椅的关键一步。不然把她放上轮椅的时候，我想轮椅一定会跑的。做完这些，我又仔细看了一下距离和障碍物，从她坐的位置到屋外的轮椅，大概是五米的距离。准备妥当，我走到她身边，她的脸上泛起红晕……知道她有点害羞，我强装镇静，在她的椅子边半蹲下来，小心翼翼地抓起她的手，搭在我的肩膀上，右手从她的后腰伸进去，左手托住她的两条大腿，尽量多抱住一些，以保证她的安全。我憋住一口气，一发力把她抱起来，瞬间发现她身体好轻，我用力过猛了，她身体已经腾空……电光石火间，我赶紧收力，双臂紧紧地抱住她，没事了。我后背惊出汗来，真没想到她是如此的瘦小，最多能有六十来斤。我想着，以后一定要给她做好吃的，把她养得白白胖胖的。

因为她身体很轻，我抱着她轻松地走下台阶，轻轻地把她放在轮椅上。轮椅后面有安全带，我找到了，把安全带扣上，调节好松紧，尽量让她以最舒服的姿势坐好。我忽然发觉，从我抱她起来，到坐上轮椅，一切都很熟练，自己都觉得不可思议。仔细想想，其实，我以前已经在心里都模拟过很多次了，所以才会这么驾轻就熟。

我推着轮椅走过她家屋后的小街，再走上主路，那里有个近四十度的陡坡，我就用力加速往上推，推到一半，她的头猛地一下往后倒下来，我赶紧俯下身体，用前胸接住她的头。

香雪说："忘记告诉你了，我的脖子没什么力气，往后仰就支撑不住。"

我说："你就这样靠我身上。"

我双手推着轮椅，继续用身体支撑着她的头，顺利地上了陡坡。走到主路上，人就多了起来，他们都用好奇的眼神看着我们。这是我意料中的，我避开他们的眼神，自顾自地推着香雪走。路过一个人，她和香雪打招呼。香雪迟疑了一会儿，才回复人家。

我很好奇："人家和你打招呼，你都不理人家，没礼貌呀。"

香雪尴尬地说："我已经很久没有出过屋子了，冷不丁一出来眼睛不够用，看哪里都看不过来，加上近视看不清楚，反应就慢了。再说，很多人我也真的不认识了。"

听了她的话，我理解了。是啊，在那个屋子里一待就是三十年，这三十年封闭的生活，隔绝的不仅仅是自由自在的奔跑，还有那些很正常的人际交往。所有这些基本的东西，在香雪这里都需要从头再来，重返人群的第一步，就是出来看看天空和山林。以后，我每天都要带她出来玩，让她回归正常的生活。此刻，我想起她的父亲，那个唯一能抱她出来晒太阳的人，您不在了，让我来继续履行一个"父亲"的责任。

路上要经过一座长长的大桥，景色很美，宽阔碧绿的江水，上面划过渔船，江两边郁郁葱葱的青山……好一派江南美景，好似走进了画中。我想着，自己的余生将在这里和香雪生活，感觉很幸福。香雪在轮椅上东看一下，西看一下，眼睛忙不过来了。看着她左摇右摆的脑袋，我就放慢了脚步。人们最简单的日常生活，随时可以看到的人间景色，此刻，对她来说是一种极致的享受。而这种感觉对于她来说，我想，应该是证明她活着的理由之一。香雪凭着记忆，带着我走到她曾经上学的学校。

看到已经变样的校园，她感叹着说："上学那几年，是我童年里仅有的快乐时光，往事历历在目，同学们的容貌都已经模糊了……都失散了，人生啊，走过的，都回不去。"

看她很惆怅，我跟她说："人这一辈子就是在失去中度过的，要学会放下。"

这话是香雪跟我说过的，我用来安慰她。我推着香雪在黄山大道上慢慢走着，路过一个精品商店，香雪的眼神明显在看着里面的东西，我就推着轮椅往里走。老板娘唰的就堵在我们面前："你们干吗？"

我也没好气地回复："买东西呀，你说能干吗？"

老板娘如释重负："哦，那你们看看吧，慢慢看。"

香雪认真地看着每一件商品，因为近视眼，所以看得更加仔细。我心想，这也是个喜欢逛街的女孩。看了半天，她也没挑出要买什么。我看着她宽大的衣服，尤其是领子很大，脖子露在外面。就过去挑了一条紫色的羊绒围巾，感觉好看又实用。买完就帮她围在脖子上了。

香雪满含深情的眼神看着我，她问我："好看吗？"

我说："好看，和你的肤色很搭。"

香雪的反应让我意识到，她是一个很容易满足的人。我想，很多残疾人应该都是这样的。他们的生活被固化了，人们以为他们只要吃饱穿暖就可以了，却不知他们和健全人一样，有情绪，有需求。

从店里出来，看时间不早就往回走了。走到大桥上，河面起风了，风很大，迎面扑来。香雪抬起右手，用袖子挡着脸，她吃力地说：“我透不过气……风……太大。”我赶紧走到她前面，她因为呼吸困难，脸憋得红红的。我连忙把轮椅倒过来，面对她推着轮椅走。这样我在她前面能挡住风，她背对着风，就不会被风吹憋气了。这样的风对我来说是一点也不会影响呼吸的。香雪的身体真的很弱，应该是长时间坐在家里不运动，肺活量差了。

今天的晚饭依旧很丰盛，香雪妈妈特意做了火锅。我先盛饭给香雪，饭上面夹了满满的菜，然后坐在她身边一起吃饭。

我问她：“今天开心吗？”

香雪冲我笑了一下，她轻柔愉快地说：“开心，就是没看够。”

我说：“那我明天还带你出去玩。”

哪知第二天，香雪脸色就不太好了，还咳嗽，昨天桥上风太大，受凉感冒了。她说：“我气管不太好，容易咳嗽。”我心里一阵懊恼，应该给她加件衣服再出去的，怪自己太莽撞，考虑不周全。

我要去给她买药，香雪说：“没事的，药已经吃过了，没什么大问题。就是昨天出去玩，坐了几个小时轮椅，到现在还是感觉身体起伏不定，飘飘的，好像还在坐船、坐车似的。”她憔悴的脸上带着喜悦的神态。香雪已经一年多都没有坐轮椅出去过了，身体已经忘记行走的感觉，这就像我们晕船一样，好多天脚下没根儿。这么多年，香雪失去的太多了。我想着，以后无论她想要什么，只要我能做到的，我都去做。只是，她的身体情况远远超出我的想象，看来，照顾她不是容易的事情，先要彻底了解她的身体情况。以后，要绝对避免因为疏忽而让她生病的事情，她柔弱的身体经不起折腾。

我一定会回来

经过几天的调养，香雪不怎么咳嗽了。看着她苍白的脸有点血色了，我心里很是安慰。因为常年闷在家里，不运动不出门，导致她的身体正常应急机制都退化了。我想，她还是要多出去走动，这样能锻炼，提升她的免疫力，对她的身体有好处。

这天，听说镇上有展销会，看着香雪滴溜溜的小眼睛，就知道她又急不可耐想出去了，像只小鸟一样，翅膀长出来了，就要扑腾着飞向蓝天。看着她充满期待和开心的眼神，我心里也是甜滋滋的，一个简单的行动，就能让身边人幸福开心。我想，幸福的样子，应该就是这样的吧。这次出门有了经验，我给她换了一件厚实的棉衣，围巾帽子全部装备好，确保万无一失。出门直奔展销会。

展销会在深渡黄山大道上延绵几百米，各种商品，人挤人，很热闹，我推着香雪一家家地看热闹。香雪依旧是眼睛不够用，脑袋像拨浪鼓似地晃荡，对这一切都充满了好奇，更多的是一种求知，贪婪地弥补那些年丢失的简单美好。

晚上，香雪小心翼翼地跟我说：“妈说大舅家盖房子，问你能不能去帮几天忙？”

我没有犹豫：“可以呀，反正也没事，也有使不完的力气。”

大舅家也是一栋三层楼，这边基本上都是这种房子。到了之后，我负责搬运建筑材料。虽然在哈尔滨做了多年的装卸工，但都是平地搬运，上楼还是第一次。扛沙子、水泥到三楼，干一天下来也是累得腰酸腿痛。我心里想，哎，南北方差异不光是生活习惯，连干活都不一样。

几天之后，香雪妈妈又给我找了一份小工做，这份收入支撑不起我和香雪以后的生活。我想，先过渡一下再找其他工作吧。

这天早早就收工了，回到香雪家，推开门进去，屋里很安静，香雪每天播放的电脑音乐此刻也没有了。香雪妈妈坐在沙发上，脸色很不好看，看见我回来立马起身，从我身边快步走过，“砰”的一声，门重重地关上了。我的心也扑通一下莫名地紧张起来。看到香雪脸上的泪痕，知道她们吵架了。心里想着该不会因为我吧？不能呀，我都是处处小心的，就害怕有误会。

我小心谨慎地问她：“你们吵架了，是不是因为我？”

香雪连忙说：“不是，就是一点小事。”可是，她那不会撒谎的眼神已经说明了一切。我又急切地追问了几次，最后，香雪用带着哭腔的声音说道：“不是因为你，没事的，就是一点小事情……”我意识到，不能这样继续问了，无论是什么原因，她都是最痛苦的。

我心情沉重，走到屋外抽起烟。但愿不是因为我吵架，如果是因为我，该怎么办？她母亲如果态度不好，我怕自己面子挂不住，一气之下就会走。我走了香雪怎么办？我曾经的诺言难道就这么不堪一击。

接下来几天里，和我担心的一样，她家人对我的态度急剧转变，眼神里充满抵触与厌恶。尤其当着我的面，母女俩大声吵架。看得出来香雪很绝望，她妈妈是个中气十足的女人，香雪一句话没说完，就被妈妈的声浪给淹没了。香雪绝望地哭起来。我坐在那里，身体在颤抖，很想去和她妈妈说点什么，奈何无从说起，也听不懂她的方言。我更想去帮香雪说说话，但是所有这些我都做不了……气愤加上难堪，再加上那种无力感，撕扯着我的身心。我不明白到底是为了什么？我努力地调整情绪，一遍遍地告诉自己，没事的，为了香雪，为了我们理想的家，要忍耐，没什么事是过不去的。

这天吃晚饭，馒头是别指望了，简单的饭菜，我依旧是给香雪盛饭，然后坐在她身边吃。看着她因为吵架更加苍白的脸，带着那种哀伤……我一阵心疼，心里非常气愤地骂道："我就是想和你女儿好好生活，干吗要这样呀。"香雪好像看出我的心情，晚上，家里只剩我们俩的时候，她用颤抖忧伤的声音说："阿春，村里人都知道你了，他们说你肯定是个骗子，不可能对我好的，说我这样的身体没有男人要的。我妈相信他们说的是对的，态度全变了……他们还说你身份证都没有，说不定是个逃犯……"

我听完整个人呆住了，头脑乱哄哄地找不到头绪。原来我们简单的梦想是站在了世俗的对立面，他们有千军万马，前赴后继地向我们杀来，而他们的理由又是和他们毫不相干的。我的身份证在来黄山的途中丢了，正好提供给他们强有力的证据，来证明他们是对的。世俗啊，凡是那种超出他们意识的事情，就是不对的，不被接受的。他们所做的这些，其实和他们的生活没有丝毫关系。至于我们结果如何，他们也不会负任何责任。

我就是想让自己和香雪不再忧伤，不再孤单，别无他求。为什么会有这么多无聊的人，来给我们制造麻烦呢？我带着烦乱的心情回到房间。经过一个晚上的思量，我决定先回内蒙古，我继续留在这里，矛盾只会越来越大，直到最后无法收拾。更重要的是，在这件事情上，香雪是最痛苦的那个人。虽然，我走了，我和她都会痛苦，但这是必须要经历的。我想，香雪妈妈的态度并不是她的本意，她内心深处应该也想让女儿有个归宿，只是被世俗带着，走向一个人云亦云的制高点，蒙蔽了真实的内心。化解这些最好的办法，就是各退一步，给彼此一个时间来缓冲适应。同时，香雪的身体弱，她不能承受大的情绪波动。我知道，我只要说走，香雪一定会受不了，我要小心、耐心地做通她的思想工作。

第二天上午，我小心翼翼地对香雪说："我想和你商量点事，你别急，也别怕，我想先回老家。"香雪的表情瞬间定格了，她呆呆地看着我的眼睛，似乎不敢相信自己听到的，随即，她的神情悲伤而绝望，泪珠夺眶而出，大颗大颗地滚落下来。我急忙握住她的手，急切地安慰她："香雪，你别哭，听我说，你妈妈现在不接受我，我继续留下来只会激化矛盾，只有我离开，你妈妈才会冷静考虑，才有可能接纳我。但是请你相信我，我不会丢下你，我一定会回来的，我用生命向你保证……"

和我预想的一样，香雪一句话也没有说，只是一个劲儿地哭，她的眼泪像断线的珍珠在脸上不停地滚落着……我很心疼，可是我知道，我必须要走，留下来，矛盾能不能解决不知道，但我会被逼疯掉，我的自尊不允许，而香雪也会被这些事情给逼垮掉的。

不知道过了多久，香雪慢慢停止了哭泣，她低声说："你走吧。"我走过去，把她紧紧地抱在怀里："香雪，这个世界上，任何事我都可以放下，唯独你是我放不下的，你是我的全部。"我心疼地抚摸着她的头。香雪终于点了点头，表示同意了。

下午，我给香雪穿上保暖的衣服，再一次把她抱上轮椅，带她出去走走。我一走，她的生活又会回到原点，我心里也不确定什么时候能回来，再带她去看外面的世界。带她出去走走是目前最好的告别方式吧。她是一湾平静的湖水，我这颗石子打破了她的平静，在她心里已经泛起涟漪。

天空灰蒙蒙的，薄薄的云层挡住了太阳光，还好没有风，好像老天都在安慰我们两个弱小的生命。我推着她走上大桥，香雪不再左顾右盼了，她抬头看看云雾里的山峰、碧绿的河水，便不再看什么。她的脸上没有以前出门的喜悦和看不够的贪婪，只有努力强装出来的若无其事，伤心过后的几分憔悴……过了桥，穿过熙熙攘攘的人群，此刻，我一点也不想被各种各样的目光打扰，我想香雪也是。我就推着她走上了一条小路，这是一条人家不多的路，我走得很慢，直到再往前走就没有人家了……村头一户没人住的房子前，有一条石凳，我坐了下来。此刻，整个世界都安静下来了，没有任何人打扰我们。

两个人平静地聊着天，好像并没有发生过什么。我说："我们以后就找个这样的地方盖房子，房子不用太大，你上不了楼就盖一层的。楼上平台做个观景台，屋后面做一个斜坡，可以把你推上去，在上面看日出、喝茶、晒太阳……周围要有菜园、有花，再养条狗……就我们两个人，这世界所有的东西，我都不在乎，和我们也没关系，只要身边有你就足够了。"香雪目不转睛，安静地听我描绘未来的生活，她的眼神里有期待、幸福、不安和不舍……回去的路上，香雪微微低着头，什么话也不说。我明白，她是舍不得回去，或者说，她不想再回到那个坐了几十年的椅子上，她已经把未来交给我了。但是我此时，唯一能做的就是把轮椅推得慢一点，把回家的路尽量延长。

第二天清晨，我在房间把行李箱装好，还没走到一楼就能感受到，香雪的眼睛一定在盯着楼梯口，她是多么希望我没有拿行李，多么希望我说一句"不走了"。可是我必须要走……我一进客厅，香雪彷徨哀伤的眼神就紧紧地盯着我，她呆呆地坐在书桌前，想说什么，又没有说出口。终于，她说："东西都收拾好了吗？别落下了。"

我深吸一口气，鼓起勇气快步走到她面前，我说："我先走了。"

香雪赶紧说："你还没吃早饭呢。"

"我去街上吃锅贴饺。"我说。我不敢多停留，怕自己受不了她哀伤的眼神，动摇回去的决心。香雪的眼里闪过失望和无奈，她的身体在微微颤抖，嘴巴里“嗯”了一声。从我下楼到现在，她的眼神就像磁铁吸在我身上，煎熬着我。我怕她再哭，飞快地亲了一下她的额头，拎着行李箱，头也不回，逃一样地出了屋子，我不敢多看一眼香雪既期待又哀伤的眼神。

我独自走在路上，心里一阵阵疼痛：“相信我吧，我一定会回来。”我近乎嚎叫地在心里喊着。

第三章 人生的分水岭

不给自己退路

怀着对香雪的内疚和心疼，我长途跋涉三天两夜，回到老家内蒙古。南木白雪皑皑，寒风扑面，但是屋里火炕温暖如春。我把香雪的事和长辈、亲友们都说了："她比我大五岁，是个作家，会写古典诗词，就像李清照那样的诗词。"我特意强调了香雪的身份。当然，还有她的身体情况也说了，"她是小儿麻痹症，生活不能自理，但她对我真的很好"。自然，大家都是极力反对的，吃惊得眼睛、嘴巴都圆了，"阿格迪，你阿爸就你一个孩子，跑那么远的地方去，能不能有个后都不确定。以后你阿爸坟头连个烧纸的人都没有……"他们喋喋不休说个没完。他们的话固然有道理，但我也只是告诉他们，我要娶一个我喜欢的人，只不过她身体不好，我只是把这件事情让你们知道，仅此而已。至于你们的意见，我不在乎，我只想遵从我内心的选择。

在南木的日子里，想着香雪看我的眼神，每次我出现她面前的时候，她眼睛里满满的喜悦，仿佛我就是她的世界，是她的唯一。和我在一起的时候，她的笑容都是那种发自内心、幸福洋溢的笑容，她是如此的温暖。她的小丸子头配上圆圆的脸蛋，散发出纯粹的天真，这是孩子般的天真，温柔干净。她是人世间最在乎我、心疼我、愿意为我无限付出的人。我的到来让她不淡定了，因我而泛起的涟漪，就注定了只有我才能将其平静下来，而且是用一生的陪伴。这种复杂的情感，我说什么都没有用，只有我回去了，她才能把心放下来。我想着，在老家过了年，去哈尔滨做点事，直到香雪妈妈态度比较平稳之后，我再过去。

这天上午，我在老姑家玩，收到香雪的信息，打开手机，看到香雪写的一首词，《金字经》：“纤手轻托面，秀眉低不支。烟雨江南谁唱词。思。画檐鸟语私。呢喃誓。莫负意、同老时。”我知道，香雪在盼着我回去，我虽然不懂古典诗词，但我感受到她对我的思念之情，满满地装在这首词里。午饭后，我便去网吧和香雪聊天，看到我上线，她很开心。

“阿春，你在老家过得好吗？老家的饭菜好吃吧？”

一上电脑，她就细心地询问我的饮食起居。在她家的时候，她说我太瘦了，嘱咐我多吃饭。我们打开视频，香雪好像又瘦了，脸色也苍白。怕她太过担心，我在键盘上打字说：“耐心等些日子，我就来了。”香雪发了个“拥抱”，打字说：“我知道，阿春，我想你。”我不敢多看视频里她带着不安和期盼的眼神，心里不确定什么时候能去。我在键盘上打字，写了一段话：

“你常常地嗔怪我，抱你不够久，抱你不够紧。可你知道吗，在我的心里，每时每刻都在与你紧紧地相拥。时间可以让我老去，但不会使我的手松开，困难可能会很残酷，但我的手依旧不会松开，因为你是我的爱。没有华丽的语言，没有富足的物质，我只有紧紧的拥抱，永远永远都不会松开。”

我把这段话发给她，用文字回应文字，带出心里的一些事情，以这样婉约的方式，传达给她一些我内心坚持的东西。

视频中，香雪喜悦地笑了，眼睛里闪着光，她说：“这是诗一样的语言，朴素感人，阿春，你写得真好……可是，你为什么不抱我？”

在古徽州深渡的时候，香雪想要一个拥抱，我一直都没有抱，一来是出于腼腆，二来她太脆弱了，没有十足的把握，不能有任何事情。虽然我到了深渡，但是很多事情还是要考虑再三。

此刻，我微笑着说：“我已经抱你了。”

香雪明白了我的意思，她甜蜜又羞涩地微笑了。诗歌转移了注意力，接下来，我就尽量不提那些沉重的话题，跟她聊一些开心的事情，南木过年的风俗人情之类。回到南木，没有了那些世俗的压力，我的心情很轻松，也比较开心。当香雪说她想我的时候，我心里是有点难过的，我也想她。原本我和香雪都想好的，一起研究着在深渡摆个小摊。香雪的古典诗词终于也要出版了，这是她生命中一件大事，同样也是我人生中的大事、喜事。那时，我激动地对她说过：“出版了，我要第一个看到书。”香雪还联系了一位志愿者张老师，准备写长篇小说。而且，那时候香雪妈妈应该已经同意我们的事情，一切都很美好很轻松，所谓的风花雪月就是这样吧。

但是，经历一些事情之后才发现，甜蜜和美好，仅仅是今后生活中的极小一部分，更多的是要面对整个社会。我也从来没有经历过这种世俗的大起大落，在香雪家那时真的是蒙的。村里人不但议论纷纷，甚至我过桥去吃个饭，也触犯了天条，难听话都传到了不能出门的香雪耳朵里。香雪跟我说这件事情的时候，也是诧异得眼睛都瞪圆了，气愤地骂了一句：“多管闲事，神经病。”这是我第一次听见她骂人，她一直都是文雅安静的女孩。我惊讶地看着她面带怒气的样子。人言可畏，真的可以把一个善良的人逼成野兽。

我赶紧安慰她："没关系的，悠悠众口，我们怎么堵得上呢。"

香雪听了，脸色渐渐恢复了，她无奈地说了一句："这些人真的没素质。"

世俗这些匪夷所思的事情，真的让我猝不及防。我也明白了，我和香雪的结合注定是不被世俗看好的，同时，我又很清楚地知道，这些事情是不得不去面对的。因此，我每天都处在一种高压状态下，很爆炸。我脾气不好，但我又不得不把这些东西都忍下去，自己消化掉。如果继续待在香雪家，我怕自己哪天绷不住，就无法收拾了。

聊天中也得知，香雪妈妈情绪稳定，没有再跟香雪吵架。就是那些村里人比较烦，还若无其事地去她家打探我的消息。也有个别人认为，如果我走了还会回去，那就是真心的。外人说什么，对我来说不重要，她们母女不吵架，我的心情就轻松了一点。我真的不希望她们再有争执，不愿意香雪承受这些痛苦，尤其香雪的身体，承受不了太多的压力。她这一路走来已经承受了太多，即使再有什么，都朝我一个人来吧。我知道，其实，香雪妈妈心里也知道要选择什么，她心里都知道，只不过要给她时间，这点我很相信。只是，我确实没有预想到世俗的反应如此强烈。我刚到香雪家的头几天，香雪妈妈对我很好，我和香雪心情都很愉快。后来她家人的态度急转直下，我每天都处在高压中。我和香雪的事情打破了世俗的观念，在他们的观念里残疾人是不能结婚的。

我告诉香雪，我把我们的事都告诉亲戚长辈了，也简单说了长辈的态度。香雪迟疑地问："他们不赞成，你怎么办？"

我跟香雪说："这辈子我就认定你了，你可不能变心，你要变心我就要去跳楼了。”

香雪笑了，她用心疼的语气柔柔地说：“我怎么会变心呢？你别胡思乱想，你好好的，不管多久，我都等着你。”

其实，还有一点我没有告诉任何人，从内心深处来说，我对自己和香雪的事情，也不那么笃定，也怀疑自己能不能走下去。这种不坚信、不自信来源于世俗的压力，也来源于对自己能力的不确定，很多不稳定因素在里面。回南木这段时间，我做了两次噩梦，梦见我和香雪被一群人逼着分手。他们抢走哭喊又无力挣扎的香雪，我被他们打得头破血流，我一个人打不过他们，我和香雪还是被拆散了。梦里的情节非常狗血且真实，我在黑暗中醒来，火炕温暖，而我一身冷汗。所以，我把自己和香雪的事情公开，一方面是在鼓励自己，勇敢一点，这件事情一定得这么做；一方面是在逼自己，我让自己无路可退，想逃跑都没有路可逃。

2009 年农历大年初十，南木晴空万里，各家各户还在走亲戚串门。这天下午，香雪给我打电话，她说：“阿春，我在深渡有位好友，可以给你找份工作，等你过来就能上班。”电话里，香雪的声音温柔而喜悦，我能感觉到她是很高兴的，我也知道，她无时无刻不在盼着我回去。

我也假装很高兴地说：“那好呀。”

香雪还高兴地跟我说：“我和妈也说了这件事，妈没有反对，按照我妈的性格，不反对就是同意了。”

听到这个消息，我心中是有点喜悦的，没想到这么快就能见到香雪，但是同时，我的内心又涌来一股沉重，压力更大了……很多事情一旦开始，就意味着又要面对世俗的那些东西。这些给我们造成了莫大的阻挠和困难。我和香雪是抓在一根细细的线上，脆弱而危险，谁也不能松手。我也知道，虽然香雪妈妈态度转变了，但说不定哪天她又会翻脸。但是，黄山我必须要去，我对香雪的这份承诺和责任丢不掉。我想，这次再过去，如果再遇到上次的事情，我绝对不能再走了。

出发去黄山的前一天，我买了很多纸钱，带上父亲喜欢的烟酒，踏着山坡上半尺厚的积雪，在父亲坟前告诉他："阿爸，儿子要结婚了，黄山是很远的地方，儿媳妇身体不好，以后不可能每年都回来看你。希望你原谅我，但我一定会好好的。"

我按照约定好的时间，踏上了南去的火车。经过三天两夜的奔波，在深渡下了中巴。我先给香雪打了电话，告诉她："我在深渡下车了，一会儿就能见面。"得知我到深渡了，香雪依旧温柔的声音，少了那份不安，多了几分出于腼腆而压抑的高兴。她对我说："你一路辛苦了。别忘了买两瓶好点的酒，过年了要带礼物进门，礼数不能少。"

我一手拎着酒，一手提着北方特产，走在香雪家屋后的小街上。走到门口的时候，不经意间回头，看见身后一家家的大门里都探出个头来看着我，被我看到又连忙缩了回去。我心里一阵厌恶，也没多做理会。我知道香雪盼着我出现，一定会盯着门口看。我在门口站了一会儿，收拾一下心情，然后让自己带着微笑推门……只见香雪那张因为激动而泛红的脸颊，笑得像个孩子。我自己倒了杯热水，坐在香雪身边，看着她本来就瘦小的身体，因为过度伤神好像又瘦了，很心疼她。

见到香雪，我来之前的心理压力反而没了，人也轻松了，不管怎样，是两个人一起面对了。至于以后别人说什么，都不要去理会，我们但凡跟他们起一点冲突，都是对我们不利的，我们只能被动地忍受。过了一会儿，香雪妈妈回来了，我连忙站起来，跟她说：

“新年好。”她的态度不是很热情，但也不抵触。我也不在意香雪妈妈是否热情，她对我态度好坏都无所谓，只要她不再和香雪吵架就好。而且，我也知道她真实的想法，只不过就是耳根软，被人家牵着走了。

我在深渡一个工地上班了，工地上依旧有人看着我交头接耳。我偶尔会听到他们用普通话说一句南老师（香雪父亲），知道是在议论我，我也不做理会。香雪则在审核她的书稿，马上要提交出版社了。我盼着她的书快点出版，我们快点结婚，结婚之后我们单独出去过，就可以远离这些闲言碎语，至少不会再和妈妈有矛盾了。我们结婚也是给予世俗最好的一个回答。

她的图书出版，我像在梦里

2009 年 3 月中旬，我第二次来到古徽州深渡镇一个月后，香雪的古典词集《罗浮堆雪》出版了。安徽日报，黄山市、县电视台，报刊等媒体纷纷登门，对香雪进行了采访。同时，也采访了我和香雪的情感故事。一时间香雪成了新闻热点。

这天，市里大学邀请香雪做演讲签售。香雪非常激动，小眼睛亮亮的，都是光……她的人生，从打小辍学，到这次重返校园，而且是大学校园，这个中间是空白的。

“阿春，学校叫我演讲……我怕讲不好，我要是讲不好怎么办……”香雪很喜悦，整个人不自主地在椅子上动来动去，喜悦之余，她也很忐忑。

“放心去讲，你就当底下没人。”我微笑着说。

我何尝不激动呢，大学也是我向往的，我们两个人都没有机会进大学的门，想不到会以这种方式走入大学。香雪是个安静沉稳的人，她的情绪逐渐平复下来，不再那么紧张。接下来的日子，香雪就忙着准备演讲稿了，她说演讲是不能带稿子的，她得把演讲内容写出来，熟记在心里。我辞退了工地的工作，安心协助香雪演讲出行等事情。这些日子里，我的内心一直都很激动，要知道，香雪小学三年级都没有读完，她不但出书，而且是古典诗词。就连县文联主席都说，他还没有见过能填这么多词牌的人。我很激动，觉得香雪真的很厉害。刚认识香雪的时候，我内心多少还是有点不太相信，她基本没上过学，靠自学……写古典诗词？直到见面之后，看了她电脑上的作品，尤其是最近写的作品，我才彻底被征服了。写作出书，这完全不是我过去生活里的东西，在我浅薄的意识里，出书是资深文化人，比如教学多年的大学教授才能做到的事情。如今，这个事情就发生在我身边，而且这个人是我的媳妇，我有一种满满的自豪感，飘飘忽忽的，像在做梦。

由于书籍寄过来需要时间，赶在演讲当天上午才能到达市物流中心。我和香雪提前一天去了市里，想着到时候能从容一点。第二天午后，学校安排车子来接我们。香雪穿着红色的薄棉外套，红色衬托着她白皙的皮肤，气色很好，整个人很有精气神，非常自信。这是她最好的一件衣服，香雪特意让我挑出来的。

车子到达校园，进去不远就看到在校园显眼的地方挂着一个大红横幅：“梦想在轮椅上飞翔——残疾人作家南香雪励志演讲”。一群大学生志愿者看见我们，立刻热情地迎了过来……香雪面露微笑，向围拢过来的志愿者们点头示意，反应从容得体。志愿者们想推轮椅，我礼貌地婉拒了，我不放心别人推，我在这里，推轮椅就是我的事情。

我推着香雪，被一群大学生簇拥着，前往举办活动的大礼堂。想着一年前的我，还在装卸队搬砖干活，此刻，我却和香雪一起来大学校园做演讲签售，被如此尊重。这一刻我懂得了，一个人想要活得精彩，光努力是不够的，还要找对方向，并用心地去做。

我推着香雪走进学校的大礼堂，礼堂大厅里已经坐了很多大学生，他们正在陆续进场，大厅里非常热闹，充满了青春的朝气。离演讲开始还有半个多小时，我还要去物流中心取书，好在黄山是一座小城，时间来得及，而且也有大学生志愿者推香雪上台演讲。于是，安顿好香雪，我放心去了物流中心，找了一辆三轮车，赶紧往车上搬书。过去，我当了多年的装卸工，这次装卸是最有干劲的，因为，我搬运的是香雪的梦，也是我的梦。物流中心人很多，来来回回的，我自豪感满满的，巴不得有人过来问我，“箱子里面是什么？”我就会跟他说，“是我媳妇写的古典诗词。”三十箱书，我一会儿就装完了。三轮车立刻往大学赶。

到大学之后，我又把三十箱书在大礼堂门口的签售场地搬运下来。拆开一箱，我要拿一本给香雪看，她一定也在期盼看到自己的书。当我打开箱子的时候，一股书籍特有的香味扑鼻而来，书是有香味的，我不由得脱口而出：“这就是书香味儿啊。”只见书一码一码在箱子里放着，蓝色封面上，一支红梅顶着白雪，真好看。我拿起一本书翻开看了看，感觉身体轻飘飘的……这个时候，可能一个人赚了一两百万，我都不会觉得很惊奇，但是出书，对我来说是很稀罕的事情。此刻，我拿着香雪的书，瞬间觉得自己也不一样了，这是香雪带给我的自信。

我手里拿着书，立刻就往大礼堂走，我要第一个拿给香雪看。我走进活动大厅的时候，里面已经座无虚席，台上有位女同学在朗诵着:“而你也不知道，我透明的泪光背后，情深似海。”是香雪的诗，可惜我来晚了。我很激动也有点遗憾，心里别有感触，我是因为这首诗认识香雪的，这首诗叫《假如我能站起来》，是我当时的救命稻草，进而成为我命运的转折点。如今，这首诗注定会成为我和香雪新生活的号角，我觉得自己的选择是对的。虽然我之前的命运一路坎坷，好像永远在失去，心中也有诸多抱怨。但是我选择了香雪，她和她写的书，给了我很多力量，把我过去缺失的部分都给弥补回来了。我觉得，我的生命开始趋于完整，这是命运在以另外一种方式补偿我、回馈我。

香雪生命中的第一次演讲开始了。两位大学生志愿者和我一起把香雪连人带轮椅抬上有五六个台阶的舞台。我在台下看着香雪，很紧张。那么大的舞台上只剩下她一个人，台下是坐得满满的大学生。四十分钟的脱稿演讲，我怕她紧张忘词讲不好，但舞台上的香雪从容淡定，看上去一点也不紧张……她柔和的声音娓娓道来，中间偶尔会有停顿，很快又接上了。香雪真实朴素地讲述了她的经历和努力，语言充满力量，很激励人。当香雪有停顿的时候，我就紧张得身体僵硬，心跳加快……她接上了，我的反应才缓和一点。大厅里一次又一次地响起热烈的掌声，我都知道，但那不是我的关注点，我的关注点都在香雪身上。直到大半个小时过去，香雪的演讲顺利完成了，我才长长地松了一口气，整个人才放松下来。随后，校团委书记在台上热情地介绍了我，跟同学们说了我从千里之外来到香雪身边的故事。我从座位上站起来，大厅里再次响起热烈的掌声，我向所有的师生微微鞠躬，致以谢意。这一刻，这种来自被认可、被尊重的力量，让我觉得自己很高大。

签售会开始之后，香雪被围得里三层外三层，每一位同学都满脸热切地渴望得到香雪的签名，有的还希望写一句话。我不停地给香雪递书，帮她把书页打开，香雪不停地写着，从她脸上认真和喜悦的微笑可以看出，她很高兴。签售会结束，我赶紧就给香雪揉搓手臂，让她舒服一点，这么高强度的工作，她残疾柔弱的手累坏了。

这个时候，香雪才开始在签售桌上翻看她自己的书，她清秀的脸上有激动，有充满自豪感的笑容……《罗浮堆雪》的书名下有一行副标题——一个残疾女孩的古典诗词之梦。这个标题是香雪和她的志愿者张老师共同取的。香雪抬起头，眼神温柔喜悦，她对我说："阿春，我很喜欢这个副标题，自从残疾退学，我就成了别人眼中的废人，这辈子，我努力自学，一直都在追梦，是文学梦，更是一个人活着的价值梦，现在，我做到了。"我心里由衷地替香雪高兴，也感谢老天能让我遇到一个才华横溢的女人，香雪让我懂得了"生命的价值"这句话的意义。

我们的新生活从这一刻已经开始了。香雪在全市学校和各单位开始巡回演讲，自然，走到哪里都是我带着她。一个月后，演讲告一段落。想着媒体的报道，在全市的演讲，某种意义上也是社会对我们的认可与接纳，我心里也轻松了许多，觉得走路腰杆都挺直了。当时我怎么也想不到，就是这一点，也会成为我以后的一个痛点。

婚礼是无形的契约

徽州的四月，草木芳菲，菜花漫山，遍地金黄，簇拥着白墙乌瓦的徽派建筑。徽州的春天如此娇艳，一如香雪温柔的笑容。

四月底的时候，我和香雪商量结婚的事情，把日子选在了“五一”。“我要新中式的新娘装，下面是红色纱裙的那种。”香雪面带桃花地说。香雪想要的，当然要买。“明天就去买。”我说。接下来，我们办了结婚证。我带香雪去酒店预订了五桌酒席。给香雪买了她想要的红纱裙新娘装，买请帖，写请帖……所有事情都是我们自己在张罗。

很快，明天就是“五一”，我们就要举行婚礼了，心情开始愉快起来。下午，我们在市里送最后几份请帖的时候，接到香雪弟弟电话，说妈妈生气了，让我们回家。也不知道什么情况，我们赶紧坐中巴往回赶。我推着香雪走到家门口，发现没有带钥匙，就去妹妹饭店里拿钥匙。香雪妈妈在柜台里做事，她“哗”的一下把钥匙摔在桌子上，嘴里大声呵斥我。我听不懂方言，但我懂她语气里的厌恶与嫌弃。店里所有人的目光“唰”地都看着我，我窘迫地拿起钥匙，走出饭店。一路上，我热血上涌，怒火中烧……我哪里做得不好，可以直接说出来，干吗要在那么多人跟前让我下不来台？……我一边走心里一边反复想着这些。

回来见到香雪，我把她抱到椅子上坐好，气愤地说：“我们明天都要结婚了，你妈妈怎么还那样对我？我哪里做错了？”香雪靠着书桌，脸色苍白……我一气之下走出屋子，直奔码头汽车站。我什么也不管了，既然得不到你们的尊重，我走还不行吗？我不要再这样为难自己了。走到汽车站门口的码头上，我买了几瓶冰水，坐在新安江边一口气喝掉一瓶。我麻木地看着碧波荡漾的江面，看着一艘三层的大型游船靠岸，另一艘又开走……一根一根地抽着烟，想着那些让人厌恶的流言蜚语，我告诉自己，“不要娶香雪了，你尽力了。”心里的另一个自己说，“你走很容易，但香雪的命可能就会没了，以后你能心安理得地活着吗？”就这样在激烈的思想搏斗中，中巴车一辆一辆地开出汽车站大门，直到天边泛起淡淡的红霞，太阳快要落山了，最后一辆班车也开走了。我逐渐冷静了下来，理智告诉自己，不能走，这一走就是向流言妥协了。明天我们就结婚了，我们一定会过得很好、很精彩，你们就等着“啪啪”打脸吧。

我扔掉烟头，起身朝香雪家走去，想着香雪可能没吃晚饭，顺路买了点面条，心情沉重地走上大桥回去了。一进家，昏暗的屋子里弥漫着令人窒息的气氛……香雪脸上全是泪水，香雪妈妈在里屋嚎哭。我知道她们会吵架，但是吵成这个样子，还是超出了我的想象。我把面条放在八仙桌上，呆呆地坐在沙发里。香雪看到我回来，她停止哭泣，在书桌前呆坐着。过了一会儿，香雪妹妹把妈妈安抚回房间之后，我反应过来，打开屋里的灯，拿来毛巾给香雪擦脸。可是，她通红的眼睛，泪珠不停地滚落下来，嘴唇颤抖，喉咙里发出压抑的声音，想说什么却说不出来。我心疼地把她一把抱在怀里，着急地安慰她，“不哭了，不哭了，眼睛都哭肿了。”

“你去哪了？”香雪哽咽着，勉强说出话来。

“对不起，我不知道你妈妈会这样跟你闹，我去码头了。”我抱紧她，内疚极了。

“你……还走吗？”香雪靠在我胸前，声音在颤抖。

“香雪，我怎么可能走，我不能把所有事情都丢给你。我要留在你身边，这是我们两个人的事，以后不论遇到什么，我必须和你一起面对。”我捧着她的脸，认真地告诉她。

“阿春，我对不起你，是我让你承受了这么多压力和难堪……”

我安抚香雪：“我们以后就是一家人了，所有的事情我们一起面对，我坚信我们的未来一定会很精彩，不管别人怎么说。”

香雪慢慢平静了下来。我煮了面条端给她，还好，她吃了。我心里舒服了一些。

第二天，我很早就起床了，看着窗外阴沉沉的天空，期盼着太阳能出来，我们的婚礼需要阳光。我换上了一套在服装店做的深蓝色新西装，白衬衫，皮鞋昨晚就擦得锃亮了。我仔细地打扮着自己，毕竟今天我是新郎。我走下楼的时候，妈妈、妹妹和妹夫都在客厅，表情淡然。香雪一脸严肃地坐在书桌前。我想，此刻我也是一脸严肃吧。在这个喜庆的日子，心里却一点也没有放松的感觉。

上午九点多的时候，云层散开，我期待的太阳终于出来了。一会儿，来接我们的面包车也到了。妹夫把那一挂鞭炮放了起来，预示香雪要出门了。我走到香雪面前，轻轻抱起她，她细弱的双手也紧紧地搂住我的脖子。我抱着香雪离开那张坐了几十年的椅子，走出那间冰冷的屋子，走出高高的围墙……我们上了车，往县城我们预定的酒店开去，在那里，我和香雪将会完成彼此向往的仪式。

到县城，在一个小饭店随便吃了点早午饭，我们在举行婚礼的酒店开了个房间，这简单的酒店房间就是我和香雪的新房。然后，在香雪一个小姐妹的帮助下，香雪化了个淡妆。回到酒店房间，我把大红的新娘装给香雪换上了，中式荷叶领上衣，香雪穿上很漂亮，长长的大红纱裙盖住了她变形的双脚。香雪浑身散发着喜气。这一刻，她严肃的脸上露出了久违的微笑，那是开心激动，更多的是幸福。看着她的笑容，所有让我不愉快的事情都消失了，这就是我的初衷，让她幸福微笑。

下午，宾客们陆续到达酒店大堂，有香雪的网友和朋友，还有一些媒体记者，亲戚只有很少几个人，伴郎伴娘都没有，我们两个压根就没想到这些。来参加婚礼的人，脸上没有过多的表情，都是一本正经的，非常严肃，完全没有结婚的喜庆气氛。倒是在婚礼即将开始之际，一个流浪汉无意间点燃了另一对新人准备的鞭炮，这下等于给我们先热场了，众人哈哈笑起来，这沉闷的氛围被打破了。

婚礼正式开始，音乐响起来，我推着香雪走上了红地毯，灯光打在我俩身上，这是婚礼最有仪式感的时刻……我尽量放慢脚步，把这份庄严美好的仪式感延长一点……四周很多双眼睛看着我们，我随着音乐节奏朝舞台走去。我知道，在这一刻，我对香雪的承诺，转化成和这个世界的契约，并且正式公之于众了。这个契约是无形的，但它真实存在。如果说，婚礼之前，我和世俗有较真的成分，这一刻没有了，就像我在哈尔滨火车站，没有踏上火车之前，我有一万条路可以选择，但是我来了之后，只有这一条……这条路很长也很难，中途有半点差池，这个契约就会荡然无存，我的人生也就一败涂地。没有坚守住自己契约的男人，就没有什么荣耀可言。为此，我要活得好好的，让世界看到，我不是世俗眼中的那种不堪的样子。包括香雪也是，她会过得很好而且自由，我可以带她去想去的任何地方。我们要按照自己的想法去活，活出自己的精彩，一旦我们走到最后，我们这个契约就彻底地完成了，这才是我——一个男人最大的荣耀。

婚礼主持人是媒体的方记者，他请新郎讲话，我说："我和香雪走到今天，她的书能出版，我们能结婚，要感谢的人有很多，但我最感谢的是香雪的妈妈，是她这么多年来含辛茹苦养育着香雪。今天在这里，请妈妈放心，我会好好对待香雪，时间能证明一切。"虽然岳母听完我这番话，依然是一脸不屑的样子，但我还是感谢她给了我一个好媳妇。

到了我和香雪互赠礼物的环节。我拿出一条美丽的紫水晶手链，抓住香雪瘦小的手，轻轻戴在她的手腕上。香雪白皙的皮肤配上紫色水晶，非常好看。我带香雪去挑选礼物的时候，她一眼就看中了这条紫水晶，她认为水晶是有魔法的，紫色更象征着高贵的爱情。接着，香雪的小姐妹捧着一个礼盒递到香雪面前。香雪打开礼盒，拿出一条银项链，她眼含深情地看着我，细弱的手臂努力往上举着，想把项链给我戴上。我知道她的手做不到，连忙接过来自己戴上了。

2009 年 5 月 1 日，婚礼交杯酒

婚礼上我喝了很多酒，向长辈和香雪的好友敬酒的时候，一个小玻璃杯，白酒我一口一杯。我心中有欢喜有发泄，更多的是孤单，我结婚，身边没有一个亲戚朋友，连一个祝福都没有。此刻，我的身边只有香雪。香雪担心我喝大伤身，着急地叫我少喝。

到了晚上九点多钟，宾客们开始散去，夜空里飘了一会儿细雨，空中又挂上了一轮洁白的弯月。我送走最后一位客人，回到房间，把房间里所有的灯都打开了，包括卫生间，全都灯火通明。我告诉香雪："这是为我们自己祝福，未来的生活一定是像这灯光一样亮堂。"香雪坐在床沿上，幸福地微笑着。我蹲在香雪面前，看着她淡妆娇艳，面若桃花，我笑了。香雪满脸深情，喜悦又期待地看着我，她问我："我好看吗？”

我带着酒气笑着说：“好看，像电影里的妖精。”

新生活是一个个挑战

我和香雪婚后的家，在深渡码头附近一个半地下室的出租屋里，临街一间是店铺，里间是卧室，中间要下三个台阶的楼梯。我推着香雪去街上的家具店，两个人挑了一张新床，一把扶手椅，两条方凳。然后，我去买了一辆自行车，加上必备的灶台、锅和水壶之类的生活用品。香雪巡视着家里这些东西，跟我说：“还要买台洗衣机，照顾我很繁琐的，那样你能轻松点。”

我说：“手头没钱，我手洗，将就将就。”

“不行，绝对不能让你手洗。”

香雪表情严肃，目光坚定地看着我，她的语气不允许我反驳。香雪这是在关心我，也确实，有台洗衣机能省很多事，我就听她的了。香雪弟弟妹妹知道后，送了一台洗衣机给我们，作为结婚贺礼。吃饭的碗筷是香雪表妹送的，再就没什么了。香雪的电脑桌放在外间一侧，是她以前用的那张旧书桌。书架上摆着香雪这些年买的书，多数是古诗词书籍。

我用抹布仔细擦拭着屋里的每一件物品，每一个角落，直到一尘不染，心里很欢喜。我连地板都擦得锃亮，可以光着脚走。我把所有物品都做了归类，日常用的东西都熟记于心。以后，这个家就靠我来运转了，香雪就是指挥官，她动口就好了。

我干活的时候，香雪坐在书桌前，一双眼睛始终就没有离开我。我好奇地问她："盯着我看，一动不动的，你不累吗？"

香雪微微一笑，轻柔地说："不累，我喜欢看你干活，喜欢你把家里打扫得干干净净的。"

是啊，这是我们新生活开始的地方，一定是要干干净净、清爽而温暖的。我从小就没了家，十七岁就自己养活自己，这么多年了，我一直努力想有一个温暖的家。遇到香雪之后，我觉得这个家并不远了，没想到中间出现了那么多波折。此刻，"生活"通过这个家的组建彻头彻尾改变了，我们的生命有了落脚的地方，不再漂泊，两个人同时开启了新的、自己向往的人生。我想，香雪心里也是这样想的。同时，我也不想让别人看笑话："看那两个残疾人，家里过得一塌糊涂。"这是绝对不能出现的。

新的生活，每天都从做饭开始，南北方的饮食差异，我有了更深的认知。很多蔬菜都没见过，更不知道怎么烧，一到菜市场，脑袋就很蒙……最后，就买了自己会做的菜。但香雪毕竟是南方人，我怕自己做的菜未必合她胃口。第一次炒青菜，也就是北方人眼里的油菜，这个菜在内蒙古只在涮火锅的时候做配菜吃，不会炒着吃的。结果，青菜出锅就焦了，乌漆麻黑的；茭白肉丝，盐放多了，很咸很难吃……但还是要鼓足勇气，硬着头皮把菜端上桌，心里希望香雪能吃下去，最起码不要饿肚子。香雪尝了一下菜，她若无其事，脸上甚至带着一丝欢快对我说："好吃的。"然后就吃了起来。我知道她是违心安慰我。香雪吃得很慢，没吃多少，就放下不吃了。我知道她饭量小，但是今天吃得更少。我心里很急，想着以后的日子很长，我要尽快学会做南方的饭菜。

相比做饭，更考验我的事情来了。这天下午，香雪生理期到了，我得去超市买卫生巾。一个大老爷们买卫生巾，真的很尴尬。我也算是这个镇子上的名人了，走到哪里都是焦点，但是买卫生巾真的不想被人看到。

骑着自行车去超市的路上，我就紧张起来，仿佛有很多双眼睛在盯着我。很快就到超市门口，我停下自行车，心里更紧张，看着超市进出的人，仿佛他们都能看出来我是来买卫生巾的。身体因为紧张不自觉有点抖，后背有汗，我像做贼似的进了超市，低头盯着地面瓷砖往里走，避免和其他人有眼神接触。我努力克制着紧张情绪，走到里边的货架，边走边拿了几样给香雪吃的糕点、果冻之类，一边用眼角的余光搜寻卫生巾货架。看到卫生巾了，但是那里有人，我不能过去，被她们看到多尴尬呀，指不定说我是变态，那就百口莫辩了。我假装若无其事地买东西，心在怦怦跳。第一次看到那边货架没人的时候，想走过去，但脚不听使唤……如此反复几次，最后超市人很少了，我憋住一口气，大步跑过去……从我过去拿卫生巾到揣怀里出来，只有几秒钟的时间。我连忙转身去了其他货架，一边假装挑商品一边看刚才有没有人看到我，稍微平复一下紧张的情绪。

我低头走到收银台，心还是紧张的，怦怦直跳，收银员是个二十多岁的女人，我把卫生巾拿出来的时候，看到她惊讶嘲讽的眼神，心里一阵窘迫难堪。她拿起商品扫码，我付了款，逃一样地出了超市。出来后发现，因为过度紧张，身上出了好多汗。

买回来之后，我拿出来给香雪看，香雪怔了一下，她有点惊讶地说："这是护垫。"还好，拿出来另一包，她说是卫生巾。香雪说："有日用和夜用的，护垫是头一天和最后两天用的。"我头都快炸开了，很蒙，这样的话，下次还得一个个挑？那我下次怎么办呀……

第一次给香雪处理的时候，我是强忍着，屏住呼吸给她处理的。

我感觉脸都憋得通红，有一种本能的抵触和反感。但是我知道，我不能把这种排斥的反应表露出来，不能让香雪感觉到我很排斥这件事情，我要考虑到她的感受。我看得出来，香雪也是鼓足勇气面对这件事情的，她说话很柔，声音轻轻的，极力表现出一副平静的样子。

我努力抑制着本能的反应，装出若无其事的样子，因为一旦我表现出反感嫌弃，香雪会难过受伤的。我心里有个声音说："妈呀，这以后几十年，每个月都要处理一次，什么时候是个头啊？"

另一个声音鼓励自己说："一个月就那么几天，坚持过去就好了，以后没准就慢慢习惯了。而且听说女人四五十岁就绝经了，那时就没事了。"

那个鼓励的声音反复地安慰自己，帮助我用理智对抗着本能的心理反应。处理完毕，我使劲地洗手，反复用香皂洗手，就怕有味道。同时还想着，卫生巾品种那么多，下次要去县城买，那里没人认识我，可以稍微挑慢一点。

等香雪身体干净之后，就要考虑给她洗澡了。没有热水器，我用电水壶烧了好几次，一壶一壶倒进水桶，掺些凉水，再把暖瓶灌满热水备用。我把浴巾在床上铺好，毛巾放在床边，把干净的衣服也拿出来放好。然后把香雪抱到卫生间，让她坐在折叠椅上，开始洗澡了。因为没有取暖器，我要以最快的速度给她洗好，确保她不受寒。香雪太瘦弱了，慢一点她就会着凉咳嗽。我先用水瓢往香雪身上浇一点水，让她感受水温是否合适，然后开始洗，打一遍香皂再冲水。香雪脚下放着洗脚盆，这样洗澡泡脚一次完成。香雪喜欢玩水，喜欢热水冲在身上的感觉，我知道她在家一年洗不了几次澡。澡洗好了，香雪还是一副没有玩够的样子，用力地晃荡着腿，就像小孩一样踢着脚盆里的水玩。我用毛巾先把她身体擦一遍，再用浴巾把香雪的身体包住、抱起，小心翼翼地走在潮湿的地上。把她抱到床上，我以最快的速度把她的身体完全擦干，衣服换好，一次洗澡就搞定了。

到了六月份的时候，南方的天气已经很热了。香雪该穿半截袖了。这天上午我在衣橱里找香雪的夏衣，都是过时的衣服，而且也旧了。香雪说："我的衣服，都是别人淘汰了送我的。"我什么也没说，立刻就去老街上给她买衣服，我知道，给她买衣服也是我日常生活必做的。我也不是很会挑女款衣服，就想着先摸索着买，时间长了就熟练了。先少买，也不买贵的，看看香雪适合什么颜色，适合什么款式搭配，这个不是一天两天的事情。我在店里挑选了一件长袖，一件半截袖的上衣，都是淡蓝色横条纹的。我拿衣服在身上跟自己对比了一下，比我稍微窄一点的就可以了。

买好回家，香雪看到衣服，她有点激动，眼里闪着泪光，她说："我很久没有穿过新衣服了。"我没有做声，马上就给她穿上试了一下，大小正好，既掩饰了她身材的缺陷，看着又很顺眼，我心里很有成就感。香雪低头看看身上的衣服，抬头看着我，她的眼神里有惊讶，更多的是喜悦。

她问我："阿春，你第一次给我买衣服，这么合身，你怎么知道我要穿什么尺码的？"

"直觉，"我笑了一下说，"以后给你买衣服的任务就交给我了，我们开始新生活了，以后，每年换季我都给你买新衣服。"

这段时间，香雪的书销量很好。她很孝顺，拿出卖书一半的钱，替家里还了父亲看病欠下的债。余下的钱，我们商量着在出租屋开个便利店，这样既能维持生活，同时还能照护她。这里靠近码头，每天坐船去千岛湖的游客很多，过日子应该没问题。我们的第一份生计就这样开始了。

诗歌是我修来的福

码头上很早就会有游客。去千岛湖的旅游团队，六点多就在这附近集合。这个时间，小店也要开门营业了。卧室里只有一个不大的卷闸窗，清晨的光线从磨砂玻璃门透进来，很昏暗。我屏住呼吸，轻手轻脚地下床穿衣，尽量不把香雪吵醒。香雪已经在志愿者张老师的指导下写长篇小说了，脑力工作很累人，让她多睡会儿。

我悄悄地开门，先骑自行车去菜市场买菜，买了豆浆油条当早点，然后回来看店、卖货。今天还不错，一早就有游客买了十几瓶矿泉水，钱虽然不多，但是有进账，心里就是踏实的。

早上第一班游船开走，街上游客就很少了，香雪也该起床了。我打开电脑上的歌曲《天涯》，这是香雪喜欢听的，给她一点起床的心理准备。哪知，我走进卧室，香雪还在梦乡中轻柔地打着呼噜。我在床边轻声叫她："香雪，起床了。"她才慵懒地睁开睡眼。起床第一步，先抱她去卫生间方便，再抱回床上穿衣服。我给香雪穿了一条白色连衣裙，衬得她的肌肤更白，清爽雅致。然后，我抱起她，走上三级楼梯再下楼梯，到她的书桌前坐好，接着就是给她洗脸刷牙梳头发，整个流程下来大概一个小时。忙完这些，我端出早饭给香雪，她吃饭，我就可以去忙其他的了，洗衣服，洗菜，接待客人买东西。香雪靠着书桌，像个孩子似的跟我说："穿裙子真舒服，两条腿没有束缚，晃荡晃荡的好凉快。"我高兴地笑了，脑海里好像看到香雪穿着白裙子，奔跑在草地上，很美。我也很心疼香雪，这是她三十多年第一次穿裙子，我给她挑选的白色，白色就像她的心一样，干净纯洁。在我这里，她就是我的公主，我要把她过去所有缺失的东西一点点补回来。首先，就从穿各种她喜欢的衣服开始，女人都是爱美的。

日子一天天地过着，我也逐渐地适应着南方的生活，还有这个刚刚组建的温馨小家。香雪因为古典词集出版，接到很多文学团体的活动邀请，香雪很乐意参加，我也希望她多接触写作群体，这对她的文学创作是有帮助的。近三十年居家封闭的生活，香雪已经丧失了基本的社交能力，每次活动，都是被动地听别人说话，不会主动与人沟通，也不会展现自己，这些能力都急需学习。

这天上午，天空晴朗，小店打烊一天。我带香雪去参加市里一个诗社的诗歌朗读活动。带香雪出门，是一件既需要体力又需要细心的工作。因为她怕凉，即使夏天出门都要带个外套，室内有空调的话，就要给她穿上。

在深渡公交车站，我抱着香雪，铆足劲一步一级登上公交车高高的台阶。上了车，先把香雪放在前面的位置坐好，再下车去搬折叠轮椅，上车找个空地放好。然后紧挨香雪坐着，我一只手搂住她的腰，一只手抓住座位把手。两个人的平衡，尤其是公交转弯的时候，全靠我的双手来保持，一点不能松懈。车开得稳，我还轻松点，遇到开车很快的司机，车子到站了，我也会累出一身汗。

这次活动在一个依山傍水的徽派园林里举行，我推着香雪走在园林的回廊亭台间，很快到了活动地点。这是一个阶梯式多功能大厅，舞台上有一个很大的电子屏幕，播放着音乐和图片，参加活动的人已经到了很多了。诗社的人见到我们，立刻热情地迎上来……他们都是真正的诗人作家啊，我只是个农民、打工仔，文化上的差距让我很不自信。在这种场合，我觉得自己很渺小，配不上这个场合。因为轮椅不方便，他们体贴地给我和香雪安排在最靠前的位置。他们身上散发出的气场，让人很舒服，这让我感到轻松了一些。他们都是小有名气的诗人和作家，女人就像花一样，散发淡淡的幽香；男人就像大树一样，很简单，很通透。而且他们都很有修养，素质很高。每个人都很客气，也没有过多的热情，更重要的是，没有过多的好奇，没有因为我们残疾，投来一些质疑的眼神，而是基于一种人性的平等与我们相处。人的层次不一样，对待事物的态度也真的不一样。

诗会开始前，一对年轻的男女主持人把香雪介绍给大家，并请香雪做了一个简短的个人成长分享。当他们那么正式地介绍香雪，尤其香雪分享自学写古典诗词的时候，台下响起热烈的掌声。这让我整个人都非常愉悦。当他们介绍我的时候，我站起来了，没有心理准备，很紧张，也不知道说些什么才能掩饰我没文化的尴尬。毕竟我从来没接触过文学，能来这种场合，附庸一次风雅，也是很牛的事情，内心的虚荣得到满足。但是，我知道自己跟他们差距有多大，我不装，只是心情愉悦地推香雪回到座位。

随后，进入诗歌分享环节，听大家分享着名家诗句，名人轶事，对于我这个文学“门外汉”无疑是一次心灵洗礼。同时我庆幸自己之前的坚持，和香雪走到一起，才能够如此近距离地聆听和感受文学的给养，不然，我这辈子连旁听的机会都没有。农民工和诗人作家，完全是两个不同的生活轨迹，是不可能交汇的。能拥有这些，是因为我自己的坚持，我和香雪两个人的努力。

舞台上，有人读现代抒情诗，有人朗读古代的经典短文，还有人朗读自己写的诗歌，氛围很舒服，很享受。轮到香雪上场了，诗社的人帮我一起把香雪连人带轮椅搬上舞台。香雪朗诵的是《再别康桥》，伴随着优美的轻音乐，背景屏幕播放着美丽的自然风光，香雪在舞台中央朗诵着，她清秀的脸庞上，表情随着诗歌时而舒展，时而凝重……她坐在轮椅上，不能像健全人一样，有一些肢体上的动作语言，当她朗诵到动情的时候，她的双手会不自主地动一下。我知道，她是想把双臂张开，来释放诗歌里的那种情绪。我目不转睛地盯着香雪，又佩服又自豪，那么长的诗，她就一句一句地诵出来，这是我望尘莫及的。而且，其他人读诗歌，有的时候都需要看一眼原文，香雪是脱稿的，她朗诵得那么专注，完全投入在诗歌的意境中，声音柔美极具磁性。真的，一个人内心的干净，是可以让人感觉到的。我觉得香雪是表现得最好的，我特别佩服香雪。在这之前，我们没有深入聊过诗歌，没想到，香雪朗读诗歌也这么厉害。

我能够跟着香雪接触到诗歌文学，以及这个层面上的人，这是我修来的福报，是我自己努力得来的。我心里有个念头，自己也要多看书，现在需要加强这方面的学习，最起码与“香雪丈夫”这个身份要匹配。我既然选择了这样的生活，我就要具备这样的能力。

诗歌活动结束之后，诗社的一位兄弟开车送我们到市里住的地方，看我把香雪抱上抱下的，他感叹说：“你俩真的不容易。”我平静地说：“习惯了，在家也是每天如此。”我很高兴，在这些文学创作者眼里，我找到了那份尊重和接受，从头到尾，没有人戴有色眼镜来看我们，跟他们在一起，我的身心都是特别愉悦的。这一刻我也懂得，人活着，物质固然是重要的，但精神层面的修养是更重要的。

但这份认可仅仅存在于一小部分人群中，在多数人的眼里我们还是异样的。这天，晚饭很早就吃好了，外面红霞满天，家门口笔直的道路沐浴在通红的夕阳中。香雪的眼睛不自觉地向外面看了几次，我知道她想出去了，就试探性地问她：“要不要出去玩？还是在家？”香雪这些年来总是被动接受，不会主动地提出要求，更不会对一件事有明确的选择。我就经常在一件事上给出几个选择，来锻炼她的主动性。香雪憋了一会儿，用不是很自信的语气说：“出去玩一会儿吧。”

我就抱起香雪坐到轮椅上。香雪写作很辛苦，她就两根手指能活动，每天一个键一个键地来回敲。对香雪来说，最放松的事情就是出去玩一玩。我哼着歌曲，悠闲地推着香雪走到深渡老街。一个面孔陌生的中年女人由远到近一直盯着我们看，我不想理会，不想有不必要的麻烦，也想着，她看一会儿就不会看了。当双方快要擦肩而过的时候，她忽然探着头朝我们走过来，用十分好奇的语气问香雪："你的脚是怎么搞的？不能走的吗？"她满眼让人厌恶的窥探欲，完全不顾及我们的感受，肆意地挖掘香雪的痛点，来满足她那扭曲的欲望。我大声地呵斥她："看什么看，没见过残疾人啊？滚开！"那个女人被我的声音吓到了，看着我愤怒的表情，赶紧逃一样地走了。

香雪语气里带着些许责怪，更多是关切，说："阿春，这种事情没必要生气，这么多年，我已经习惯了。随便他们问，不理他们，让他们自讨没趣。"

虽然香雪说不在乎，但这话在我听来，是一种无奈，而这种无奈是她没有办法化解，只能承受的。我霸道地对香雪说："以前你是没有办法，但你现在有我。以后无论什么情况，我都不会让你再受委屈。"

我非但不能再让香雪受委屈，凡是可以做到的，我都想带香雪去体验了解一下。有一次，我带香雪去市里玩，在一个商场门口遇到五个台阶。香雪一看台阶就说："太高了，不进去了。"我知道她心疼我，不想我辛苦，可是，我想让她看看商场里是什么样子的。我咬着牙，连人带轮椅一阶一阶把她扛了上去；我个子矮，要用尽全力把轮椅往上抬起，才可以往上走，这自然是非常吃力的。上去之后，无意间看到门口几个人定在那里，露出目瞪口呆的神情。有个三十岁左右的男人反应过来，对我说："不得了，这么高搞上来，有本事啊。"我笑了笑，算是答复，心里想："这算啥，基本操作而已。"

第四章 在凌乱中寻找有序

舍弃孩子只要她

我在歙县人民医院三楼的B超取单处，不安地徘徊着，心情很忐忑。其实，我很想要孩子，但是又知道，现实情况不允许，这种纠结很折磨人。几分钟后，女护士从窗口递出来几份B超报告单，我和周围等待的人赶紧过去拿。香雪怀孕了，已经六周。心中有个声音欣慰地说："哈，有小孩了。"来不及高兴，另一个声音就无情地说："有又怎么样，又不能要，香雪还遭罪。"我拿着报告单，呆在窗口外……

香雪真的怀孕了。

前几天，香雪身体不舒服，还呕吐。香雪犹疑地说："不会是怀孕了吧？不可能啊……"我吓了一跳，硬着头皮去老街药店买试纸，回家一测试，真的是怀孕了。香雪立刻就精神起来了，满脸幸福的笑容，完全忘了她的身体情况。

我在短暂的喜悦过后，冷静下来，站在她身边，我犹豫地提醒她："你身体不行的。"

香雪笃定地说："没事的，我感觉自己可以。"

说实话，看到香雪的坚持，我心里是温暖开心的。她坚持要这个孩子，一是她也想当妈妈，谁不想身边有个小孩呢；更重要的是，按照香雪的想法，孩子是她想为我、能为我做的最实际的事情。

这个突发的情况，让我心神不定，我面对大街在柜台前傻坐着，卖东西总找错钱。在我心里，真的想要个孩子，那是件幸福的事情。最好是个女儿，乖巧伶俐的，我要陪着她长大，看着她成家立业，这辈子也就足够了。多年以后我们老了，孩子会是我们的依靠。人对美好的事物总是会抱有幻想，明知道香雪身体不行，我还是存有一丝侥幸，觉得现在医疗技术这么好，没准能生下来。可是，我又很清楚，香雪身体畸形严重，即使能生，她也会遭很大罪，残疾会更加严重，本来她身体就瘦弱。

"阿春，你过来，"香雪在书桌那边喊我，她满脸幸福地跟我计算怀孕时间，"我算了一下，孩子有一个多月了。"香雪一脸温柔喜悦。

我一会儿高兴，一会儿焦虑，理性与感性来回交替。但还是强迫自己接受了现实。我知道一旦做了这个决定，就意味着我今生都不会有亲生骨肉了。可是，如果要用香雪的健康作为代价，我没有什么可以犹豫的，准确地说，我没有权利犹豫，香雪是我最重要的人。

我实在不忍心打击香雪，就本能地骑自行车去给她买了一些苹果、梨子、葡萄，洗干净放在书桌上给她吃。我太了解香雪的身体了，我必须让自己冷静下来，压制住想要小孩的冲动，装出坦然的样子安慰香雪。

吃过晚饭后，我坐在书桌前跟香雪说："香雪，我仔细考虑了一下，我们的家，有我们俩就可以了。孩子还是不要了。你的身体不能有一点儿伤害，如果需要用你的健康来换取孩子，我是不能接受的。"

香雪满脸惊愕地看着我，用焦急的语气说：“我可以的，我认识好几个残疾女孩，有的比我还严重，都生孩子了。你不要怕，我是瘦，但体质好着呢……”

香雪反过来做我的思想工作，双方越商量，屋子里的焦灼气氛就越浓烈。最后，我和香雪勉强达成共识：“先去医院看看，听医生的，医生说行就生。”我松了口气，又补了一句，“如果医生说不行，我们就直接办理住院手续了，大热天的，就不要来回跑了。”

香雪手抵着书桌，什么也没说，脸上是哀伤的神情。我明白，她内心其实什么都知道。我没有勇气再说话，连忙走上楼梯，进卧室收拾了几件衣服，做好香雪住院的准备。

“南香雪家属，进来一下。”

一个女医生在诊室那边叫我，打断了我的思绪。我拿着报告单快步走过去，香雪坐在诊室的检床上，岳母面无表情地站在边上。看样子医生给香雪检查过身体了。我跟着女医生走进诊室里的另外一间屋子。

女医生大约快退休的年龄，看着很和善，她关上门，招呼我在一张靠近窗子的办公桌前坐下。她看了报告单，很认真地问我：“你是很想要，还是想怎么办呢？”我立马意识到，香雪的身体真的不适合怀孕。女医生接下来的话，验证了我的判断。“你老婆腰椎畸形很严重，导致子宫上移，怀孕后期会压迫心脏，影响心肺功能，那就非常危险……她这个情况，也有生下来的概率，但是她都三十七了，高龄加残疾，风险很大……即使一切顺利，根据我的经验，生产也会对她的身体造成二次伤害……怀孕六周了，引产手术超过两个月就不能做了，你要早做决定。作为医生，真的不建议你们要孩子。”

当医生说到会压迫心脏的时候，后面的话对我就像画外音一样了，我后背发麻，很害怕……这样的话，要孩子就不只是拿香雪的身体冒险，更是拿她的性命冒险了。医生的话，彻底打破了我残存的一丝侥幸。此刻，当真的知道孩子不能要了，我就像两只手抓着一块残缺的玻璃，很痛，还在流血。面对这个情况，我必须坚持之前那个艰难的选择。我不断地安慰自己，香雪要紧，香雪好好的，对我是最重要的，否则，要孩子有什么必要呢。

我跟着医生从诊室里间出来，香雪语气中带着期待和忐忑，她在诊床上问我们："没有什么问题吧？"可能同为女人，能够感同身受，医生只是简单地告诉她："你这个有风险，最好是不要。"香雪脸色瞬间苍白，很沮丧。我知道，现实剥夺了她做母亲的权利，这是一件很残忍的事情，任何人都接受不了的。香雪不停地追问医生有没有什么办法？……我知道香雪的想法和用心，但现实很残酷……虽然心中有万般不舍，但是我要在两难中做出取舍，做出一个沉重而心痛的决定。我和医生一起劝说香雪，可是香雪固执得很，就是不想放弃。

这个诊室在三楼，没有空调，我是一口气把香雪抱上来的，之后各种检查抱上抱下，闷热劳累，加上心痛和压力，我走出诊室，到走廊透透气。同时冷静一下，想想怎么跟香雪说，她才能接受。岳母跟着我来到走廊，她拉着脸："要什么啊？叫香雪打掉！"说完，她转身就走开了。我也知道不能要，但岳母不近人情的态度，让我非常不能接受。按理说，岳母这个年纪的人都比较传统，应该巴不得我们有个孩子，这种反应让我始料未及。我一肚子话到嘴边，又强忍着咽了回去。心里告诉自己，无论如何不能和岳母有半点冲突，否则会被口水淹死。

我站在走廊里做了几次深呼吸，调整了一下情绪，去诊室接香雪，耐心地跟她说："香雪，真的不能要，会有生命危险。"香雪还是不甘心，她眼泪汪汪地看着我。我实在没有办法了，实在找不出其他理由了，终于绷不住发火了……这是结婚后我第一次凶她，我心里也很不好受。香雪含着眼泪，一脸的哀怨和难过。我立刻去办理了住院手续。我也知道香雪的痛苦，在病房里，除非必要才和她说话，连眼神都不和她有过多交流，我怕自己扛不住，而改变主意。

做完手术，护士推着病床出来了。我赶快走过去，香雪脸色惨白，很虚弱，憔悴的脸上是极度的失落和伤心。我想安慰她，又不知道说什么，只能轻轻地摸了摸她的脸。医院里，就我一个人陪着香雪，我知道，香雪这样的身体要更加好好照顾，但是怎么照顾小月子我根本不知道。我们办完住院手续，岳母就回去了。所以，我只能凭着道听途说的经验，买了农家土鸡蛋，然后请医院食堂的阿姨帮我煮一下，每天给香雪少盐多餐。隔壁床产妇的婆婆对香雪说："你怎么穿短袖呢？这样会落下病根的，这里空调一天到晚吹着，要穿长袖长裤。"我立刻去街上买了一套长袖衣裤，回来给香雪换上。两天后，我去农贸市场买了只土鸡，送到小饭店加工，买了一个保温饭盒把鸡汤端到病房。我每天都在开导香雪，给她讲一些新鲜事和笑话之类的，用尽办法想要她开心一点。香雪的情绪渐渐好起来了，我也就松了一口气。

再过两天就可以出院了，照料香雪吃过午饭，我躺在医院过道的空床位上休息。走廊很安静，望着天花板我睡不着。这些天都是这样，一闲下来满脑子都是孩子的影子，实在抗拒不了就任由思绪乱飞，肆意地去想……她一定是个女孩，她很安静，很温暖，非常有灵性，就跟香雪一样，她要跟香雪一样学诗词……她漂漂亮亮的，有孩子的天真，又有超越其他孩子的灵性，很干净，很活泼的小女孩儿，想想就高兴……可是，这么好的一个女孩儿，我却没有福分去拥有……然后，她还没来得及来到这个人世，一眼都没看过这个世界，就这样离开了。

但她是一条生命，确实存在过，因为一些现实的问题，我也只能把她放弃掉，我是有罪的，为此我将愧疚终生……我一次次地在心里向孩子道歉：“孩子，对不起，原谅我们吧，你投错胎了……”察觉到不能再沉沦其中了，我就努力地克制住情绪，让自己清醒过来。我告诉自己：“孩子就不要再想了，既然选择这样的生活，就要去接受发生的一切。香雪本来就是一个长不大的大宝宝，再来一个小宝宝，每天照顾两个人，我能承担得起吗？没孩子也好，两个人自由自在的。我的生命中有香雪就足够了，一个温婉多才的女子，此生何求。”我闭着眼睛，躺在空床位上寻找着各种理由，来化解失去孩子的痛，以及今生都不能有亲生骨肉的痛。香雪曾经说过，人都是在失去中度过的。她说得对，此刻，我想加上一句：只要没有失去最重要的就是好的。香雪就是我最重要的，有香雪，我才有温暖的家，我苦心寻求多年的、属于我自己的温馨小家，我要好好守护它。就凭这一点，就足以让我庆幸和坚信，我的选择百分之百是正确的。

我从空床位上坐起来，轻轻地走到病房门口看了一眼，香雪还在病床上午睡着，苍白的脸上有了一丝红晕，睡得很香。我来到楼下大院里，下午的阳光晒得人皮肤发烫。走到角落边的大树下，我在树荫里点了根烟，想着没有孩子也蛮好的，就可以把全部精力放在香雪身上。香雪一定要好好的，她是很有才情的人。志愿者张老师说，香雪写的书是很有价值的，能帮到很多人。我觉得这是一件功德无量的事情，我要把香雪的身体调养好，让她有足够的精力写作。再说了，指不定以后经济条件好了，到时候还可以再收养一个孩子，我也不是绝对没孩子了……

我抬头喷了一口烟雾，意识到自己有点天马行空了。现在人的思想比以前开明多了，没孩子不是什么大不了的事。只是以后回南木家乡，一定会让人笑话，长辈也会指责，毕竟传宗接代的观念根深蒂固。不管那些了，有人说，我就忍着吧。我掐灭烟头，丢进垃圾桶。心里告诉自己，很多东西早晚都是失去，没有办法拥有的东西，不如直接绕过去，我不曾拥有，也就没有失去。人不可能百分之百地拥有每一样东西，那就好好珍惜自己能够拥有的这些，这就够了。我走出医院，去街上给香雪买水果。这两个多小时，我用一百个理由来安慰和肯定自己，心情平复了一些。

因为香雪身体虚弱，出院前，我打电话给岳母，让她帮忙叫辆车子来接我们。电话里，岳母没有询问香雪身体如何，只是不耐烦地回复：“好了，知道了，我叫车子！”她的态度着实让我意外，这是你女儿呀，怎么连句关心的话都没有呢？心里想不明白，索性不想了，以后彻底就是我和香雪相依为命，我们的生活中不会再出现其他人。

回家当天晚上，香雪躺在床上依偎着我说：“如果以后条件好了，我们领养一个孩子吧，我对不起你。”

我轻轻地搂着她，告诉她：“孩子的事情就不要想了。你养好身体，好好写作，我们俩就这样过一辈子，挺好的。”

冷嘲热讽的焦虑

时间过得很快，深渡的秋色很美，深绿夹杂着深黄与火红，倒映在新安江的绿水清波里。时间也会带走很多东西，比如伤痛……香雪的身体已经休养得差不多了，她把精力投入到写作上，认真写着小说，也逐渐接受了没有孩子的人生。两个毫无血缘关系的人组成了家，将相互依靠着度过此生。

结婚大半年来，这边的生活习惯，我还是有很多不适应，尤其是从一个浪荡自由的打工仔到一个“家庭主夫”，这种角色上的转换，有太多的东西要改变了。比如我是一个喜欢热闹和喝酒的人，如今已与酒精“绝缘”了。每天照护香雪，一天平均要抱六七趟，喝酒不安全。以前，我习惯和朋友一起鬼混，如今这里只有香雪一个人，没有一个朋友，我的那颗浪子的心是孤独的。无处发泄的江湖情义只能转化成柴米油盐，转化成我和香雪渴望的人间烟火。一个人的努力，最终要回归到家这个层面上来，否则努力就毫无意义了。我在操持着家的运转，香雪在键盘上敲击出我们生命的重量，如此足以。

“老板，拿包烟。”是街上的邻居，一个我不太喜欢的胖男人。我拿出烟，找完钱，想着他赶紧走。不出意外的，他慢悠悠地拆开烟，似笑非笑着递过来一根。我随手从自己口袋拿出烟，示意他不用客气。他张口要说些什么，我也知道他想说什么，赶紧小声跟他说：“香雪在写作，需要安静，请不要打扰她。”他略作迟疑，带着不甘，小声嘟囔着走了。

下午，香雪写作完毕，我推她出来逛街。深渡的秋天，是三口柑橘的成熟期，大街上全是卖橘子的，红彤彤、一筐筐的。“阿春，买点橘子吃。”香雪对我说，她的语气柔和自然，这是她少有的主动性。我很高兴，称了十几个橘子。

“橘子好吃吗？”我问她。

“好吃，我看你也爱吃。”香雪调皮地笑了。

到了深秋的时候，天气突然大幅度降温，奇冷无比。我们租住的房子背阴，就更冷了。香雪身体扛不住，想搬回家住，她主动给妈妈打电话，小心翼翼地说了想法。妈妈爽快地答应了。岳母的态度让我有点意外，毕竟是母女，她骨子里还是心疼香雪的。香雪家就在河对岸，还好我们东西不多，三轮车拉了两趟就拉完了。最后，我再推着香雪走路回家。当我关上小屋的卷闸门，看到上面的大红喜字，我对这里充满了留恋。这里是我们新生活开始的地方，可惜太偏了，不适合开店。这一离开基本不会再回来了，回到岳母家也不是长久之计，究竟要在哪里才可以稳定下来呢？我带着些许迷茫回到了岳母家。

岳母的态度依旧不好不坏。我心里默念着，老天爷，只要她不发火，怎么样都可以。我们住在香雪原来的房间，房间里还是那个老式乳白衣柜。我把香雪睡了十几年的破旧木床撤掉，换成我们结婚买的席梦思新床，把房间仔细打扫了一遍。香雪是喜欢干净的人，有时候我怀疑她有洁癖。香雪依旧坐在家里的八仙桌旁边，一切都是老样子，只是香雪变化很大，脸上洋溢着幸福和开心，人也胖了，皮肤变得红润白嫩。想到第一次看见她和现在完全是两个人，我心里很自豪，很有成就感。自从我们结婚后，岳母就独自带着六个月的孙子住在家里，我们回来她内心应该也是高兴的，只是，她是不善于表达情感的人。我们也算相互帮助，她有事我可以带小孩，同样我出门办事也不用分秒必争了，岳母可以帮我照顾香雪。就这样，日子过得还算和谐。有时候我也不知道做错了什么，岳母就大声训斥我，那一嗓子，房顶都要震三震。这都不重要，只要她发过火之后，不要再持续发作就可以了。

只是，村里有些人见我们回来，突然兴奋了起来，耳边听到的杂音比在出租屋的时候多了很多。每天，只要我骑自行车过桥去，回来一定就会有几个人聚集在某户人家门口看着我，嘴里小声议论着。我告诉自己，闲言碎语，无伤大雅，可能他们说两天就不说了。我不作理会直接骑着自行车过去了。后来，这种议论和指点越发放肆了，从小声说话到无所顾忌地交谈，直至最后每次见我经过都会故意拔高音量，说南老师女婿什么什么的……电视台采访了，领导都来他家啦。来深渡一年多了，方言我已经能听懂一大半，加上他们有时候故意带出几句普通话，基本都能听懂。他们的肆无忌惮，让我心里很抵触，非常反感，我安慰自己，也许时间长了他们就接受了，就不再议论了。

一转眼冬天过去，春天也过去了。初夏的一天上午，我步行去桥头买东西回来，又见一群男女聚集在街道上，其中一位六十多岁的老男人用普通话冲我大声说，“小吴，你可以呀，香雪写书赚很多钱了哈。你跟着吃香的喝辣的啦，这个老婆让你给找到了。”当他说完这句极具侮辱性的话，我整个人都蒙掉了，心里闪过一个念头：“想要他们接受我是不可能了，既然你们没完没了，不行我就上拳头了……”一想到这里，我身子就跟着抖起来了，想说些什么来维护尊严，但嘴唇哆嗦完全说不出话来，心跳加速，热血上涌，拳头也攥起来了，手臂不由自主地……几乎就要挥了过去……危急关头，脑袋里还尚存的一丝理性告诉自己，不能这么办。我硬是把手臂上的那股子冲动给拽了回来。我强忍着，面无表情地往回走，身子一直在抖，血一直往上涌……到家我立刻走进厨房，假装在厨房洗菜。从他们小声议论到放大音量，他们是想看我的承受底线，还是想要激怒我，想让我做出他们期望的“原形毕露”？这些我不知道。但我知道，见我依旧无动于衷，他们一定会继续加大嘲讽力度的。我问自己能不能承受呢？答案是否定的。这件事情不知不觉已经变成了内心的一个痛点，并且时不时就有人来戳一下，我怕自己哪天承受不住，会做出不理性的事情，哪怕是一句不礼貌的回嘴，都可能演变成不可收拾的局面。这样的事情，我不想告诉香雪，不想她生气，为我担忧。这份压抑的情绪和痛苦，也让我很焦虑。

这天晚上，岳母做了香雪爱吃的菜粿。香雪在书桌前吃着菜粿，我就带着小侄子玩。这是我一天里最开心的时候，这就是家的温暖，这也是搬回来后为数不多的惬意时光。季节交替生长，小侄子也学会说话了，小家伙非常黏人，见到我就“姑父、姑父”叫个不停，其实我渴望他叫我爸爸。

有些人的心态，已经到了用语言无法来形容的程度。一天傍晚，那个老男人转悠到了岳母家屋外，一见到我就在门口大声说：“小吴，晚上吃什么？你好过呀，讨了个好老婆！”我挤出一丝笑：“嗯，我老婆好。”香雪听出了对方的言外之意，她皱起眉头，神情厌恶地跟我说：“别理他！”

我也不想搭理他，但是我无处可逃。好几次我从街上走过，这个老男人就坐在家门口等候，看到我回来，就把我拦下，开始讲那些无聊的话。我不能和他吵，哪怕一句都不行。我没有办法，还要赔着笑脸，递根烟，以便尽快脱离纠缠，赶紧回家。我心里说，“放过我吧，我都这样了，发发善心就这样过去吧。”

我知道，我和香雪面对的不是一个两个的个体，而是一个思想固化、认知有限的庞大群体。在这个群体的意识里，残疾人是不能有正常生活的，即使结婚了也应该活得很悲惨，然后，他们会用廉价的施舍来衬托他们的慈悲和高大，填充他们贫瘠的精神世界。如今，我没有如他们期盼的那样是个骗子，反而对香雪很好，我们过得也很好，并且做到了很多健全人都做不到的高度。香雪成为了真正的作家，出版自己的书。两个残疾人在一起，没有吵架，没有嫌弃，甚至还很幸福，在这些人眼里就是一种罪，是不合情理的。我也彻底明白，我与香雪面对的是一堵厚重无比的高墙，翻越过去是痴人说梦。

在冷嘲热讽的环境中，夏天很快过去了，我的忍耐也到了一个极限，那些丑陋的嘴脸，我一天都不想看到。香雪每天在家专心写作，她听不到外面的声音。这天晚上睡下后，我跟香雪说了那些人的事情，以及我内心的痛苦焦虑。

“这些人怎么可以这么无聊！”香雪气愤中带着焦虑。

我告诉香雪：“我怕有一天实在忍不住，我会失去理智和他们吵起来，那就麻烦了。那时候人云亦云，妈妈也不会站在我们这边。”夜色模糊寂静，就像我此刻压抑茫然的情绪。

“我们搬走吧，我去申请廉租房，离开深渡。”香雪突然说道，黑夜里，她的语气非常坚决，“你为我付出的太多了，还要承受这些乱七八糟的打击，你太委屈了！一定要走，这样下去你会被逼疯的！……换一个陌生的环境，就不会有这么多流言蜚语，再说，我们早晚也要搬走单独过的。”

被窝里，香雪用她的一根手指在我身上轻轻抚摸着。我感受到她对我的心疼和慰藉，以及一定要搬走维护我的决心。香雪的话点亮了我的希望，温暖了我，我盼着赶紧远离这些无奈。

做了一件赈灾大事

香雪的廉租房申请递交之后，因为我们的条件符合政策要求，在这一年的深冬，顺利地拿到了房子。想着就要离开这个让我并不愉快的地方，我心里轻松了很多，对新的生活环境充满期待。

我带着香雪坐中巴车到了县城，去房管部门拿到住房钥匙，第一时间就去看了我们的新家。房子位置很好，就在小城中心，附近有大型超市和公园，生活出行都很方便。这是一栋八十年代的职工宿舍改建的安置房，老式的筒子楼，相对商品房的封闭性，这里更加开放通透。房管部门了解香雪的身体情况，特意给我们安排在一楼，方便进出。房子六十多平方米，一室一厅，厨卫双全，抽水马桶、瓷砖灶台一应俱全。屋里虽然不脏，我还是把它彻底清洁了一遍，窗户、瓷砖全部擦得透亮。

“这房子不错，打扫一下，还是很干净的。”香雪看着清爽干净的新家，脸上带着喜悦也带着一丝不安。我知道，毕竟这里是个陌生的地方，人在陌生的环境中容易没有安全感。

“这里就是我们的家了，属于我们自己真正的家，只有我们两个人。”我对香雪说，“我相信，在这里会有很多我们的故事，我们一定会过得很好。”

岳母得知我们要搬走，情绪明显低落，她跟香雪说：“到城里去干吗呢？”从这句话里，我感受到了岳母的不舍，她对我们还是关心的。香雪只好找了一些其他的理由来解释，安慰妈妈。岳母总体情绪还是平稳的。

我提前两天做了搬家准备，把东西都整理好。对香雪来说，最重要的是她多年积攒的书籍，然后是六七箱《罗浮堆雪》，光书就有二三百斤，这些书是香雪生命的价值体现，也体现着她对社会的影响和贡献……

今年四月，青海玉树发生了 7.1 级大地震。那天晚上，我和香雪一起看电视，在电视报道里看到灾区在下雪，很多人住在防震棚里，毯子被子都不够用。香雪看得心都揪起来了，满脸心疼，她对我说：“那多冷啊！”看到灾区一片废墟，我心里也挺不好受的，灾区太艰难了。晚上，两个人躺在床上，就这个事情聊起来，看看能不能为玉树做点什么？想想我们能力有限，也没什么钱，回到岳母家之后，我们的收人来源，就是通过网络卖点书补贴家用……这个时候，我和香雪不约而同地想到家里的十来箱《罗浮堆雪》，两个人决定做个义卖。可是怎么义卖才能达到理想效果呢？这个，我俩都不懂。

“别到时候只卖个几十本书就尴尬了。”我说。

香雪看看时间还早，她拿起手机，对我说：“我来找人请教一下，看怎么做。”

她马上拨打了一位好朋友的电话，向对方请教应该如何来做这件事。对方热情地建议香雪联系县里一位热心公益的余总帮忙，并说这么有爱心的事情一定会办好的。

第二天上午，香雪就给余总打了电话，余总非常热心，她说：“这是个好事，感谢香雪大爱。我们来安排活动场地，你发个简介给我，我做个易拉宝。时间定下来之后，你带书过来做签售。”义卖的想法就这么变成现实了，香雪和我都有点激动，这种激动，是因为我们真的能够为灾区做点什么了。义卖的时间确定在二十三号，究竟能卖多少书，到时候就看现场签售效果了。香雪托县城的朋友，提前一天来深渡把书运到县城。

二十三号，我们起了个大早。起来之后，我走到院子里先试了一下温度，阴天，很冷。我给香雪穿了厚毛衣，外面是一件厚实的加绒灰外套。我也穿了一件厚外套。我们随便吃了点东西，就出发了。通往县城的公路在维修，两个人精神振奋，也就感觉不到颠簸了。到了县城，活动地点在一个人流量很大的古城公园，我们提前二十分钟到达现场。老远就看到公园中央一个大红横幅：“中国好人南香雪玉树赈灾义卖”（香雪卖词救父的孝心，被中央文明办评选为“孝老爱亲中国好人”）。这个醒目的大红横幅让我和香雪很激动也很骄傲。余总带着一群穿红马甲的志愿者已经在现场了，正在指挥志愿者们布置义卖场地。很快，桌椅音箱话筒都摆放好了，我把香雪推到有话筒的位置，把书摆在台子上。电视台的记者也到了。赈灾义卖活动，按照预定的时间准时开始。我为香雪拿着话筒，香雪酝酿了一下情绪，用她那极具亲和力的声音，做了一个即兴的演讲。她说："亲爱的各位同胞们，我是南香雪，一位轮椅上的作家，这些书是我自学创作的古典词集。青海玉树地震，我拿这些书出来义卖赈灾，希望各位朋友们献一份爱心，认购一本书，出一份力，我们一起来帮助灾区人民渡过难关，重建家园……"香雪的演说虽简短，效果却很好，没一会儿，签售台前就围满了人，有很多本地人，还有很多外地游客。电视台全程拍摄，记者时不时地采访认购的游人，活动氛围很好。

在我的印象当中，赈灾义卖都是各种大明星、大艺术家才能做到的事情。我看过很多大型的义卖募捐活动，我觉得香雪就跟他们一样，用自己的能力汇聚爱心，来支援灾区，这真的是一件积极温暖，很让人敬佩的事。在我以前的生活中，我不会有这样的荣耀。我是第一次做赈灾义卖，这是香雪的书，是我老婆写的书，这里也有我的功劳。我心里非常骄傲。我站在香雪身边，非常郑重地给她拿书，我拿一本，她签一本……对后面没有听到香雪演讲来购买的人，我都忍不住跟对方说一遍，"这是我老婆，这是我老婆写的书，我们在给玉树捐款。"购买的人连声称赞："真厉害，让人敬佩，向你们学习……"这个时刻，我觉得自己真的很高大。签售台前人流不断，我不停地给香雪拿书、翻开书页，香雪不停地签名……

天空云雾散去，太阳高挂，签售已经过去两个小时，购买的人依然络绎不绝。香雪的手明显僵硬、不顺畅了……我了解她，写得很累的时候，她的身体会不自觉地动一下，或者写到一半，笔会停顿一下，这就是她体力透支的表现……我很心疼香雪，知道她的手吃不消了。

趁着眼前人少了一点儿，我连忙俯身对她耳语：“歇一下，等会儿再写，没事的。”

她头也不抬地低声回复：“不行，来不及。”

香雪还是在吃力地写着、坚持着。我知道，她想多卖一些书，多为玉树捐点钱。看着香雪那么吃力地签名，我真想把她手中的笔一把夺过来，我来替她写呀……义卖活动在将近十一点的时候结束，志愿者们把一大堆钱数好，拿过来，跟我们说一共七千三百六十元。我听到这个数字很惊讶，也很激动。

“这么多钱呀。”香雪惊喜地说道，她的身体在动，好像要从轮椅上跳起来。

几位志愿者把一大摞钱放在香雪面前，我把钱拿给香雪。香雪略显疲惫的脸上露出了幸福的神情，她微笑着，把钱塞进了红十字会的募捐箱。香雪的手有点抖，两根手指签名三个小时，她其实拿不动那些钱了。我连忙扶住她的手臂，帮着她一起把钱塞进去，这是她捐出去的钱，是她的骄傲，我也顺便沾点光。这是一个很郑重的时刻，更重要的是我们把钱放进去的时候，心里的这种自豪感是非常强烈的。这个钱送到灾区，最起码能帮助一些人买点被子毯子什么的，七千多块钱，一百条毯子总是能买到了。我们这种情况，自己都想不到，能够凭自己的努力来为社会、为灾区出一份力。不需要任何人肯定我们的做法，这本身就是一件非常有价值的事情，它跟有能力直接掏钱出去的那种捐献不一样，这是香雪用两根手指敲击几年、写作出版的书，它的价值跟普通的金钱是不一样的……

所以，除了家里的六七箱《罗浮堆雪》，书架上香雪的其他书籍，我也都分类包装好了，这些书就是香雪生命成长蜕变的摇篮，也是她走向世界的阶梯。

照顾岳母康复后我们搬走

搬家前一天，岳母主动帮我们找了一个小货车。我在卧室里收拾东西，断断续续听见岳母在跟香雪聊天，说什么听不清楚，但是从语气中，我知道应该是一些关心嘱咐的话。明天早上就要离开深渡了。晚上，两个人躺在被窝里，我搂着香雪，有点愧疚地问："明天就搬走了，你舍不得吧？毕竟这里是你的家，生活几十年了。"

"我不想待在这里了。"她说。

香雪如此干脆的回答是少有的，她是个内敛且婉约的人。香雪的态度让我很意外，反正我是知道思乡之苦的。我想，香雪的毅然决然，可能……她也承受了一些我不知道的东西。我也不想追问那些让人烦恼的事情，便对香雪说："睡吧。"然后任由思绪在寒冷的冬夜里飘飞……

那天是夏末的一个早上，我还在睡梦中，突然被轰隆一声巨响惊醒，岳母抱着小侄子，不小心从楼梯上摔下来了。大人的惨叫和孩子的哭声，把我和香雪从睡梦中猛然惊醒……岳母腰椎骨摔裂不能动了；万幸的是，摔下来的一瞬间，岳母把孩子举了起来，孩子没有受一点伤。想着岳母养伤一个人躺在房间会很孤寂，我和弟妹们就在客厅里搭了一张木板床给她休养，孩子也送到外婆家去了。由于妹妹饭店里很忙，她请了一个护工每天给岳母擦洗身体，换衣服。妹夫去城里中医院买了治疗骨伤的中药放在屋里。我知道，剩下的就都是我的事儿了。我也不知道中药怎么煎，晚上睡觉前问香雪，香雪仔细地告诉我煎中药的方法，放多少水，煎多长时间等等。妈妈摔伤，香雪也吓坏了，脸色惨白，身体抖了半天。

第二天，天蒙蒙亮我就起来了，煎中药比较费时间。岳母已经醒了，她躺在板床上有点无聊。我趁着煎药的空当，过去打开客厅大门，给屋里换点新鲜空气，岳母能看到院子里的景色，心情也能好一点。我烧了一壶热水，倒在脸盆里兑凉水试好温度，放入岳母用的白毛巾，拿了一条高度和床差不多的方凳，把脸盆端到凳子上。等她洗过脸了，我这里也给她准备好牙缸、牙膏拿过去了……最后，帮她把水倒掉，东西收拾好。我还要去市场买早餐、买菜，回来的时候再帮香雪穿衣服。给岳母买早餐是很头疼的事情，每次问她想吃什么，她都说随便。我只好在市场上感觉什么好吃就买什么。买回来给她放在床前的凳子上，她打开罐子看了一眼，从鼻子里用力哼了一声，拉长脸就把头扭开了。我很难堪，也想要跟她沟通一下，到底喜欢吃什么。但是岳母的脸一拉下来，就是拒人千里之外的，让我开不了口。岳母对我是没有半点包容心的，想发火就发火，完全不顾及我的感受，即使她躺在板床上养伤也是如此。

每天早上照顾完岳母，我才急匆匆去房间给香雪穿衣服帮她起床，推开房门前，我都要先调节一下情绪，让自己以愉快的状态出现在香雪面前。

我把香雪扶起床，她一脸心疼地小声问我："一早上忙坏了吧？起大早又煎药又买东西，我妈还不一定爱吃，还不给你好脸色……"

我淡淡地笑一笑："没事，你又不能动，我就当替你尽孝了。"

我一方面是替香雪尽孝，把岳母照顾好，让她可以安心一点；另一方面是替我自己。老话也说了，一个女婿半个儿。岳母现在生病了，我照顾她是理所当然的。即使岳母对我万般不好，我也不能跟她顶嘴，顶嘴之后这个事儿就不好办了。再有，毕竟是我们生活在岳母家，无论她怎么发火，我都要忍耐着，本来我们之间的关系一直都不好。基于目前这个情况，基于香雪夹在中间的位置，我是没有权利去做任何反抗的，我要维系这个家庭的和睦。

岳母的衣裤自然也是我洗，包括内裤，最关键的是，我还要给岳母倒尿壶，这个事情很考验人。每次拎着痰盂，都努力憋住呼吸……倒好了，拿到院子里的水龙头下猛冲，倒点消毒液，洗到没有一丝异味了，再放到岳母床边。即使这样照顾岳母，岳母依旧不给我好脸色，她连话都懒得跟我说，有事也是借香雪之口传达：给我开门，给我关门，我要喝水，要换个枕头，要点蚊香，蚊香该灭了……香雪为此很内疚。晚上我给香雪洗好澡，抱她回房间睡觉。香雪搂着我说："你照顾我就已经挺累了，还要照顾我妈，关键我妈态度还不好，真的对不起……"

我叹了一口气："她是我岳母，你是我老婆，万一我和她有不愉快发生，你是最痛苦的那个人。所以你放心，我会调节好自己的心态，忍一忍就过去了……你妈妈其实根本没拿我当女婿看待，在她眼里我只是一个来照顾你的人……我没事，就是希望大家的关系能够融洽一些，你妈妈怎么样对我都行，我无所谓……"

这种不舒服的关系，是在岳母养伤一个多月之后发生变化的，那天我在客厅扫地，岳母习惯地跟香雪说："叫他把门关上，阳光刺眼。"我听懂了，心想这两下扫完就去关门。却听见香雪用有点不满的语气说："你叫他关呀，他不就在你眼前吗？"岳母似乎有点尴尬，她停顿片刻，用普通话对我说："把门关上。"那是她第一次被迫主动跟我说话。从那以后，岳母有事就主动叫我了。那时我在学习如何开网店，有空就待在房间电脑前，进行实践操作。岳母就大声喊我："阿春，给我倒杯水。""阿春，给我拿个东西……"只要她喊我，我就会在第一时间出现在她面前。岳母每天喊我为她做这做那，时间长了，她渐渐地对我也温和客气了一些。我也知道，客气不等于她接受并喜欢我，但是家庭气氛融洽了，我的心理压力减轻了不少。就这样照顾了岳母两个多月，直到她可以起来走路，基本能自理了，我的身心才轻松了一些。

如果没有那些令人抑郁焦虑的议论和嘲讽，我想，再磨合一两年，岳母应该会接受我吧。但是，如今我不得不离开了。其实在深渡，生活上我会轻松很多，即使香雪一个人在家，我也会放心。妹妹有时送些自家种的萝卜青菜过来，那两天就不用花钱买蔬菜了。逢年过节，弟弟一家从市里回来，家里就很热闹。这里是南家的根，香雪的根……我心里是很留恋深渡的，这是我和香雪相见的地方，它见证了我们一路的酸甜苦辣……深渡，一个山清水秀的千年古镇，这片绝美的水土孕育出了香雪这样才情卓绝、忠孝大义的女子，自然也会孕育出一些丑陋……我喜欢这里的青山绿水，烟雨画卷，这里是香雪出生的地方，更是我重生的地方。但是纵有万般不舍，现实终究躲不掉，面对无休无止的流言，我只能选择逃离。我和香雪需要一个可以让身心安定下来的地方。虽然县城离深渡只有三十公里路，但那里毕竟是一个陌生之地，邻居也是一些陌生的人，去了之后又会是什么样的情况呢？生活充满了未知……

第二天中午，车子来了，我和那个男司机往车上搬东西，大包小包的书、书架、家具，大到电器小到针线，我都分类打包了。最后，我和司机把席梦思床垫抬上去，用绳子绑在车厢上。香雪是最后一个被我抱上车的，安顿好她，把轮椅扛上去放好，车子就出发了。我回头看了看香雪的家，院门口空荡荡的……我在心里说，再见了。香雪没有回头看，她的脸上带着哀伤。

家是我们所爱的地方

小货车拉着我们，到了新家。司机帮我把一车家具卸下来，一起搬进家，房间不大，家具一堆就很挤了。我先挪出一条道，把香雪推进家。一进屋，香雪头都大了，她惊讶地说："这么乱，怎么搞啊？"

我告诉她："先收拾卧室，把睡觉的问题解决，其他的慢慢来。"

因为一楼比较潮湿，地砖太滑了不安全，卧室和客厅铺了浅黄色木地板，香雪在网上淘的，我提前找木工铺好了。我把香雪推到卧室门口，两个人商量设计了卧室的布局。把香雪的书桌安排在采光最好的窗户前，床靠墙摆在房间里侧，书架和衣橱在书桌侧面。设计好，我就开干了。去厨房打了一脸盆水进屋，再把香雪推回到房门口，以免她寂寞，同时满足她喜欢看我干活的习惯。我认真仔细地擦洗屋里的每一样东西，心里思绪万千……想了这么多年的家，现在终于有了，我要好好地待她，因为我们要在这里过一辈子。何况万物有灵，很多家具物品用的时间长了，也都有感情了。我反复擦拭着席梦思的床头靠背，直到它泛出光亮，这是我和香雪结婚的时候买的，它从家具店搬到我们结婚的出租屋，后来又搬到老家，现在又搬到这里了。它跟随着我们一路颠簸，见证着我们的人生轨迹。

搬家之前，我跟岳母提出，把香雪房间里那个乳白衣橱送给我们。因为那个衣橱在香雪房间里几十年了，香雪看了这么多年，它已经融入香雪的生命里了。香雪跟我说过，那个衣橱，木料是岳母年轻时砍来的，一个木匠学徒做的。一开始，衣橱就放在客厅里，那时香雪已经完全不能走了，她每天从衣橱的镜子里能看到外面路上的行人，那是她和这个世界唯一的联系。我就想着，搬家到城里，这个衣橱跟过来之后，房间里多少有点熟悉的味道，香雪就不会对新环境感到陌生，心里也会踏实些。包括香雪在家用的旧书桌，她坐的椅子，这些物件陪伴香雪很多年了，人的身体是有记忆的……我都跟岳母要来了。有一些很熟悉的东西在香雪身边，她的潜意识里会很放心，晚上睡觉的时候，或者她独自在家的时候，在那个房间里她也不会觉得很陌生，不会害怕。

卧室里的家具擦洗干净之后，我开始铺床。一床有点旧了的厚棉絮，上面铺上一条棉的垫毯，再铺上一层床单。我去包袱里抱出棉被，枕头，把它们一一铺好，睡觉的被窝就搞定了。我把香雪的电脑摆上书桌，又把电脑和键盘鼠标都擦了一遍，最后把两包书打开，有序地摆进书架，把地板再拖一遍……

"阿春，你不要太累了，休息一下吧。"香雪心疼我又帮不上忙，神色有点焦急。

"光看，也不来帮忙，你倒是来做事呀。"我开着玩笑。

等一堆衣物挂进衣橱，卧室完全收拾好，天已经很晚了。我用电水壶烧了一壶热水，两个人吃了一顿泡面，洗洗就休息了。徽州的冬天不像北方大雪茫茫几个月，这里冬天雪不多，但是非常阴冷，是那种侵入骨头的湿冷。还好我给香雪带了热水袋，晚上装了热水放在她脚底，然后两个人抱在被窝里互相取暖。

我跟香雪计划："明天先去把宽带办理一下，你就可以上网写作了。然后我把厨房收拾出来，明天晚上就能做饭。还要去买个窗帘……"

"你别急，慢慢收拾，也没谁帮你，你一个人要悠着点，不能累着。"香雪说。

"好的好的。"我说。

我嘴里应承着，心里恨不得一两天就把家给收拾好。忙起来确实很累，但是我心情很舒畅。有了这个房子，我在徽州就有一个根了，我和香雪彻底安定下来了。关键是，来到这里，就远离了那些让我们承受不了的流言蜚语……远离那样的环境，让自己过得轻松一点。在那种状态下，早晚会超出忍耐极限，离开也等于放过自己。我和香雪虽然结婚两年多了，但其实是一种漂泊的生活状态，到了这里，才真正扎下根。这也是我们这么多年来想要的家，纯粹的二人世界，不会有任何人来打扰我们。我们也不用看任何人的脸色，不用听任何人的闲言碎语，在这里可以理直气壮地生活。假如有人会像深渡那些人那样质问我、嘲讽我。我会挺直腰杆跟他们说："跟你没有半点关系。"这不是在深渡，没有"闲言碎语"的羁绊，不需要再忍受。

第二天起来，我老早就去电信预约了宽带安装，回来之后继续整理我们的家。我真的是用心在打理它，每个地方都使劲擦得发亮。安装防盗窗的时候，我把防盗窗里头也都擦得干干净净。家一定是要干净的，一进来就让人感觉很清爽，人的气场就不一样，这是我喜欢的，也是香雪喜欢的。结婚两年多，终于有了属于自己的新家，我的内心是很激动的，这种激动无法用语言表达出来，它就像是我多年想念的一个姑娘一样，我一定要把她打扮得漂漂亮亮，清清爽爽的，因为她永远属于我了。我连大门两面都擦了好几遍，所有边边角角都用心打理。

香雪担心我累着，她在书房里喊我："阿春，歇会儿再做吧，别累着。"

"没事啊，你忙你的。"我回复香雪。

我做事就想一口气做完再休息，何况这是我自己的家，我的心情非常愉悦。还有一点是离开深渡了，精神上没有那么多压力，不用承受太多的东西，心里清净。全世界就我们两个人。在这个温馨的家里，我相信，香雪一定会写出好的作品，一定还会创造出很多奇迹。在深渡，我们的精力受到环境的限制，我们追求的东西，我们的情绪，都会因为旁边的环境，受到严重的干扰。我们两个人最大的目标，就是香雪要写书，而且通过作品能帮助到一些人。在深渡那个环境下要花三五年完成的事情，在这个家里，可能一年就可以完成。以后，生活的主要方向就是，香雪全心写作，我来经营这个家。

一个礼拜的忙活，我才把新家彻底布置好。我推着香雪在各个房间都转了一圈。

“请领导视察。”我说。

香雪笑出了声，她四下里环顾着说：“布置得蛮好的，干净又雅致，春先生辛苦了。”

我满不在乎地说：“自己的家嘛。”

客厅洁白的墙面上，挂着一个镜框装裱的红底大福字，香雪让挂这里的。香雪抬头看着，微笑着跟我说：“这叫‘福’在眼前。”我也期待着，美好的生活能够向我们走来。福字底下，摆着弟弟送的布艺沙发，边上是一个书架，靠窗是我的电脑桌和一台电脑。香雪看看我的电脑，她故作生气地说：“哼，这下你可以尽情玩游戏了，我看不到了。”我憋着笑，香雪这话说到我心里了。香雪的书房里，我在靠近书桌的墙上，给她贴了一幅画，画上是徽州金灿灿的枇杷，房间里就更有书香气了，也很温馨。

这里的厨房是我最满意的，有十平方米，做饭施展得开，各种用品一应俱全。弟弟送了我们一个小冰箱。卫生间里，挂着妹妹送的热水器，给香雪洗澡就方便了。看着井井有条的新家，我心里非常轻松，有了那种所谓的幸福感，就是人家有的东西，我也都有了。我以前寄人篱下，还要察言观色，有家也和没家一样，更不能把自己当成家里的主人。现在我有家了，我是自己家的主人，我们两个人的生活真正地找到了一个根，而不光是人。自己的家，最大的感受就是很自由，除了照顾香雪，我不用考虑任何人的心情，不用去在意别人的情绪，揣摩别人的心思，考虑自己该做什么，不该做什么……我的心理上就不那么沉重了。

在这栋房子外面，还有一个大院子，种着一棵桂花树，一棵石榴树，还有一株山茶花，我很喜欢这个大院子，适合香雪冬天晒太阳。

我和南香雪，无论到哪里注定是焦点，这里也不例外。我整理房间的时候，邻居老人家都会驻足观望一会儿，因为跟她们不熟，有一种距离感约束着，她们不好问太多，即使问我什么，我也尽量简短地回答。后来，当我把房间都收拾妥当之后，邻居们会进屋来看热闹，发现香雪是大婴儿一样的身体状态，什么事都要我来伺候，她们非常震惊。由此，她们对我产生了尊重。当她们了解到香雪没怎么上过学，自学写作，还出版了图书，她们对香雪也很敬佩。我们跟邻居们的关系，就这样比较自然地融洽起来。

二楼有一个六岁的小女孩，她很喜欢香雪，见面就往香雪身边靠，好奇地问一些事情。有时候，她还在院子里跳绳给我和香雪看，笑起来眼睛像月牙，我们都很喜欢她。哎，我们心中的小女孩呀，就是这个样子的……

慢慢地，我适应了举目无亲的环境，与邻居们的就是相处也随和亲切，她们几乎每天都会来我家聊几句，我们也会去邻居家坐一会儿，聊聊天。在陌生的城里，反而有了一个良好的生活氛围，邻里间有了人情味，这是我们期待的。我和香雪都说，遇到好邻居是我们的一种福分。

第五章 自古忠孝难两全

我快成江湖郎中了

在这个新的小家里，只有我和香雪两个人，轻松安静，让我感受到了平凡生活的快乐。这种生活状态，人的情绪很放松，节奏随心所欲。在这个温馨稳定的环境里，自然，香雪的写作也进入到一个极佳状态，一个月就完成了两万字书稿。这对她无力的手臂和两根手指，无疑是一个很大的工作量。创作长篇小说本就是一件劳神耗力的事情，对香雪孱弱的身体也是一个巨大考验。我就在饮食上尽量做到营养全面又可口，三两天的给她开小灶，炖些红枣银耳莲子羹给她吃。

香雪的身体几乎没有运动量，所以，吃东西既要保证营养可口又要好消化，尽量的少肉多素。一个原本几乎不做饭的浪子，硬是把自己逼成了手艺不错的御用厨师。离开了香雪的故乡，同样也离开了香雪原生家庭的庇护，所有的事情我都必须要做好。出门，我就是香雪的司机（推轮椅车）加人工智能导航。香雪是一个十足的路痴，方向感对她来讲只是一个概念，原地转两圈基本就蒙圈了。我推着她走了两条街，又走了一条小巷，看她已经蒙圈、飘忽，我假装要扔下她，严肃地说："我走了，今天你自己回家。"

"不要扔下我呀，我会被坏人带走的……老公啊，我是你的糟糠妻呀……"

香雪假装满脸惊慌，很害怕地耍赖加恳求，配合得非常到位。我被她那样子给逗的，在街头笑到肚子疼。她也笑得很灿烂。

在生活上，我就是一个标准的保姆了，香雪是一个完全没有生活经验的人，不会照顾自己，连生理期是哪天都不记得。她的身体对冷暖也是后知后觉的，所以，我要时刻关注温度变化，以便及时给她增减衣服。

一天晚上，我给香雪洗好澡，抱回卧室，突然在地板上发现两滴鲜红的血。我很奇怪，生理期还没到时间呢。香雪自己也吓坏了。我连忙仔细检查了一下，确定是月经血，我想应该是月经不调，给她垫上了卫生巾。

"我的书还没有写完呢。"香雪在被窝里露着个脑袋，用惊恐的眼神看着我。

我知道香雪的心思，她的生命被禁锢在深渡那间屋子里，熬了几十年，才终于脱离了与世隔绝的生活，那是一种让人窒息的漫长煎熬。对她来说，她真正的生命，一个人生命中该有的样子，是从结婚开始的，而这种幸福才刚刚过了两年。她在用心创造我们的人生价值，她的书还没写完，她怕来不及……所以，一旦身体有毛病，她就特别神经质，恐惧在她心里就会无限放大。我完全知道她的想法和忧虑，俯身轻轻抱了抱她，安慰她："没事的，放心，应该是你的妇科病，明天去医院看看。不管什么事儿，有我在，但你要乖乖的，先睡觉。"

香雪像个听话的小宝贝一样："嗯，我很乖的。"

上次流产，对香雪的身体已经造成了伤害，后期也是休养了很长时间才恢复，从那以后，她身体就不太好。平时有炎症，用点药就好了，但是这次流血了，我也是蛮担心的。

第二天起来，天气晴好，为我带香雪出门提供了方便。由于医院离得不远，走路最多二十分钟，我就步行推香雪过去。上午医院人很多，我带香雪排队，好不容易等到我们，有个女病人挤过来，把病历往医生面前一放，就开始说她的问题。那个女医生毫不留情地说："排队！没看到前面有人吗？还是残疾人！到后面去，轮到你再过来！"插队的女人很无趣地到后面去了。我连忙把香雪推到医生面前。医生问了情况，然后，让我带香雪到里间的检床上做检查。由于香雪腰椎畸形，检查仪器根本看不到里面情况。这个女医生还是很有经验的，她叫我把香雪的臀部用力托起来，当我托到一定高度，她说看到了。我双手托着香雪沉重的身体，还要保持这个高度和稳定，手臂就开始颤抖了，我憋着一口气，咬紧牙关坚持着……好在医生很快也检查完了，医生说："宫颈炎，阴道炎，比较严重。"医生开了口服药，还有清洗的药液和工具，并告诉我工具如何使用。一个疗程十天。

按照医生的意见，除了吃药，最重要的就是个人卫生，内裤本来就是每天换的，现在每天需要用开水烫洗之后再晒。每天专用的盆子，倒入温水，添加药液，仔细给香雪清洗干净。但是十天之后，香雪的情况只是缓解，并没有好转。我又带她去看了中医。中医说，香雪的病，跟她的残疾有关，不能走路，身体代谢循环差。再一个，长期坐着对身体也不好，要换个透气的凳子。还要注意保暖，多晒太阳，她体寒也很严重。

是啊，记得第一次见到香雪时，我就觉得她穿得太少。我仔细听着医生说的日常调养，还有注意事项。心里暗暗发誓一定要把香雪的妇科病治好。我特意去买了一把透气的藤椅给香雪坐。藤椅低，她用电脑写作不方便，我又去家具店要来一块木板垫在底下，高度就合适了。口服中成药，倒杯热水，香雪自己就吃了。还有内用的洗液，我要用工具耐心轻柔地清洗。香雪自己在网上买了艾灸工具，每天下午我就抱她躺在床上，给她点着艾灸，装在艾灸盒里，放在她腹部的中脘穴上。香雪以前自学过一些医书，她跟我说："艾灸丹田穴、中脘穴、大椎穴，都是适合我这个体质的，补阳气，驱寒湿，健身。"

我说："跟你生活时间长了，我都快成江湖郎中了。"

每天花在调理身体上的时间很多，香雪也调整了写作时间，不赶进度了，先保证每个月完成一万字书稿，等身体好了再抓紧写。但是没想到，一个妇科病半年了，反反复复还是搞不定。而且，我们的经济状况也不是很好，网店开了半年，因为没钱做进一步投资推广，收入微薄。有些时候，我还是比较忧虑，挺烦心的。但是再忧虑也还是要埋在心里，不能表露出来，会影响香雪的心情。每天该做的事情还是都要做的，尽量让香雪情绪稳定，身体快点好起来。我知道这个病不会太严重的，但是会让她胡思乱想。

这天晚上，吃过晚饭，香雪在书房写作，我在客厅上网。香雪的一位朋友文姐，在QQ上跟我聊天，问起香雪。我跟她说："香雪身体不太好，妇科疾病很长时间了。"文姐说："我认识市里一位医生，专门看妇科的，水平很高，你带香雪来，我陪你们一起去看看。"听到这个消息我很高兴，马上问了详细地址，和文姐约好时间，第二天就带香雪去了市里。

我们到诊所门口的时候，文姐也到了，热情的寒暄过后，大家就一起进了诊所。这是一位退休女医生，她给香雪仔细检查之后，说用她的方子能痊愈。但是对方一报价格，我们就呆住了，太贵了呀，我们的能力承受不起。文姐和医生是熟人，她连忙介绍了我们的情况："阿春是从内蒙古为了香雪来黄山的，照顾香雪生活不容易，他们的爱情很让人敬佩，香雪身体残疾，她还自学出书……"女医生听了也很惊讶，她感叹着："那你们两个人是不容易，你就一个人照顾香雪呀？她残疾这么严重，照顾起来那是很吃力的。"两个月的药，女医生给我们打了很大的折扣，价格很低了。即使这样，折扣后的价格对我们来说也是一个沉重的负担，但是为了香雪的身体，再贵也要治，何况已经打了这么大折扣，很给面子了。病好了，香雪身心舒服，写作也有精力，我也轻松。反之，她身体不好，我也会费力烦神，身心上都是一种负担。

这个女医生说："香雪的毛病反复不愈，是因为她宫寒也很严重，小产没有保暖到位，宫寒好了，妇科病也就好了。"女医生还免费给我们开了一个治宫寒的方子。她说："很简单，很有效，只管按我说的做，身体很快就会好的。"女医生指导我操作了一遍用药方法。这个要点技术，需要戴上无菌手套，用手指推送到位才可以。香雪腰椎畸形，推送了两次才成功到位。我们辞别医生和文姐回家了。

药拿回来之后，我就按照医生教我的使用方法，每天给香雪上药。她的身体推送比较麻烦，好在我还是可以的，跟医生学了一次就会了。这个药劲儿很大，用了之后，香雪跟我说："阿春，我浑身无力，坐不住，我想坐到软的地方。"

我说："那我抱你坐床上去，想躺随时还能躺一会儿。"

但是用药之后，真的像医生说的那样排出了淤毒，随着时间推移，排出的淤毒逐渐变少，香雪的体力也在恢复。同时，我按医生说的，在生理期的前三天给香雪吃治宫寒的方子。就这样，两个月后，香雪的妇科毛病就完全好了。好了也不能大意，香雪的全身保暖一定要做好，除了继续艾灸，只要天气好，我都会推她出来晒太阳。想起她说过，最快乐的事情，就是父亲抱她出去晒太阳。如今在我这里，晒太阳是铁打不动的。

虽然照顾香雪很繁琐，尤其在她治疗妇科病这段时间，但是两个人的日子过得很快乐。只要是天气好一点，我就推着香雪出去玩，特别喜欢去徽州古城玩。徽州古城是中国四大古城之一，高大完整的古城墙，一栋栋乌瓦白墙的徽派建筑，都装满了故事。每次走在悠长的石板老街上，我都走得很慢很慢，仔细感受着每一处细节里的传说。香雪也会给我讲徽州的故事、徽商的历史。通过她的描述，能生活在这徽州真的是一件幸事。我渐渐地迷上了这个不大、却非常有人文历史的古城。我走过古城里的每一条巷子。徽商几百年前修建的青石板路，走过了一代代人，而青石板路依旧。尤其是下雨天的时候，这幽深寂静的老巷，是我走过最浪漫的地方。就像香雪读给我听的诗歌《雨巷》："撑着油纸伞，独自彷徨在悠长、悠长又寂寥的雨巷……"只是我的身边有一个比丁香还美还香的姑娘，她不能在我身边走过，更撑不起油纸伞，但她却托起了我生命的重量。

跟着香雪学诗歌

香雪身体好了，就立刻进入正常的写作状态了。家里很安静，她敲击键盘的声音都如此清脆，我知道，她的小说离完成又近了一步。我坐在电脑前，网店没什么生意，随手从书架上拿了一本书来看。

这是香雪一位朋友写的散文集，灵动的文字带着我，眼前出现了绿野香花，听见了鸟鸣……我很佩服她的文字功力，心想，自己要是能写出这样的文字该多好呢。我感激文字，因为一首诗让我找到了香雪，找到了家。和香雪生活的这两年，她的诗词，她的才情，在潜移默化中改变着我。我经常会在心里琢磨着一些貌似很好的句子。其实每个人的人生都是一首诗歌、一本书，只是找不到走进它的那条路。而我借由香雪，幸运地看到了通往文字的路，世界是多维的，文字绝对是最好的途径，我想走向它。想到这里，内心充满激情，我又找到一个新世界了，并且可以生活在那里，与文字共舞，与香雪共舞。

我决定找香雪学习诗歌写作，夫妻之间一定是要有相同的爱好，这种相同的爱好越多越好。如果在诸多的共同爱好里，再找到一个彼此相似的闪光点，夫妻情感自不必说了，还会多出一份知己的快意，就是这样。

我走到香雪面前，很郑重地跟她说："香雪，我想学习如何写诗，你来教我好不好？"

香雪脸上闪过一丝惊讶，转瞬，她的小眼睛里满是惊喜和期待："好呀，我来教你！阿春，我相信你一定能写出好的文字来。"

其实我也知道，在文化素养上我和香雪是天地之别。由此，在她的心里，一定是渴望我向文学靠近的，而我也非常喜欢文字。此后闲暇之余，我就会主动去香雪的书桌边，听她给我讲一些诗词基础知识。香雪说："古诗词入门难，你先从打油诗学起吧，打油诗对平仄要求不高，就是一个押韵，这样你容易懂。什么是押韵呢？"韵"就是我们拼音字母里的韵母，凡是同样韵母的字，都是属于一个韵部的。"香雪给我读了唐朝一首打油诗《咏雪诗》："江山一笼统，井上黑窟窿。黄狗身上白，白狗身上肿。"香雪说："这首诗是唐朝的张打油写的，打油诗这个诗体就是他开创的。这首诗写雪，却没有用一个"雪"字，但雪的形态无处不在，非常生动传神。你注意看，诗的第一句、第二句、第四句的最后一个字都是同韵的，古诗在这个位置必须要押韵，这样读起来就有一种音乐回旋的美。押韵也是写诗最基本的要求，没有押韵的句子不能叫诗……”

香雪娓娓道来，我坐在她的书桌边，听得很认真。同时，香雪也给我讲了一些诗词背后的精彩故事，以及作者跌宕起伏的生平。我在香雪那里获取了大量的诗歌文学知识。我知道了，打油诗虽简单，但是很多高质量的打油诗也流传下来了。写诗不局限体裁，还是很自由的，你有什么样的能力，你就驾驭什么样的东西。诗的核心，就是一个意境和美感，其所表达的情感及思想性很重要。打油诗也好，五言、七言绝句也好，只要你写得足够有质量，都是好诗，都可以统称为诗。香雪还帮我买了很多相关学习资料和诗集，但我是个惰性很强的人，严重缺乏持久性，所以进步不是很大。香雪倒是个合格的老师，会督促我学习。

一个深秋的夜晚，我在客厅上网。香雪从QQ上发过来一首新填的《竹枝词·新安江》：“千峰临镜嵌云霞，水色清绝此一家。江畔松黄飞四月，暗挟东风哺鱼虾。”随后附言：“香雪小作，请春先生指教。”我知道，香雪用这种激将法来鼓励我写作。此刻，外面已经很凉了，窗外的小雨刚停一会儿，此情此景，我心里忽然就憋出了两句诗：“冬寒欲至秋还在，对月相约衣渐宽。”自己感觉还不错，很激动，赶紧在QQ上发给香雪。好半天，香雪没回复，我以为是写得不好，有点不自信。我失落地走到她的房间，原来她在QQ上回复一位朋友的问候，还没看我发的内容。我让她看看这两句诗，香雪看完之后，高兴地说：“不错呀，不但有意境，平仄也对。”

我很惭愧：“我哪里会平仄呀，误打误撞而已。”

香雪说："很好很好，因为你写的是自己真实的心境，这点很重要，真实的感情是诗歌的灵魂。"

我回到客厅没一会儿，香雪就我的诗接了后两句发过来："墙角桂枝香暗过，随风一阵入鼻端。"这是香雪对我非常肯定的鼓励。

古城的桂花已经开了很久了，这天下午，碧空如洗，徽州很少有这样通透的蓝天，我走到香雪身边说："满城尽是桂花香，要不要出去玩呢？"香雪立马停住敲击键盘的手指，嘴巴里简单干脆地蹦出两个字："要去！"我会心一笑，就抱起她坐上轮椅，出门直奔古城里最大的桂花树而去。桂花儿已经谢了很多，但是香气依然浓郁醉人。一阵风过，金黄的桂花像雪花一样飘落……很快，坐在树底下的香雪，身上、轮椅上就沾了很多香香的桂花。

香雪跟我说："桂花不娇艳，但是很香，海棠美艳，却又无香，造物主很神奇，世间万物都有她独特的地方。"

我说："是呀，但是文字是可以和它们交流的……"

我推着香雪，在古城里一边聊一边慢慢地走着。忽然，我看到对面古城墙上神奇的一幕，夕阳余晖正好洒在那片城墙上，城墙是通红的，我好像能看到兵荒马乱的古代的场景……这一刻，那个城墙是活的，我分明能与它对话，那里边的每一块砖，每一片泥土，都是有生命的……这一刻，看着夕阳中的城墙，我能感受到那种历史的厚重……这种感受很奇幻，仿佛真的走进过去，但历史中的人瞬间都消失了，天地空寂。我站在那里，就在手机上写出一段话，这段话不是我想出来的，而是这个城墙告诉我的：

"我知道，我是知道的／知道历史把它的痕迹镶嵌在某个角落／我却找不到／就像老城墙里的砖／一动不动经受岁月的煎熬／向我们诉说着她的秘密／我却听不懂。

我知道，我是知道的 / 知道天空涌动着太多的风云 / 就像太阳 / 千古不变的黑白轮转 / 我却看不到真相 / 我又在知道中迷失着、寻找着 / 寻找那些消失在尘埃中的秘密。”

我记录好这段文字，忐忑地把手机给香雪看。写得好不好不知道，但她脸上的喜悦已经说明了一切。香雪高兴地点评了我的诗歌，她说：“诗句很厚重，有思想性，读后让人回味，写出了古城墙和历史的底蕴。关键是，你写得很真实，作为一个诗歌初学者，已经很好了。”香雪的表扬让我很开心，别人的评价，我真就不在乎，因为我的生活里面只有香雪，她对我的表扬就是对我最大的认可。我也相信，香雪的表扬里边有一些是亲情的成分，但更多的是一种认可。而且得到香雪的认可之后，我以后写东西，或者见到写文字的人，我会有底气。文学是无止境的，虽然我写的不算非常好，但至少不会丢人。

晚上收拾完厨房，问香雪有什么需要，她说没有。我就独自在客厅上网。深秋的夜，刮着很大的风，雨点噼里啪啦的，但是屋里灯光明亮，安静温暖。我很享受这份喧嚣后的宁静，这属于我自己的空间，身体安坐在椅子上，喝着一杯温茶，心思却可以游走到身体不能到达的地方。生活是一首长长的诗，这安宁的时光就是温馨的诗句。电脑QQ上，香雪的头像闪动，打开一看，她说：“阿春，雨下了很久了，风很大，我就此写了一首古诗，‘西窗雨意穿石空，灯下坐听一院风。素影无香秋室寂，诗书几卷伴慧生’。我们来个诗词接龙课吧，用‘西窗雨意穿石空，灯下坐听一院风’。我们一起来对下两句，让它成为一首完整的古诗，不计格律，尾韵押上就行。”

我答应了，可是半天憋不出来，脑袋里一锅粥。但是，我还得对应着香雪的诗句来想，灯下坐听一院风……我就想到了自己的人生，那些无数次的得到和失去……我想，其实人生就跟做梦一样，但这个梦一定要做得好。梦醒了，人要持续地把这个梦做下去，是需要能力的。人生真真假假的，既然生活在这个真真假假之中，我就要坚持自己心中的那个梦……于是我接出了后两句诗："西窗雨意穿石空，灯下坐听一院风。人生莫道沧桑是，独醒之处亦如梦。"

香雪早就接好，都发了两首过来了，我知道，这样的小诗对她就像玩游戏一样轻松。她看了我的对句，先发了三个大拇指表扬我，然后说："最后一句尾韵没有押对，你用的是仄声，这里应该用平声。不过接得还是很好的，诗的整体意境很统一。"

"我知道尾韵不对，我就是觉得梦字用在这里很好。"我说。

她说："知道不对就行，就怕你不知道，下次注意。中国汉字几千个，以后你会知道用其他同义的字，或者同义的诗句调节的。"

香雪像在课堂上课一样，把错误的问题说得清清楚楚，一点也不含糊。接下来，两个人继续玩接龙，又对了几首诗。这个真的很好玩，就是对我这个初学者来说很是烧脑。后来香雪说下课了，下次再对。

诗歌接龙结束之后，我坐在电脑前，还是意犹未尽，夜很静，心情很好。我看了看香雪空间里新写的文字，想到她孱弱身体里那个强大的内心，让我自愧不如的毅力，心里无比心疼她，很想过去抱抱她。看看身旁书架上香雪的那些书，心里一下就出来了几句诗："所谓伊人，独处幽兰。无人识香，笑对当空月儿弯。有位佳人，静若雪莲。冰雪娇艳，寒风傲骨惹人怜。"香雪在我心里，似梅花，像兰花，若雪莲，她是我用文字表达不尽的智慧女人。

一样的人

2012 年春节之后，香雪的长篇小说初稿完成了。志愿者张老师联系到一个出版社，对方愿意以最低的成本，出版包括香雪在内的五名残疾人同学的书。这真是个令人激动的好消息。只是出版社那边时间很紧，香雪每天都在高强度的改稿和校对之中。一天午饭后，突然停电了，但是出版社要求第二天就要交稿件。

“阿春，怎么办？”香雪急得抓耳挠腮的。

我说：“去网吧，家里停电，街上不会停。”

我马上抱香雪上轮椅，带她去网吧。到了网吧，感觉亲切又熟悉，我去前台办理开机手续，流程非常熟练，就好像这里是我的另一个家一样。在哈尔滨的时候，我在网吧的时光太多了。开好机，我把香雪推到位置上，香雪就继续写起来。网吧的电脑桌都很低，香雪只能俯下身子，半趴着在键盘上打字，在这种状态下，她左手食指就打不了字了，完全靠右手的一根食指，很累，打字速度也很慢。我很心疼，急在心里又帮不上忙。网吧这种环境，空气比较混浊，还夹杂着烟臭味，对香雪这样有洁癖的人来说，这是个艰难的挑战，为了保证及时交稿，只能忍着了。但是网吧这气氛我是非常熟悉的，尤其那种烟的味道，感受到一种……就是以前的那种散漫不羁的生活状态，虽然那时候漂泊在外，但是很自由，无拘无束的。想着香雪写作至少要三四个小时，我也去开了一台电脑，索性坐下来回味一下从前……想着以前在哈尔滨的时光，孤单漂泊，虽然吃了很多苦，但此刻回想起来却充满怀念，尤其是网吧……那时候干活赚了钱之后，跟一起干活的工友去网吧玩游戏，那是最舒服的一种消遣方式。网吧是我打工生活中的一部分。

以前的生活，如果要说轻松惬意，那就是上网的那些时光。我和香雪结婚之后，就没有去过网吧了，今天偶然来了，就回味一下自己没结婚之前的那种状态……但是心里又惦记着香雪会累，玩一会儿，估计她很吃力了，我就过去给她扶正身体，让她歇一会儿。一扶起来，香雪就龇牙咧嘴的低声叫着："啊，好痛。"我赶紧给她捏捏大腿根，肩膀和腰，再揉揉手臂。她缓过来了，又趴下身体继续改稿。

期间，我给邻居打电话，如果来电了，让她马上告诉我。就这样，香雪吃力地坚持写到了下午快四点，终于等到邻居的电话，来电了。我和香雪都长长地舒了口气，回家，快回家，这样哈腰写作太遭罪了。走到半路突然下大雨，我赶紧推着香雪跑，轮椅像汽车一样飞起来。香雪从来没有在雨中奔跑过，这种感觉，对她来说是一种享受，一种任性感，只不过来得有点晚。大雨中，香雪兴奋地在轮椅上尖叫……我扑哧一下笑出声来。看到雨中的行人惊讶地驻足看我们，我加速推着轮椅，从他们眼前一闪而过，留下香雪肆无忌惮的尖叫在雨中回荡……我把香雪推到一个就近的门楼底下躲雨，赶快解下脖子上的围巾，给她搓干雨水打湿的头发，还好，她穿得多，身上没有湿多少。晚上，香雪赶了一个通宵，剩余的稿子全部搞定，后记也写好了。第二天，书稿按时提交到出版社。

当拿到出版合同时，香雪在上面认真地写出"南香雪"三个字的时候，她神情激动，说不出话。这本书写得很不容易，前后三年了，这三年我们经历了很多，搬家、流产、生病，包括拮据的生活。但我们始终没有放弃这本书的创作，这是我们共同努力的果实，更是我们家的荣耀。我把合同装进文件袋里，在文件袋外面又加了一层塑封。快递员上门取件，我诚恳地对快递小哥说："这个文件很重要，麻烦你多多费心，今天最好就能寄出。"接下来，就是等待出版了。香雪辛苦了三年，她需要好好休息一下，天气好我就带着她大街小巷随意地玩。

这天晚上，香雪告诉我，她有一位残疾人朋友，也在写作，但是他没有电脑，手写很累，很渴望有一台电脑。香雪和我商议："阿春，我们想办法帮他买一台电脑吧。"我很吃惊，心想我们没那么多钱呀，一台电脑至少三千块，这是笔巨款，给人买电脑了，我们日子怎么过呀？我又不好拒绝香雪这份心情，就委婉地说："你的想法是好的，但是我们没这个能力呀。"香雪当然是知道家里经济状况，以及我的顾虑。她告诉我："我 QQ 上有好几位朋友，经常给一些困难的人捐钱捐物。我想找他们说一下这个事情，一个人捐一百两百的，有个二三十人就凑出来了。"

我马上懂了："我们牵个头，发动大家一起捐点钱，来帮他完成这个愿望。"

我觉得这是个好办法，对我们的生活也没有影响。我也知道，残疾人生活不容易，能接触社会的也是条件比较好的，尤其那些积极向上又困难的残疾朋友，他们真的需要电脑。当初也是多亏弟弟给香雪买了电脑，她才有学习古典诗词的机会，接触到了很多有用又有质量的事物，包括我们能走到一起，都是借助着网络的力量。电脑对残疾人真的非常重要，是一件可以改变他们命运的工具。

在香雪的联系发起下，大家反应都挺热情，很快就凑到了三千两百块钱。然后，大家商议一致，把采购电脑和邮寄的任务交给我办理。这天上午，我带着大家凑的三千多块钱，去朋友介绍的店里买电脑，心里在想，他主要是用来写作办公用，所以配置不用太高，但一定要结实耐用。首先内存足够大，这样他可以存放更多的资料，键盘鼠标一定买好的，这个使用率高，容易损坏，电源也要用大品牌的，显卡集成的就可以……这台电脑要保证三五年没问题。还要配个高清的摄像头，因为他每天窝在家里，有了摄像头跟别人的距离一下就拉近了。配置好这台电脑，花了一个多小时，性价比很高，钱差不多，就是邮费还不够，我们再贴一点儿就可以了。

把电脑带回家，我和香雪看着这台电脑，想着那位朋友会用它打开通往世界的大门，进而改变命运，书写出他自己的人生……香雪带着我又做了一件非常有意义的事情，心里很有成就感。我在客厅包装的时候，香雪就在旁边看，她反复跟我说："包的严实一点儿，以免邮寄途中弄坏了。"我把显示器和主机分开包装，显示器用破旧衣物包了好几层，外面再用胶带缠得严严实实的，直到像个木乃伊一样。接下来，主机也是用这种办法包起来，实在没有破旧衣物用了，就把自己那件穿了好多年的羊绒皮夹克拿过来，那是在哈尔滨的时候买的，陪我度过了哈尔滨多年的冬天。衣服已经很旧了，用它来包装也算是物尽其用，把它的价值发挥到极致。最后，用一个超大的塑料袋，把显示器和主机包在一起，起到防水作用。再把纸箱用泡沫塞满卡紧，用胶带把整个箱子反复缠绕得硬邦邦的，水漏不进去，扔地上都没事。那天下午下着大雨，香雪急着想让对方早一天收到电脑，我就冒着大雨去了邮局。电脑顺利寄出，我完成了大家的嘱托，顺利办好了这件有意义的事情。

邮局来回半个多小时，我两条裤腿都被浇湿了。四月初的徽州，雨天温度还是很低的，我有点冷。香雪急了，她说："赶紧脱了换一条裤子。"我索性脱了衣裤，赶紧钻进被窝把自己裹起来取暖。几天后，对方收到电脑，很激动。他对我们说："我拆开箱子，看到阿春兄弟用自己衣服包的电脑，突然拆不下去了，抱着箱子坐了半天，想哭……"我想，他知道的，他抱住的是一份人间真情和温暖，也相信我们大家的微薄之力能帮助他拥有一片新天地。

这天，香雪接到新书发布会的确定时间，2012 年 5 月 20 日，全国助残日，在北京西单图书大厦举行。香雪很激动，她还没有出过远门呢，何况是首都北京，那对于她来说，是很遥远的地方。北京有指导她完成这本书的张老师，还有同为残疾人写作的同学们。但是去北京一趟花费也不小。

香雪轻声问我："阿春，我们要不要去呢？"

"要去的，必须去，在北京召开新书发布会，这是多令人开心的事情。还能见到张老师和同学们，真是让人激动又幸福呢。同学们身体情况各不相同，也许今生只有这一次见面的机会，别说钱不太宽裕，就是借钱都要去，很多事情不能用钱来衡量的。"

香雪听我说完，开心地笑了，她很激动。但是，毕竟香雪从来没有出过门，火车还是十来岁时父母带她看病坐过一次。带着香雪，加上一辆轮椅远行，还要带衣服，日用物品，上下火车换乘出租车，所有这些对我们都是一个考验，我要做好充足的准备和预案。我激动之余还是很冷静的，考虑着一千多公里，自己该如何带香雪完成"北京之旅"。首先就是上下车的问题，屯溪火车站，上车的台阶很高，我抱着她上下明显不安全……我查找了周边城市火车站的情况，最后决定带香雪从杭州出发，那里上车没有台阶。我去服装店给香雪买了两套衣服，自己也买了一套，香雪新书发布会一定要穿着体面，想到要坐十几个小时的火车，香雪如厕也是个问题。邻居说买纸尿裤呀。我一听就很抵触，火车上有座便器，我能抱她去。纸尿裤我绝对不会给香雪用的，对她身体不好，我绝对不接受。准确地说，香雪的生活必须和健全人一样，给她用纸尿裤就是对我的侮辱。

新书发布去北京

一切准备就绪，这天，弟弟开车把我们送到了杭州火车站。我知道火车上东西很贵还难吃，就在附近的小饭店吃得饱饱的。弟弟给我们买了水果和零食，下午三点多钟，我就拖家带口地进站了。

过了检票口，按照车票找到卧铺车厢，我先上去确认了卧铺的位置，这样抱着香雪就可以准确地找到地方。我从轮椅上抱起香雪，列车员在前面带路，把香雪在卧铺上安顿好，我返回站台把轮椅搬上车。回到卧铺，拿出湿巾把小桌子仔细擦了一遍，这是香雪的习惯，尽管桌子不脏，但她必须看见我擦过才放心。香雪依靠着小桌，坐着会舒服一些。从进站到把一切安顿好，整个流程一环扣一环。忙好了，我也累得一身汗，赶紧脱掉外套，走到车厢连接处抽根烟，放松一下。

车子快启动了，我走回包厢，对面旅客是一位中年女人，从我们上车就看着我们，但不是那种让我反感的窥视，带着微笑暖暖的感觉。她先开口跟香雪说："你真有福气，老公对你这么好。"香雪听到，她那不会撒谎的脸蛋毫无掩饰，洋溢着羞涩幸福的笑容。接下来，香雪的一句话让我尴尬到极点，香雪用非常标准的普通话问那个姐姐："你是歙县哪里的？"那个姐姐满脸疑惑，答非所问地说："我在杭州上车的，歙县是哪里？"此刻，香雪依旧没缓过神："歙县在安徽呀。"我也是服了，两个人能将错就错各聊各的，还可以如此默契。我赶紧提醒香雪："我们在杭州，已经出安徽了。"香雪呆了一下，转而脸红起来，像个做错事的孩子低下头，估计有个地缝她会钻进去。我也赶紧和那个姐姐如实解释，同时心里一沉……我还是低估了长期的封闭生活给香雪带来的影响，最起码的出门感知能力都丧失了。看来，要让香雪恢复正常的社交和感知能力，只在歙县还是不够的，还要经常出远门。让她彻底回归社会，我还要努力呀。

晚上七点，我们随便吃了点面包和水果，就准备睡了。知道香雪出门会很兴奋，怕她睡不着，特意带了安眠药，给她吃一粒，我也吃了。睡前她要小便，这是最考验我的事情，我先去找到卫生间，把马桶座一圈都垫了两层纸巾，这样香雪坐上去卫生一点。然后，我请列车员帮我看着，以便我抱香雪来不会有其他人进去。火车刚离开停靠站，我略微等了一下，感觉火车行驶平稳了，才抱着香雪往卫生间方向走去。抱着一个人在火车上走路，和在平地上走路完全不一样，我要努力保持稳定，尽量随着列车前行的节奏来挪动脚步，就像荡秋千一样，要顺力不能有反作用力。平安地把她抱到卫生间，给香雪处理好内急，我就从马桶上抱起她回车厢。我刚迈出卫生间，突然脚下一滑失去重心，身体把握不住要倒下去了，那一瞬间心里知道不能倒下去，香雪会受伤……本能的应激反应告诉我："跪倒，让自己的腿来承受重量，让身体和香雪都稳下来……"我死命抱紧香雪，哐当一声巨响……我单膝跪地撞到铁板上，因为是两个人的重量，跪地的右腿承受着所有的冲击力，疼得我浑身颤抖，面容扭曲……我忍痛赶紧又看看怀里的香雪，香雪脸色煞白，语气焦急地问我："你怎么样了？"我疼得说不出话，死命抱着香雪，跪在那里动不了了。卫生间地上有水，本身就滑，加上火车一晃动，就控制不好力度了。我心里责怪自己，太马虎大意了。列车员呆呆地站在一旁看着我们，应该是被吓到了。此刻，我已经没有力气站起来了，香雪赶紧央求列车员把我们拉起来。列车员这才缓过神来，他也是用尽吃奶的力气才把我们扶起来。我抱着香雪，颤颤巍巍，在晃动的过道里艰难地挪动脚步，力气已经耗尽了。我心里说："一定要走回去，不能再摔倒了。"终于平安走到铺位。

此刻，我的眼睛因为用力过度已经看不清了，放下香雪的那一刻，人一下子就瘫坐在铺位上。香雪眼泪汪汪，一脸的焦急和心疼，她说：“你动动脚，看看有没有伤到骨头？”我忍痛卷起裤子，仔细看了一下，膝盖皮破了，流了点血。我站起来活动一下，腿疼，走路有点瘸，但是里面骨头不疼。我跟香雪说：“还好，骨头没事。”想想也是不可思议，两个人一起摔倒竟然只是擦破皮，也许是老天保佑我们。

第二天早上九点，火车驶进北京站。我的腿已经没事了，行走正常，香雪也松了一口气。五月的北京，天空蔚蓝，微风伴着烈日，是我非常熟悉的北方气候。下了火车，我请路人帮我和香雪在北京站外合了张影。这是香雪生平第一次远行，而且是首都北京，意义非凡。我特意借了台数码相机，把这历史性的一刻定格下来，以便未来可以翻阅我们的过往。按照地址，找到张老师预订的酒店，这是一个连锁酒店，门口有无障碍通道，我可以直接把香雪推进去。进去之后，一眼就看到香雪心心念念的张老师，他高高的个子，淡淡的微笑，非常儒雅。张老师亲自在酒店前台迎接每一位同学，帮大家办理入住手续，并告知这次活动行程安排以及注意事项。下午三点之后，同学们陆续都到齐了，除了这次出书的五位同学，还有其他十几位跟随张老师写作的残疾人同学也来了。同学们身体情况不同，年龄差距也很大。这是一个特殊的班集体，他们有相同的精神，就是积极向上不服输。身体好点的自己来，残疾严重的同学基本都有两位家属陪同。同学们聚集在大厅里，说着笑着，大家都很开心。我和香雪坐在大厅，一起享受着这激动的时刻。这时，过来一位坐轮椅的女同学和她老公，或许是年纪相仿，彼此都结婚了，香雪和她聊得很开心。正聊着，又过来一位拄着双拐的女同学，她是学校老师，说话得体，举止大方。瞬间，香雪身边就热闹起来了，旅途的劳累没有了，取而代之的是相见的激动和喜悦。看着身体情况不同却又一样灿烂的笑脸，我被震撼，被感动了，这是一群强大的勇士，生活给了他们诸多不便，他们却在缝隙中寻找一片天空。香雪是我老婆，是他们中的一员，我自然把自己也当成其中的一分子，那种荣耀感油然而生。

发布会当天，天气晴好，我给香雪换上了新的蓝色衣裙，美丽地出门。张老师安排了大巴车接送大家去西单图书大厦。因为很多同学的父母年纪大了，抱她们很吃力，我和其他几个男家属就充当起志愿者来，把身体不便的同学一个个抱上大巴车，最后我才来抱香雪。在这个过程中发现，受伤的腿，膝盖后下方骨头疼，不过能忍耐，问题不大。西单图书大厦坐落在北京的繁华地段，是一个很大的书店，发布会在三楼一个宽大的长方形阅读公区里。从进门开始，每个方向都有大学生志愿者在引导我们，现场工作人员忙碌地做着发布会之前的准备。发布会的背景台上悬挂着大红横幅——全国助残日“勇敢的心”新书发布暨读者见面会，横幅下方是五位出书作者的席位。出版社社长、编辑都来了，包括香雪几位从外地赶来的网友，这让我们很激动。热情地打过招呼，来不及说话，大家各就各位进入工作状态。很多记者带着摄像机，三脚架在寻找最佳的拍摄位置，包括中央电视台的记者。人越来越多，形成了一个长方形的阵队。我开始紧张起来，毕竟香雪第一次在这么大的平台演讲。昨天去中华女子学院，因为演讲时间临时缩短，而香雪的弱点就是应变能力差，讲得并不理想，把我急出一身汗。我担心她受昨天的影响，今天演讲再失常。“今天可是新书发布会，千万要正常发挥呀。”我在心里默念。我知道，香雪只要正常发挥，就会讲得很好。不知道是不是紧张的，这时候，我突然要拉肚子，赶紧去找卫生间。

等我急匆匆赶回来的时候，发布会已经开始了。现场乌泱泱的有两三百人，还有那么多记者、工作人员，而且这个厅很大，来回走动的人很多，他们也在不断地驻足观看，环境是热闹而嘈杂的。此刻，我既没有办法走到前方去，也没有办法跟香雪说话。我有点急，我离香雪太远了，我不放心，我知道，她要是看到我，会安心很多……发布会的主持人是张老师的妻子，她温婉大方地介绍着本次新书发布会的作品意义，感谢对这件事情给予帮助的所有人。接下来就是五位出书同学的个人演讲，每人五分钟。香雪是第二个演讲的，我在后面远远地看着，很紧张。张老师知道香雪手不行，他俯身给香雪拿着话筒。当香雪开口讲的时候，欸，我觉得还可以，她神情从容，娓娓道来。我放心了，才发现身上都出汗了。香雪简短地介绍了自己的故事，最后讲了一下自己的书，整体表现很好，没有受昨天失误的影响，她很强大。我放松地举起相机咔咔拍照，记录下这历史性的时刻。

五位同学的演讲结束，马上就是签售环节了。现场的气氛很好，买书的人很多，不停地来回走，香雪和同学们忙着签名……还有一些坐轮椅的本地残疾人来买书。我这时才得以挤到前台去拍照，香雪和同学们的书，是能够给残疾人和遇到坎坷的人带来力量的。此刻，来到北京，来到西单图书大厦做新书发布会，而且现场这么多记者拍摄采访，作为香雪的丈夫，我觉得很牛。香雪和她的同学们，那天第一次见面的时候，就给我带来一种强烈的震撼，今天这种感觉更强烈了，真的好感人，所谓生命的强者，指的就是他们！他们和香雪，都像是受伤的梅花一样，残缺的花蕊，它不能开放……可是，他们依然要以另外一种姿态来绽放。他们通过文字，传达自己的精神，绽放了生命的能量和光彩，依然有浓郁的花香。生命的本质，其实就是一场修行，一个人生命质量的提升，需要有足够的知识和力量。当你在一个领域中取得一定的成绩之后，你的生命就足够饱满。这个特殊班级里的每一位同学，都是生命的强者，让人尊敬。我个人也充满自豪感，因为香雪，我才能如此近距离地接触他们。北京，不虚此行。

六千里回去为父亲修坟

有欢聚就有离别，有相见就有了想念，发布会圆满结束，我和香雪与张老师、同学们依依惜别，带着满满的收获和不舍回到了歙县。香雪再次出版的图书，得到黄山市宣传部和文学界的推荐，在他们的安排下，香雪作为“中国好人”和轮椅上的作家，开始了全市“道德讲堂”巡回演讲。距离上次出书已经过去三年，这次，香雪的演讲明显比上次提升了一个层次，朴实激励的言语中流露着自信和幸福。这种状态源于文字的滋养。我清楚地意识到，我们的人生已经和文字融为一体了。香雪就是为文字而生的，她这辈子注定是要写出更好的文字，而我就是她最好的笔和素材。因为这本书，让我们得到了更多人的认可与尊敬。同时，我们也遇了一个很大的困难，因为一位外地朋友的失误，导致我们手里积压了三千本书，几万块钱进去出不来，生活一下子拮据而沉重。

香雪决定把网店继续张罗起来，我也跟着她学习上架商品，打理网店后台。同时，我们也努力地对接一些演讲签售，尽最大能力去卖书。日子不好不坏，很快，大半年就这样过去了。

2013 年 3 月中旬，我接到了老家长辈的电话：“阿格迪呀，你阿爸的坟，棺材露出来了，你怎么还不回来修？我们就是能给烧烧纸，但是修坟这个事情，我们不能做呀，有儿子呢。”长辈的语气带着些许说不出的焦虑。我非常难受和内疚，恨不得有个地缝钻进去。无论什么原因，这都是我这个做儿子的不对。家里就我一个独子，却每年不上坟……我的脊梁真的会让人戳破的。我选择了香雪，从内蒙古到遥远的南方来，和古代的昭君出塞一样，远离故乡会面临诸多的两难境地。虽然现在有火车，那也要三天才能到家，一来一回加上修坟，至少要半个月，关键香雪没人管，岳母腰椎受伤之后，现在还不能照顾香雪。如果带香雪一起回内蒙古，又怕她身体吃不消。实际情况不允许我走。去年第一次接到老家电话，说父亲的坟被牛群踩塌了一块，要重修。我当时就想立刻赶回去，赶紧修，就怕时间长了不好。父亲活着的时候，我也没能为他做什么，他死了之后棺材都露出来了，我还不能及时回去修，无论从情感上，还是从事情上，自己都是不能接受的。每每想起北方的南木家乡，父亲坟墓的状况，我心里充满了内疚和自责。他孤零零的，逢节只有亲戚们给他烧点纸钱，明明有儿子，却凄凉到棺材外露……想到这里，我的心在隐隐作痛。

这天，我把事情告诉了香雪，我必须要带着香雪一起回内蒙古了。我选择的生活注定兼顾不到那么多，虽然不能经常去祭拜，至少要把坟修好。再说，结婚都几年了，我也很想带着香雪去看一下我的家乡。香雪听后，心情也很沉重，她满怀愧疚地说："公公的坟一定要修的，卡里就一万块钱，都带上，安排时间回去吧。"我松了一口气，立刻开始计划旅途。我好几年没有回家乡了，说实话真的想家呀，做梦都想。内蒙古离歙县三千多公里，长途跋涉，还有南北方气候的差异，我得根据香雪身体的实际情况，制定回家的时间、车次和路线。最后，我把时间定在三月底，正好赶在清明节之前给父亲修坟。这个时间，南北方温度差距不是太大，香雪身体应该能承受。最头疼的是，老家那边都是旱厕，没有抽水马桶，香雪如厕就是个大问题了。我就在网上找那种便携式的移动马桶，香雪对马桶的高度和座深都有要求，不然她就坐不住。我拿软尺量了家里马桶的高度，是四十八公分，按照这个要求开始上网搜索。我想买一个带扶手的铁质架子的马桶，但始终找不到，找来找去，眼睛都看花了。实在没办法，只能在这个塑料的里面找了一个相对质量牢靠一点的。价格还是有点贵的，但没有选择余地，就买下来直接寄到老家。接下来打包随身衣服，还有香雪日常必备用品，比如卫生巾等，还有岳母包的粽子，整整三大包，我提前先快递回去。这样我就可以轻装上阵，两个人，一个轮椅，会轻松很多。火车我选择了杭州到齐齐哈尔的，需要坐四十二个小时，考虑路途遥远，就买了软卧。吸取上次摔倒的经验，特意买了临近卫生间的铺位。我又带香雪去剪了一个假小子发型，回去了要多待些日子，短发洗头方便点。真的是出远门，方方面面都要考虑。就是这样，出门的时候还是拖着一个行李箱，带了一些徽州的茶叶和车上吃用的东西。

弟弟不在家，香雪找她的堂弟堂妹还有婶婶，一起送我们去了杭州站。依然是下午，进站上车，熟练的流程，安顿香雪在铺位上坐下。我去车厢外面点着一根烟。因为是连接南北的跨省火车，耳边传来了熟悉的乡音，一下把我带回了遥远的故乡，仿佛闻到了故乡熟悉的空气……“故乡南木，我回来了。阿爸，我带着儿媳妇回来看您了。”我在站台上抽完烟，走到车窗边上去逗香雪玩，香雪像逃荒似的，焦急地隔着玻璃窗大喊：“你上来，快上来，等下车要开了。”那傻样，逗得我在窗外哈哈大笑。列车员大叔安慰香雪：“赶趟儿，赶趟儿。”十几分钟后，列车向着北方启动了。我和香雪都是下铺，两个人相对而坐。我就跟她讲起家乡的故事和人，虽然讲过很多次了，但这次是最有激情的。香雪听得很认真。晚上，俩人吃了车上的盒饭，里面有我家乡的味道。香雪睡前依旧要去卫生间，她畸形的脚穿鞋子难受，上车就脱了，我用准备好的塑料袋套在她脚上，保持袜子卫生。再去请列车员帮我看着卫生间门。铺位离卫生间很近，四五米远，加上上次的经验，这次轻松稳当，一个来回不觉得很费劲。我心里踏实了很多，毕竟要在车上睡两个晚上。

第二天早上起来，我去餐车买了两碗粥，还有包子。香雪是真的喜欢出门，人很有精神，看不到一点疲惫。吃完，我就随意去别的车厢走了走，想听听熟悉的东北话。而香雪，除了躺下的时候，其他时间，她的眼睛几乎没有离开过窗口。每到一个地方，不同的房屋建筑和风景，她都很新奇，尤其到了江北，铁道外边，高大笔直的树上有大大的鸟巢，把她稀奇的，赶紧叫我拍照；一会儿又过来一个更大的鸟巢，她又赶紧催我拍照，快拍照……傍晚，火车快到山海关了，我郑重地跟香雪说："过了山海关就是关外了，正式进入东北地区了。"香雪瞪着小眼睛，似懂非懂地听着，反正更多的是新奇和兴奋。想起和她刚认识，在网上聊天，她说想坐火车。我跟她说过，以后我要带她坐火车。现在借着给父亲修坟，也是实现了对香雪的一个诺言。火车进入北方，车窗外一大片望不到头、望不到边的黑土地，一垄一垄翻得整整齐齐的，还有的没翻，也是黑得冒油的那种感觉，有的地方还覆盖着白雪。香雪瞪大了小眼睛，她惊叹："这地真好啊，真是黑土呀，没想到泥土能这么黑……"我告诉香雪："明天上午九点就在齐齐哈尔下车了，那里离我家还有两百公里，坐车四个小时，今晚好好休息。"经过二十多个小时的长途火车，加上照顾香雪，我已经很疲惫了，特意提醒她，"不要太兴奋，要保存体力。"晚上，我梦见父亲了，梦里父亲很高兴。我想，他知道我们回来给他修坟了。

早上起来，火车已经到大庆了。看着外面黄草漫漫的草地，仿佛隔窗都闻到了熟悉的泥土气息，身体的每一个细胞都在兴奋着……这是家乡的气息呀，一瞬间人都有力气了。我赶紧收拾随身物品，给香雪加衣服，戴上帽子，以免着凉。列车缓缓地停靠在齐齐哈尔站台，人群蜂拥而下，我们等人下得差不多了再出去。只见老叔老婶在站台上焦急地张望着，我在车门口大声喊："老叔，老婶。"老叔跑过来，大声问我："香雪呢？"我拿着轮椅先递给老叔，告诉他："我回去抱香雪。"这里的站台比较低，但台阶又高又陡，我已经很累了，腿又短，走起来真的很吃力，香雪穿的又多。老叔看到后，马上伸出有力的大手扶着我，终于把香雪平安地抱到轮椅上了。老婶看到香雪没有围巾，马上把脖子上的围巾拿下来，很自然地给香雪围上。他们对香雪嘘寒问暖，感觉我倒像个外人了。不过我很高兴，他们很喜欢香雪。我们就近找了个饭店，吃了午饭，就打车直奔南木，熟悉的黑土地，熟悉的大山，家乡到了……香雪一双眼睛直勾勾地看着荒凉的世界，她一定和我第一次看到冬天的南方有青草绿叶一样惊讶吧。

下午三点半左右，到了老姑家，一家人全部出来了，在大门口等着我们。我把香雪推进屋，看着锅里冒出热气，还有火墙散发出的热量，这一切都这么的亲切。老姑早就在火炕上铺了小被子，让香雪坐在最热乎的地方。不一会炕桌上就摆满了饭菜，老姑挨着香雪不停地给她夹菜，对香雪很亲。老叔喝了不少酒，老婶让他先回去烧炕了，我们晚上住老叔家。此刻，香雪的表情还是有点拘谨的，应该是南北方生活习惯的差异，她需要时间适应。亲戚们知道我们回来了，陆续地都过来看我们，大多对香雪很热情，也有少数比较冷淡，让我感到不舒服。不过这也是意料中的，总体气氛是好的。

无尽的愧疚

长途跋涉了三天，香雪也很累了，腿胀疼。老姑贴心地让她躺在炕上，然后给香雪按摩腿，香雪一脸舒服享受的表情。我看着她们亲密的样子，很温暖，很高兴。随后，我也在火炕上躺下，休息一下疲乏的身体。看着窗外家乡的风景，我心里默默地说："阿爸，我回来给您修坟了。"回到熟悉的家乡，我满脑子浮现的都是父亲以前对我好的场景……小时候他抱着我、逗我玩，给我买茶鸡蛋和奶糖。后来，家里只剩下我自己的时候，父亲每次回家了，都会带一些猪头肉等熟食回来。晚间我回来了，就狼吞虎咽地吃起来，吃完躺在被窝里，父亲就坐在边上抽旱烟。我刻意回避他，就坐在炕头上，他又坐到我旁边抽旱烟，抽一会儿，摸摸我的头。其实，那就是他表达爱的一种方式……

晚饭后，我们到老叔家，长辈亲戚们都来了，大家直奔主题，讨论修坟事宜。我跟长辈们说："我和香雪商量了，想给阿爸的坟迁一下，原来的位置太挤了，然后，买个厚实的好点的寿材，坟要用水泥砖石砌起来，以后不会坏。"香雪坐在火炕上，她认真地表态："一定要修得好一点，毕竟我们也不能经常回来。"长辈们商量，要找懂规矩的人问问，修坟动土是有讲究的。三姑说，明天就去找人问，赶在清明前把坟修好。老叔说，他明天去河套挖一车沙子，先把材料准备好。修坟的事宜就这样确定下来。

老叔怕香雪冷，就把他们卧室的火炕让出来给我们住，他和老婶睡在客厅床上。洗漱完毕后，我抱香雪上移动马桶，小心翼翼放上去，我在身边护着她，让她用力动一下试试，马桶质量不错，很稳。多亏买了这个马桶，香雪能正常如厕，我心里轻松很多。躺在热乎乎的火炕上，不需要厚被子，很舒服。香雪一会儿就热得脸通红，不过她也说很舒服。关上灯，屋里全黑了，我跟香雪在被窝里小声谈心：“这次回来，下次就不一定什么时间回来了，我想把父亲的坟修得好一点，还要迁一下，这样费用会增加很多。”我有点内疚，本身我们条件就艰难。

香雪没有犹豫，她说：“给公公修坟就不要考虑钱了，一定要修得好好的，这是做子女应尽的孝道，你只管去做，万一钱不够了，我再找人借一点。”

我告诉香雪：“山上路不好走，只有拖拉机能开上去，你就不要去了。”

香雪沉默片刻，她语气遗憾地说：“那你替我祭拜一下公公吧，告诉他，我来了。”

接下来两天，长辈和亲戚们去河套拉沙子，买水泥、砖头、钢筋网，找了一位老先生选了新坟位置，就在离老坟不远的地方。我去扎兰屯选了一副很厚实的好寿材。所有材料运上山，一辆拖拉机外加一辆四驱大马力拖拉机，拉了一天。我随身带着数码相机，得空就拍几张照片，好带回去给香雪看，让她也有一种参与感，她每天也都在惦记着这些事情。两天下来，一切准备齐全。我和香雪都松了口气，非常感谢长辈亲戚们全力以赴帮忙。

清明节的前两天，是选好的日子，所有长辈亲戚都来了，还有朋友们。山上土还冻着呢，需要人多才行。老婶起大早包了酸菜猪肉包子，大家吃好饭，把大水箱灌满水就出发了。按照规矩，儿子先在坟头烧纸钱、点香，象征性地用铁镐破土，其他人才可以做事。我拿着铁镐破土，每一镐头挥下去的，都是我内心数不清的悔恨、愧疚和自责，毕竟坟都坏了两年，身为人子，我怎么能做到这种地步？虽然我有诸多的理由和现实的原因，但良心告诉我，没有任何理由能够抵消这份悔恨。当年父亲去世的时候，我在长春，第二天才知道消息，第三天赶到家，家这边等我也等不及了……我没能给父亲送终……而且在父亲生前，我对他就不好，直到父亲生病之后，我才对他稍微好一些，那种好也只不过出于一种做儿子的本能，我能为他做点什么，就尽力去做了。父亲已经死了，起码坟要弄好，这点我也没做到，拖了这么久……父亲虽然不是一个合格的父亲，但他也曾经温柔对待过我，我却冰冷相向，这种伤痛，其实也是在伤害自己……当我挥镐破土的这一刻，所有的伤痛，全都反噬回来了。子欲孝而亲不待，“对不起，阿爸……”

等我完成破土仪式，其他人就一起动手刨土了，同时，另一拨男人在选好的位置打新的墓穴。四月初的内蒙古北方，冻土硬得像石块，不好刨，多亏来了十几个男人帮忙。等坟上的土清理得差不多，寿材露出来了，几个男人撑起一块大红布，遮住太阳光。搬开寿材塌陷处覆盖的石头，棺材内部就露出来了，我看到露出的骸骨，这是何等凄凉……我的心在痛……按规矩，棺盖板只能由儿子自己打开，父亲的遗体全部露了出来………虽然只剩下骸骨了，但我知道，我认识，这就是父亲……头骨上那熟悉的自来卷头发，还跟生前一样，还有那结实的牙齿，如此的熟悉亲切……父亲的气息一下子涌上心头……我的热泪涌上眼眶，脑海里浮现出最后一次和父亲在一起的情景……

那年开春的一天上午，我去长春干活，走的时候，父亲去车站送我。那时父亲已经得病了，肝腹水，脸色很难看，可是家里没钱，不能去医院治疗。

我跟父亲说：“你在家就不要喝酒了，药要按时吃，自己把中药熬好，我会定期给你寄钱回来。”

父亲期待的眼神看着我，问我：“你什么时候回来呀？”

我说：“上冻就回来了。”

可是我才走了三个月，他就去世了。我连最后一面也没见到。得知父亲去世那一刻，我一下子就知道了，世界上唯一心疼我的人走了，再也见不到了。我整个人心里、身体，包括每一根毛发都在痛，心中一千个、一万个悔恨在折磨着自己。我跪在父亲坟前磕头，眼泪止不住地流下来，我没有能力为他做更多……不单是治病，在父亲生病之前，其实，我是可以为父亲多做一些事情的。我不应该那么任性，那么情绪化，哪怕多跟他待在一起，多陪陪他，做些力所能及的事情也好……这一刻，我感觉很无力，觉得自己什么也没有为父亲做过……

二十多年的生活中，我对父亲一直充满了敌意和抵触，即使父子间偶尔会有很好的氛围，我都会刻意地去回避。我恨父亲打妈妈，把这个家弄得支离破碎，我妈妈走了，紧接着姐姐也去世了，某种意义上，姐姐的死跟父亲也有关系，都是一环套一环的……我对他充满了恨意。当父亲走了之后，我才体会到，有些时候，仇恨真的会蒙蔽一个人真实的感觉，其实，我还是……还是爱父亲的……毕竟，他对我的好，远远多过我对他的……他的性格就是那样，作为儿子，我没有权利去指责父亲做了什么错事，无论他做了什么。这些道理，直到这一刻我才彻底明白，我觉得自己很愚蠢，但是这种愚蠢，已经没有机会去纠正了。老天给了我无数个犯错的理由，却不给我一个弥补的机会。今天再见到父亲，已是一堆骸骨，我很伤心，眼泪在眼眶里打转……老叔看到我眼里的泪水，赶紧说：“别哭，眼泪掉上去不好的。”我赶紧扭过头，擦掉眼泪。平复一下心情，我戴上手套，按照长辈们告诉我的规矩，准备去捡父亲的骸骨……其实，我很想再多看一会儿父亲，虽然是面对一副骸骨，但是心里有一种感觉，好像父亲没死，就是睡着了……他还会活过来……或许这只是我心里的期盼吧。荒草萋萋的山坡上，刮着很大的风，把地上的积雪都带飞起来。几个男人紧紧地抓着那块大红布，在我没有捡好骸骨之前，他们不能撒手。我按规矩从脚开始捡，因为人得先迈脚，一根一根捡，直到头部。捡起来的骸骨放在一块红布上。父亲的衣服还是好好的，没有烂掉，骨头和衣服粘在一起就不太好捡，因为不能弄散了，散了骨头就捡不齐了。所以，我一个人捡就有点忙不过来，老叔戴上手套就过来帮我捡，老叔是个非常爱干净的人，能这样帮我，我心里很感激。父亲出殡的时候，也是老叔替我扛灵幡的。

捡好父亲的骸骨，我庄严地用红布包好，郑重地捧着父亲的骸骨，走到新的墓穴，轻轻地放入新寿材里。我在心里对父亲说："阿爸，您住新房了。"寿材里盖上了红色的被子，我买了一箱好酒，拿了好多瓶酒放进去，酒是父亲一辈子的喜好。木匠拿着钉子过来合棺。老叔在寿材上盖了一大块塑料布防潮，大家开始填土，铺上钢筋网，我打开一瓶酒，洒在坟上给父亲喝……帮忙的男人们已经打开大水箱，拌好水泥了。瓦工开始浇水泥砌砖。我在坟头把祭品摆好，倒上一碗酒，开始烧纸钱，纸钱买了很多，也是香雪再三叮嘱过的，因为不知道下次什么时候回来。香雪是真的很想来上坟的，可是山路陡峭，只有拖拉机能开上来，况且不是平路。香雪也是很遗憾，给公公修坟这么大的事，她这个儿媳妇却不能到坟头祭拜一下，心里很不是滋味。直到我每天都把一些过程拍下来给她看，让她"全程参与"，她才好受了一些。

我按规矩在坟前行礼，大声说："阿爸，新房子给您盖好了，给您倒酒烧纸啊，这是儿子买的，这是您儿媳妇买的……"

坟修好了，就完成了一件很重要的事，也是我现在唯一能为父亲做的一件大事，我内心还是有一点点成就感的。而且坟墓的规格修得还是蛮高的，山坡周边，没有修得像我父亲这么好的坟墓。我觉得，父亲在天之灵，他一定很开心，他一定在旁边看着我，同时也会看到香雪在老叔家……我蹲在坟前继续烧纸，感觉父亲就在边上，我好像闻到了父亲身上特有的气息，他的音容笑貌，抽旱烟的姿势，喝着酒看书的样子，还有他气管不好，走路时呼吸的嘶嘶声……在这一瞬间，我都感觉到了，已经太熟悉了……这时，我把内心的沉重和歉意，在心里跟父亲说："阿爸，坟修好了，对不起，这么久了……我不是不想回来，实在是没办法，希望阿爸体谅一下，也希望阿爸保佑我们……您儿媳妇身体不好，我也没办法，这个就是我们家的实际情况。下次不知道什么时候再来看您，请您原谅我们……"我心中充满歉意，既是在跟父亲说话，也是在自我安慰。其实，无论我为父亲做多少，都不够了，尤其在他死后，每一次给父亲烧纸，某种意义上来说，都是良心和情感上的自我安慰。

烧好纸钱，我拍了新坟现场的照片，今天是修坟最庄严肃穆的时刻，必须让香雪有一种参与现场的感觉，她拖着孱弱的身体，千里迢迢跟我来了，人在老叔家里，心每天都在跟随修坟的情况，一定要让她看看修好的坟是什么样子的。上午十点半左右，瓦匠抹好水泥，新坟完工了。在长辈的带领下，每个人都在坟前祭拜，喝一口酒，在坟前把鞭炮放起来，迁坟就圆满完成了。

我们回到老叔家之后，香雪一张张地翻看相机上的照片，刨土的场景，合棺的场景，砌砖石的场景……当香雪看到修好的坟墓时，她神情肃穆，目光停留在照片上。我想，她应该是在心里跟公公说话祈祷吧。晚上，我在南木饭店定了两桌丰盛的酒席，我和香雪举杯答谢大家，这么顺利、这么快把父亲的坟修好了。我喝了很多酒，是喜悦或是内疚，我分不清楚。醉醺醺地带着香雪回到老叔家，上炕就睡着了……恍惚看见父亲盘腿坐在炕上抽着旱烟，他微笑着跟我说："你找了个好媳妇，阿爸很喜欢。"父亲的笑容那么亲切，是我以前从来没见到过的亲切。早上醒来知道是个梦，那么清晰的梦境，感觉很神奇。这时香雪也醒了，她带着惊讶的语气说："我昨晚好像是梦见公公了，隔着一层雾，看不清楚，但知道是公公。他看着我，不过什么也没说。"我心里很宽慰，父亲昨晚来看我们两个了，而且他是高兴的，并没有责怪我。父亲，你要保佑我和香雪，我会好好做人，和香雪努力生活。

第六章 生活的意义

努力赚钱

时间真快，我们在老叔家住了一个月了，我和香雪踏上了归程。老叔老婶送我们去火车站，堂弟是个大小伙子，替我把香雪抱上了火车。我在车门口和他们挥手道别。内蒙古之行结束了，至此，内蒙古彻底变成我的故乡，所谓的故乡，就是渐行渐远的地方……而徽州歙县，就是我永远的家了。我们一路风尘仆仆回到了自己温暖的家。家里还是干净的，出门前，我把家里彻底打扫了一遍，这样回来屋里就是清爽的，人会非常舒服。我放下背包，抱香雪去卫生间，给她擦拭桌椅，再抱她到书桌前坐好，给她洗脸、洗手，让她舒服一点。

这次回乡之行，花销远远超出预算，还借了两千多块钱，我们两个人内心都有点着急。家里有两千多本书积压着，仅有的积蓄也用完了，身上只剩下不到一千块钱。面对窘迫的现实，生活的压力像一座大山重重地压过来。香雪仿佛察觉到了我的感受，她平静地看着我，柔声细语地说："没事儿，阿春，钱花了，但是公公的坟修好了，我们心安了。现在，我也不写作了，我们把网店重新装修一下，换个产品卖起来，我想，每个月那点生活费总是能赚到的。”

我赶紧收拾一下自己慌乱的心情，暗自羞愧，遇到难事只知道发愁，还是香雪冷静。我就借着给她倒茶，出去缓解了一下尴尬的情绪。晚饭，我特意做了手擀面，上车饺子下车面，顺顺溜溜的。就如香雪说的那样，生活总是有各种艰难，但都难不过自己的内心，一定要调整好自己的心态。如此，困难终会过去。

网店已经荒废一个多月了，香雪联系了一家义乌小商品批发企业，拿到了代理资格。她把店铺重新装修，把商品分类上架，她认真地在电脑上操作着，我就站在她身边认真地看，让自己再熟悉一遍。香雪把我的手机号也注册为客服。我们分工明确，我做家务时她看店，其他时间两个人轮流看守。香雪虽然暂时不写作了，但每天还是要空出一点时间，留给她看书。香雪热爱文字如同她的生命，她就是为了文字而生的人，暂时放下，也是因为家中五斗米所迫。可是，一个月做下来，连那点日常花销都赚不出来。

正在一筹莫展的时候，香雪一位做企业的朋友凌女士，推出了一款母婴毛巾系列产品，请我们代理，她热心地寄了一盒套装给我们试用。收到毛巾和浴巾，我拿在手里软软的，像棉花一样蓬松亲肤。晚上给香雪洗完澡，我就把浴巾拿来给她裹住。

香雪惊讶地说：“好软呀，好暖和啊。”

我笑着抱起她：“暖和好呀，洗澡就不会着凉了。”

我把香雪抱到床上，发现香雪身上都干得差不多了，这浴巾吸水性真好，质量确实不错，关键价格不高，利润空间也不错，所以，我们就毫不犹豫地拿下了代理权。凌女士教香雪做推广，她说：“每个人都有自己独特的属性，把你的属性用文字提炼出来，就是最好的推广。”这个建议恰恰契合香雪的特长。除此之外，香雪认为，图片也很重要，一定要拍出毛巾浴巾的柔软质感，让人看了就跟摸到实物一样，就有购买欲望。这个任务就得我来完成了。尴尬的是，手机拍照我只会按快门，不懂构图什么的。

香雪在客厅教我布景："把毛巾礼盒打开，放在茶台上，再摆上我出版的两本书，然后，倒两小杯茶汤做前景，暖光灯打开……"

我按香雪说的，选了一盒薰衣紫的毛巾，布好景开始拍。拍好了给香雪看，她说可以，就通过了，不行再按她的要求调整，近景、远景、特写、俯拍等等。在两个人的合作下，拍出了一组有宣传效果的图片。

我的图片一出来，香雪的一首五言古诗脱口而出："窗前织彩线，手下裁为方。香巾题奴意，寄与有情郎。"看着轮椅上的香雪，她张口就来的诗句，我不由地感叹她的才华。这首诗一语双关，即是写给客户的，也是写给我的，能经常收到香雪写给我的诗词，使我人生更加多彩与丰富。图文并茂的文案，再配上我们日常生活的小视频，就在网店、朋友圈里开始推广了。刚开始都是朋友间的友情单子。过了一段时间，买过的朋友都反馈说，很好用，尤其是浴巾，洗完澡往身上一披，不用擦就干了。有不少人回购送亲戚朋友。

这天下午，香雪弟媳妇带孩子来玩。我曾经抱在怀里的小宝宝都四岁了。香雪和弟媳妇在书房聊天。我在客厅开心地逗宝宝玩，他也喜欢和我疯。俩人玩得正开心，香雪在书房喊我："阿春，你拿块小毛巾，等下给宝宝带回去洗脸用。"

我选了淡蓝色的小毛巾，故意问孩子："宝宝，你是不是不会洗脸？"

"洗脸谁不会呀。"孩子拿着小毛巾就去洗脸给我看。我赶紧用手机抓拍做宣传素材。孩子笑嘻嘻的很配合。发这组图片的时候，香雪写了一首五言诗："方巾习自立，育儿爱意浓。若要成大志，细微不可松。"

我们的毛巾推广，体现了我和香雪朴实简单的生活日常，取得了很好的信任度。半年后，网店生意红火起来，我们请了一位客服，自己就轻松了很多。香雪不像以前那么忙碌了，空余时间她也写点文字练笔。她说写作一定不能荒废掉。我也多用点心思调整饮食，每天都给香雪削一个苹果吃，让她的身体更棒一些。

晚上，我在手机上看到一个苹果天鹅拼盘教程，就想给香雪一个小惊喜。我按照视频里的步骤，把苹果削皮，果肉切片，开始制作……完成后的天鹅成品活灵活现，我自己也很满意。我特地找了一个好看的盘子装起来，端到香雪的书桌上。

果然，香雪一见就开心地尖叫起来："天鹅，天呢，好漂亮呀！阿春，你怎么做的？你什么时候学的？……"她兴奋地问个不停，赶紧拿起手机拍照。拍完照片，她转而又有点小纠结，"这么好看的天鹅，我都舍不得吃了。"

我拿起一块苹果放进嘴里嚼起来："这回可以吃了吧。"

"啊……"

香雪故作气愤地大叫起来，其实她满脸都是快乐与幸福，这就是我想达到的目的。我满足地回客厅去了，在电脑前坐下没一会儿，香雪给我发来一首七绝小诗《天鹅情》："夫婿本无灵巧手，为妻百事必躬行。拼盘精妙见心意，水果天鹅一片情。"

"还是老婆有才呀。"我感叹着，很愉快地做其他事去了。

陆续地，生活中会有一些演讲邀请，每次都能卖点书。这个时候，我就会带香雪去古城老街玩，给她买一身好看的衣服，她是爱美的女人，我更喜欢把她打扮得美丽得体。偶尔，我也会写首小诗送给香雪。

香雪给我提出修改建议，夸我有进步。我很开心，也明白，香雪才是真正属于文学的，她必须要回归文学创作，那才是她飞翔的天空。但碍于目前的经济状况，我们还要继续打拼一段时间才行。所以，我只能尽量多空出一些时间给香雪，让她看看书，发发呆，那是属于她自己的世界。

年底的一天上午，香雪在院子里晒太阳，和邻居们聊天。我放心地回家洗菜，忙活午饭。中途忽然接到香雪电话，说本地一家私企老总打来电话，让人过来看看毛巾，他买点做员工福利。这是件好事呀，我连忙出去把香雪推回家。不一会儿，老总安排的人来了，是一个小伙子，他看了几款毛巾，询问了价格，觉得还不错。香雪说："拿货多的话，我给优惠价，我们走个量，本身价格就很实惠了。"因为礼盒品种不同，小伙子就把每种都带了一盒回去。

下午，老总打电话过来，选了一个五件套的毛巾礼盒，让我们送三百盒过去。老总还说："香雪，你是'中国好人'，是我们学习的榜样。我想请你来我厂里做个报告，鼓励员工们认真工作，好好生活。你再带两百本书，做个签售，让员工们深入学习你的精神。"

年底，正是用钱的时候，一下子卖出这么多毛巾和书，我和香雪很激动、很开心。报告会的前一天，我叫了一辆面包车，把六大箱毛巾，五箱书搬上车，送到对方厂里卸下。香雪已经提前签名了一百多本书，到时候现场签名就不会忙不过来，也不会太累了。

香雪的报告会，效果很好，几百人的大会议厅里一次次掌声雷动。我很高兴，以为活动就这样结束了。哪知，老总突然在台上把我夸了一顿，让我们和员工们来个互动，分享一下对爱情婚姻的感悟。我从来没有在这么多人面前说过话，很紧张，不知道说什么，但又没有退路，只能硬着头皮上台了。女员工们纷纷表示羡慕，询问我们的爱情故事，如何才能像我们这样幸福。香雪经历的场面多，回答大方自然，满脸都是不加掩饰的甜蜜。我坐在香雪身边，回避着台下的眼神，心里在祈祷："最好别问我呀。"

可是，接下来台下一位年轻男人就说："阿春老师好，我想问您一个问题，什么才是爱情，怎么做婚姻才会幸福？"

这么严肃的问题，一下子就把我带进去了。我很认真地回答他："爱情究竟是什么？我也不知道，我只能根据自己的感受来说。我用了半生的时间，找到了一个懂我的女人，她会想我所想，眼睛里全是我，我就是她的所有。这样的女人值得我用一生来守护。人分两个层面，内在的灵魂和外在的肉体，她的内在灵魂是我想要的那个女人，跟她的身体是两回事。相比她的灵魂，她身体上的一些缺陷就微不足道了。我只是比其他男人多了一些琐事。为此，我下定决心，我用了半辈子才找到她，那就用下半辈子来履行'守护她'这件事情。

当我选择一个人的时候，也选择了一种与众不同的生活方式。我首先要问自己有没有能力，或者有没有一份长久的耐心、足够的包容，来跟她走完这一生。无论中途发生什么事情，都不离不弃，当我完成了初衷，我的爱情婚姻也就成功了。

所谓的爱情婚姻，其实是一种'悲壮'的前行，因为你要用一生来守护你身边的女人，当你有了婚姻家庭之后，你就不能像个浪子一样无拘无束，你需要舍弃人生中很大一部分东西。但是，这就是人活着的意义之中很重要的一件事情，前提是，你认为这种'悲壮'是值得的。人生说到底是一种苦难的旅行，只不过在这种苦难的旅行之中，找一个跟自己合得来的人，一起迎接苦难，渡过一个又一个难关，从你的大好年华到满头白发。"

"阿春老师好，"一个三十岁左右，披肩发的女人站起来问我，"为什么结婚久了，婚姻就变得很平淡？”

“平淡就对了，其实爱情婚姻归根结底，就是生活中的柴米油盐，日常琐事。专家也说了，爱情中的激情就是人体会分泌六个月的多巴胺，六个月所谓的爱情过后，需要经营一个家的时候，生活中的付出、隐忍和包容，远远要多于甜蜜。

当然，如果两个人真的到了非必要不说话的时候，那是婚姻有问题了。但是有的时候，比如说，你们没说话，还可以通过一些你们特殊的语言，比如眼神，进行有效的沟通，那你们的婚姻就是成功的。所谓的‘脉脉无言’和‘默默无言’，是有本质区别的。两个人心灵上的互通，是婚姻质量的体现。有的夫妻可能三两年就有这种默契，很多夫妻可能十年二十年，一辈子都不能达到，那他们的婚姻就是失败的……”

我的话匣子一打开，就忘了紧张，说得还很流畅。这是我第一次被人称作老师，当众分享，我也不知道自己说的好不好、对不对。只见香雪在身边温柔地微笑，用赞赏的眼神鼓励我，让我自信放松了很多。到了签售环节，大家排着队买书，香雪还是非常忙碌，一群人拿着书，把她围在桌子中间，希望再写一句祝福或是激励的话。到最后，书都有点供不应求了……老总对这个效果很满意，安排车子送我们回家。

这次不但卖了很多毛巾礼盒，卖了这么多书，而且分享氛围还非常好，我和香雪都非常高兴。当然，这样的大单子也不是经常有，不过我和香雪不是对物质要求很高的人，每个月收入够用，还能有点富余，就很满意了。日子就像香雪说的那样，困难总会过去的，我们只要努力就好。

我对香雪说：“你还是要以写东西为主啊，古典诗词不能丢，在衣食无忧的情况下，你和我，我们，一定要去创造比金钱更有价值的东西。”

待你长发及腰

四月的上午，太阳光远远地在窗外闪耀。我手中抓住一大把长发，分成均匀的三股，开始编麻花辫。香雪的头发真是好呀，一根根油光黑亮又顺滑，抓在手里沉甸甸的，我很有成就感，因为，是我坚持让香雪留长头发的。我站在香雪的椅子背后，熟练地编着辫子……想起了上学时听过的歌曲，嘴巴里就哼唱着：“你那美丽的麻花辫，缠啊缠住我心田，你说长大的那一天，让我解开那麻花辫……”唱着，又想起网络流行语，就脱口而出：“待你长发及腰。”

香雪脑袋灵光地说出下一句：“你再娶我可好。”

我故作惊讶地说：“娶不起，没钱。”

“不要钱，我倒贴。”香雪故意用示弱的语气。

两个人说着大笑起来……从内蒙古回来之后，香雪就留起了长发。那天晚上，我们一起在电脑上看电影，女主角长发飘飘。香雪羡慕又遗憾地说：“长头发真美，这辈子我还没有留过长发呢。”

我说：“那就留起来。”

香雪有点犹豫：“养长发很麻烦，每天要打理，长了还要扎辫子。”

我告诉她：“没事，放心，我一定能学会扎辫子。”

其实我也喜欢女人长发飘飘。婀娜的身材，加上一袭长发，无论哪个角度都很美。女人一定要留一次长发的，爱美是女人的天性；如果一个女人一辈子没有留过长发，就如同男人一辈子没有打过架一样，是一件很遗憾的事情，至少我是这么想的。关键香雪有个丰富细腻的灵魂，无奈被身体束缚着，内在的东西可以用文字展现出来，但她不能自由地行走奔跑，身体更不能肆意舞蹈，唯一能让她舞动起来的只有长发了。我也相信一袭长发的香雪一定很美，但凡美的事物都值得等待，更值得拥有，要留，长发一定留起来。就这样香雪把头发留了起来，香雪发质好，而且头发长得也快，才一年就长发披肩了。

上个月的时候，我感觉她的头发可以编麻花辫了，就想试试手。我知道麻花辫怎么编，但是没有实践过，我的手又笨，抓着一大把长发分成三股，粗细差异很大，编两下又拆开重新分，反复了好几次。好不容易三股差不多了，编完了一看，辫子是歪的。

我说：“算了，先这样了。”

香雪有点委屈和无奈，但还是体谅地说：“没事，第一次肯定会难看，等你编熟练了，就好看了。”

快中午了，我去厨房做饭，从书房门口走过的时候，刚好看到香雪的侧面，她一本正经地在电脑前写作，后背的麻花辫歪歪扭扭的。这个画面特别搞笑，我忍不住在门口笑出声来。香雪回过头，故意黑着脸，一脸委屈地向我翻了个白眼。我笑得更厉害了，本来辫子扎成那样，就跟个傻妞似的，她再委屈又无奈地一翻白眼，就更好笑了，我肚子都笑疼了。

这段时间，积压的书卖出去不少，本钱基本回来了。毛巾卖得也不错。生活宽裕了许多。香雪决定再写一本长篇小说，然后回归古典诗词创作。她依然是在张老师的指导下写长篇小说。我也是非必要不去打扰她，走路做事都尽量轻轻地，饮食上也配着季节和香雪的身体来调整。当然，也要劳逸结合，天气好的时候就带她出去玩，如果毛巾有大单子了，干脆两个人就出去吃个饭，奢侈一把。我期待着香雪的书完成，更期待着香雪长发及腰，我一定和她补拍一组结婚照，不要室内的，要有山有水，有人间烟火的外景。

这天下午，阳光灿烂，温度很高，适合给香雪洗澡。我把卫生间铺上防滑地垫，把浴巾衣服全部拿出来准备好。给香雪洗澡，顺便连长发也一块儿洗了，洗好，我小心翼翼地把她抱回房间。床上我已经铺好浴巾，把她放好，擦干身体，换了干净的衣服，然后让她躺着休息一会儿。香雪乌黑的长头发一股脑地披在枕头上，我灵机一动，就想要捉弄她一下。我跟她说："我把头发给你整理一下，不会压到。"香雪很乖巧地躺在那里，她躺得比较低，枕头上方特意空出一块晾长发的地方。我用手指梳理着她的长发，把头发搞成两个牛角造型。从想到这个主意，我就在心里乐，但还要保持表情镇静，不能被她发现。香雪双眼含情脉脉地看着我，任由我摆弄着头发。弄好造型，我赶紧拿出手机给她拍照，一张很纯真的脸，配着两个很形象的牛角，从粗到尖，而且枕套是白色的，整个画风很冲突。然后我一举手机，香雪还一脸深情、微笑着配合我拍照。我憋着一肚子乐，心里笑得不行。然后，我继续假装给她梳理长发，又给她搞了一个一柱冲天的造型。这个一柱冲天最好玩了，像个独角兽，和香雪温柔单纯的表情反差很大，反正就是很好玩。香雪还是很乖地配合我拍照，我一边拍照一边觉得自己好过分，她对我如此深情，我却做着如此过分的事情。我几乎要笑出来，捉弄她已是我生活中不可缺少的乐趣。当我把手机递给香雪的时候，我终于憋不住了，"呵呵呵"地笑起来。香雪看到自己的造型，先是吃惊，接着"啊"的一声大叫起来……然后，两个人都笑到肚子疼，我腰都直不起来了，太搞笑了。日子就这样在两个人的相互打闹、相互关心中过着。

很快，“五一”要到了。今年“五一”是我和香雪结婚五周年的纪念日。我和香雪早就约好的，五年一小庆，十年一大庆。我想，给我们俩一人买一身新衣服，邀请几个朋友小聚一下，分享快乐。香雪的衣服几乎都是我买的，她说我眼光好，也不知道是真的还是她懒。当然，我对自己的品位还是很自信的。香雪的衣服首选中国风，因为衣服宽松，可以掩饰她的身材，然后又可以衬托出她温婉的气质。给香雪搭配合适的衣服，我这些年累积了很多经验，时间让我对她有了足够的了解，还有对她的耐心和喜欢也在与日俱增。我发自内心地想让香雪变得漂漂亮亮的，走到哪里，别人一眼会聚焦到香雪的衣服和整个人的气质上，随后才发觉她是残疾人。我们要活得漂亮才对。我和香雪的人生，某种意义上讲都是从结婚之后才真正开始的，我只是想让自己和香雪，尽量弥补那些缺失的东西。因为缺失得太多了，所以，一年我们要当作五年、十年甚至二十年来弥补，每一天都不虚度。时间在一天天地过去，我们一定是在美的状态中老去，一直到老的那一天，都保持着最美的样子，这样就足够了。

我提前预订了一个酒店包厢，邀请了朋友们。“五一”当天下午，我和香雪洗了澡，清清爽爽换上新买的衣服。香雪的是一件盘扣立领紫色上衣，配上一条黑色裙裤；我的是深蓝色 T 恤和长裤。我们刚换好衣服，堂妹夫妇就来了。堂妹会化妆，我就请堂妹给香雪化个妆。香雪本就清秀的脸蛋，配上淡淡的妆容，显得皮肤更加白皙透明。打扮好了，我们一行人提前半个小时到达酒店。这里是徽州古城一个临街的酒店，一个有窗的大包厢，可以看到古城的风景。我们到了包厢不多一会儿，香雪的朋友江记者就到了。我连忙招呼他，江记者却从随身的黑色背包里拿出一个大信封，抽出一叠宣纸，我以为他要送我们一幅画。谁知，江记者微笑着说:“阿春，这是香雪送你的五周年礼物，她写给你的词，委托我写成书法带给你。”我有点惊讶，我不知道香雪给我准备礼物了，回头看香雪，她在那儿笑得甜蜜蜜的。江记者打开手中的词，站在我身边读给我听。

《诉衷情·写在木婚纪念日》：“朝朝为妾画红妆，病骨沐香汤。不觉窗外寒暑，情韵正悠长。别梓里，是清狂，笑风霜。此心如玉，身老徽州，一诺天荒。”

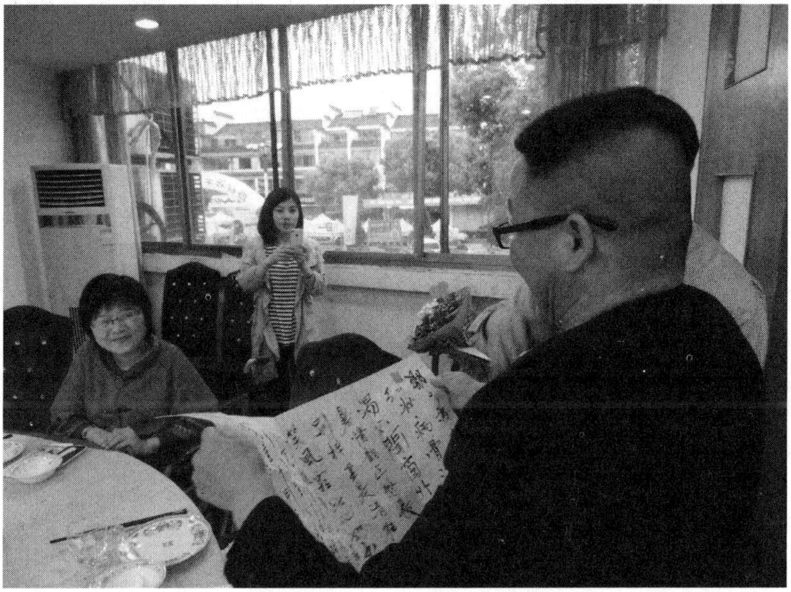

结婚五周年，香雪送我诗词作为礼物

随着江记者一句一句地念，我的内心波涛汹涌……结婚五周年了，在香雪的熏陶下，我已经能读懂诗词了，尤其是香雪写的。香雪这首词情真意切，每一个字都饱含着浓浓的深情，包含了很多东西，一下子戳到我的内心。我知道，这首词的背后，不仅仅是香雪的情真意切，还有一些比较沉重的东西……因为人生的大起大落，香雪得到了却害怕失去，其实我心里都知道……尤其刚结婚那两年，有些时候她就像活在梦里，太幸福了，让她感觉不真实，不安全……香雪其实很想为我做点什么，但她做不了，她唯一能拿得出手的只有文字，就和当时她卖词救父的情义是一样的。这已经足够了。我和香雪走到一起就是一个相互救赎的过程，我在走近她的时候，也是在拯救我自己，这才是最重要的。所以，这里边没有谁做得多，谁做得少，谁亏欠谁。我觉得，我做的这些都很平常，因为我和香雪结婚的初衷就是这样。

江记者读得声情并茂，堂妹站在边上看着、听着，一脸羡慕，她被感动了。我看着香雪，她满脸开心地笑，虽然坐在轮椅上，但浑身都散发着灵气，充满了快乐、甜蜜和幸福，小眼睛笑成了小月牙。这个礼物达到她的预期，送得很成功，她有成就感。妹夫一直在给我们拍照，江记者读完，他也过来看了香雪的词，这样的礼物是比较少见的，他也有点吃惊，有点小拘谨。江记者特意解释了词的意思，他说："香雪真的是才女，这首词写得真好。阿春，你真不容易呀，这都五周年了，时间真快……"江记者感慨道，把礼物交给我。我开心地接过来，赶紧叠好装进大信封，然后放在香雪的轮椅背包里，把拉链也拉好。因为一会儿要喝酒，我不想这个礼物被烟酒气熏到，这个礼物是很干净的，某种意义上，它已经超越了礼物的范畴，香雪的浓情蜜意，深刻、厚重，还有一些其他的，所有最重要的东西，全部浓缩在这一首词里了。

晚宴气氛很好，大家都很高兴，一起喝了一顿酒，聊着开心的事情，也少不了夸我的声音。我虽然不在意别人的看法，但还是很高兴听到这些肯定。今天来的也大多是诗人、作家和贴心好友，都是忙里偷闲带着礼物，带着祝福，过来分享我们的幸福。某种意义上，这代表着一些人对我们俩的认可与尊重。五年，说长不长，说短不短，但是我们俩都发生了巨大的变化，有了自己的家，香雪已经出版了两本书，现在正在写第三本，这是多么让人骄傲的事情。而且，香雪不再是以前的单薄瘦弱，她变得又白又胖了。我们俩的心境和五年前都发生了很大的变化，这五年，真的发生了很多，改变了很多。

“丑媳妇”见婆婆

徽州的夏季出奇闷热，也是我这个北方人最怕的季节，空气中都带着火，出门站一会儿皮肤会晒得很疼。即便香雪这个土生土长的徽州人，热得也是受不了，撒娇说头晕。就在这样一个骄阳似火的季节里，我再次带着香雪登上了长途列车，前往河北遵化……就在前几天下午，我刚端了一碗绿豆汤给香雪喝，叫她休息一下再写作。手机铃声响起来，是一个陌生的号码，显示来自河北遵化。我心里咯噔一下，难道是妈妈？我下意识地走进厨房，按下了接听键，屏住呼吸仔细听，对面怯怯的声音：“是阿格迪吗？”

我心里一阵酸楚，是妈妈熟悉的声音：“妈，是我，阿格迪。”

“大儿子，你在哪儿呢？妈想你呀！你三姨从内蒙古回来了，我才知道你电话……”妈妈立刻滔滔不绝，说不完的想念。我插不上嘴，就安静地听着，电话里妈妈的声音苍老了许多。上次见到妈妈还是七年前。结婚后想过去看她，因为诸多原因没能成行。妈妈说，“你人不来，电话也给我打一个呀，要不妈担心你不是。”我心虚地用各种理由搪塞着，告诉妈妈我一定去看她。放下电话，脑海又浮现出儿时那个快乐幸福的家，有爸爸妈妈和姐姐，有温暖的火炕，好吃的饭菜……

我跟香雪说：“我想妈妈，我对父亲有太多亏欠，对妈妈不能再有过多亏欠了。我们去河北看看她、陪陪她……”

香雪干脆地说：“去，现在就去。”

香雪对于去见婆婆这件事情，非常重视，她知道这世界除了她，妈妈就是我唯一的亲人了。看着香雪如此贤惠，我真的很欣慰，毕竟一千多公里的旅途，她身体又弱，会很辛苦。感谢老天给了我一个如此好的老婆。当天，趁着夜晚凉快一点，香雪让我带她去珠宝店，给妈妈买了一条大颗的珍珠项链。让我意外的是，她还给继父买了一块手表，虽然不是什么名牌，但难得她想得如此周到。

炎热的八月里，我们坐了一夜的绿皮火车，第二天午后，顶着骄阳在天津换乘客车到遵化，然后打车直奔东兴庄。傍晚时分，到了妈妈家。妈妈早就在院门口翘首张望了。我先下车把轮椅拿下来，抱香雪的时候，妈妈满脸是笑在旁边护着。她开心地看着香雪说："儿媳妇长得真白净、真俊呀。"继父过来接过我的背包，很自然地招呼我们进屋。妈妈在前面引路，我推着香雪走进这熟悉的院子，深深的大院落，红砖连体民房，这里几乎一点都没变……只是妈妈老了许多，有白头发了，本来就瘦小的身材，因为变老显得更小了。还是在那间东屋，妈妈拿出洗好的葡萄，招呼香雪吃，又问香雪累不累，要不要上炕躺一会儿……我坐在沙发上环顾四周，屋里窗明几净，大炕上放的被子是新的，墙也粉刷过，地面瓷砖擦得透亮。这都是为了我们来，特地做的准备。我们的到来让妈妈的情绪处在高度兴奋的状态，她拿出特意买的饮料给我们喝，又给我们倒茶，端出准备好的西瓜等水果，把小桌子都堆满了。妈妈不停地拿给香雪吃，笑出了满脸的褶子。妈妈情绪亢奋，不受控制地忙来忙去，生怕招呼不周，把她认为的好东西全部拿给我们。儿媳妇刚见面，她想弥补一些东西，她不知道该怎么做了……情绪稍稍平复下来，妈妈就坐在香雪身边，说香雪腿不好，她帮香雪揉揉腿。

"你们能来看看我，我就知足了。"妈妈的开心里带着一丝让我心酸的感觉。妈妈一个劲儿地和我们聊着，问着我们的生活，直到继父提醒她："该做饭了，孩子们都饿了。"妈妈条件反射地站起来："哎，这高兴得做饭都忘了，儿媳妇你歇着，妈做饭去。”

晚上，妈妈做了一桌子菜，自家地里的农家菜，还特意炖了鸡，烧了排骨，当然还有饺子。看着满桌子好吃的，我也饿了，胃口大开。继父拿出一瓶好酒，说是他妹妹送的。看到酒，香雪就本能地让我少喝，但分寸拿捏得很好，她说：“身体不好，不要喝太多。”耿直的妈妈说道：“哎呀，男人都爱酒呀，管不了。”我们和继父坐下来喝酒吃菜，妈妈忙进忙出的，她问香雪：“儿媳妇，要不要喝汤？”香雪最喜欢喝菜汤，她回答：“好的。”妈妈立刻去厨房抱了半个西瓜过来，果肉已经掏碎，很多的西瓜汤汁。香雪愣了一下。我赶紧拦住妈妈，告诉她香雪不能喝冷的。

香雪招呼说：“妈，你也坐下吃饭呀。”

妈妈说：“不吃，我不饿。”

妈妈已经高兴得不知道饥饱了，她就是不停地笑，大声说话，亢奋，不知道该干吗。妈妈告诉我们：“今晚咱们三个睡这屋炕，你大爷睡那屋。”继父是个话不多的人，晚上酒喝得很尽兴，看得出来，他对我们的到来是高兴的。我也累了，早早就躺下了。妈妈挨着香雪，我们三个睡在一铺炕上说话。北方的八月，昼夜温差明显，微风从宽大的窗户吹进来，很凉快，柔和的月光洒在我们身上……想起小时候，我和妈妈还有姐姐一起睡在炕上聊天，现在是我和妈妈、香雪……这久违的妈妈的温暖气息。

早上起来，我给香雪先穿好，把她推到小桌前，就去商店买东西了。回来后看见暖心的一幕：香雪面前放着洗脸水，已经刷完牙，洗好脸了。妈妈正在给香雪梳头，梳子在她干瘪的手里，轻轻地在香雪头上游走着，生怕弄疼香雪。香雪安静地坐在轮椅上，任由妈妈梳头，很享受的样子。妈妈一边给香雪梳头，一边温柔地抚摸着头发说：“儿媳妇的头发真好呀，又黑又亮，跟我年轻的时候一样。”妈妈的眼神很温柔，好像香雪就是她自己的孩子，香雪也是一脸乖巧。香雪发量多，妈妈这边抓住，那边又掉下来一缕，来回梳了几次才全部抓在手里。

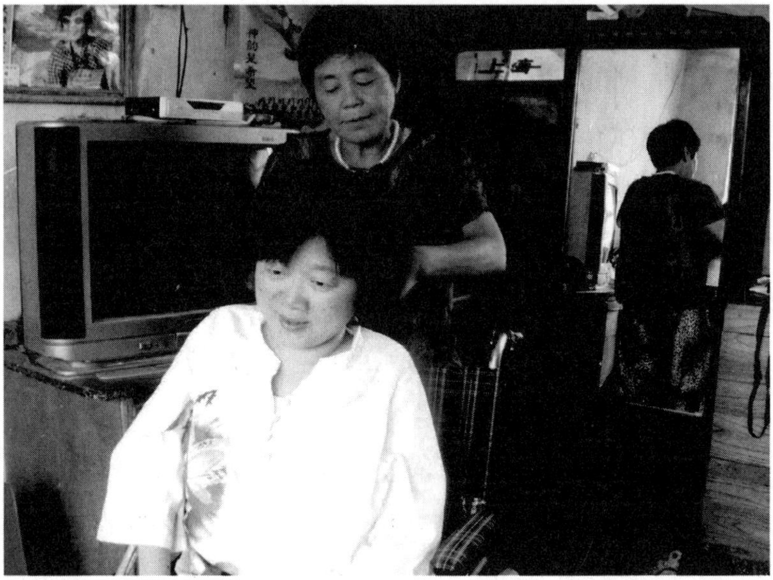

妈妈给香雪梳头扎辫子

我在东屋门口愣着，妈妈抬头看到我，她“嘿嘿”就笑了，嘴里说着：“梳不好。”我知道妈妈喜欢香雪，但是妈妈能给香雪做这些，还是让我有点小意外。一般人是不知道如何照顾香雪的，可妈妈没有因为香雪残疾，就不知道从哪里下手，她很自然地完成了我每天做的事情，包括给香雪扎辫子。妈妈一股一股地编着麻花辫，嘴角带着笑，她对香雪是真的有感情，从内心里接纳并喜欢香雪。我心里洋溢着浓浓的温暖和幸福。妈妈和我一样，手笨，她说：“扎得不好看呢。”香雪照着镜子，微笑着说：“挺好看的。”妈妈开心地笑。我微笑着走过去，摸摸、看看香雪的辫子，感觉扎得也蛮不错。我说：“毕竟是女人，扎得就是比我好。”妈妈笑得更开心了。妈妈虽然不是很灵巧，但她发自内心的朴实，是骨子里的善良和美好。

妈妈家的院子很大，中间一条宽敞笔直的水泥路通往院门口，路两边种着各种蔬菜瓜果。没事的时候，妈妈会推着香雪在院子里玩、聊天，摘些黄瓜西红柿给香雪吃。我去商店买包烟的工夫，回来院子里一片狼藉，妈妈砍了一些高粱甜杆堆在水泥路上，搞得满地叶子和甜杆皮，她正在削甜杆给香雪吃。香雪胃寒，不能吃太多生冷的东西，又不好拒绝妈妈的好意，我只能从妈妈手里抢了一些过来，替香雪吃了。傍晚，我们会出去遛弯，妈妈逢人就介绍：“这是我大儿子、儿媳妇，我儿媳妇是写书的，出了两本书了，是文化人，还上电视啦。”妈妈的语气中带着满满的自豪，当然别人也都投来羡慕的眼光。

这天午饭后，继父出去干活了，我们三个人在屋里聊天，妈妈说：“我们去河边玩，那里凉快，到那里拍照去，老闷在屋里没意思不是。”我们一致同意，尤其香雪，最喜欢出门玩了。我就推着香雪先出门了，妈妈在后面关门。刚走没多远，就有邻居问妈妈话，她就掉队了。我们一路溜达到了村庄的大河边，河边有一片高大的树林，清风习习，非常舒服。河面很宽，河水也很急，一座有点破旧的大桥横跨两岸。有人在河边钓鱼，更多人在林子里闲逛纳凉。远远望去，绿油油的田地看不到边。一阵风吹过，卷起一层层麦浪。香雪说：“这里的风景和徽州完全不一样，美丽的祖国，到处都是大好河山呀。”我们在河边树林里，一边观赏风景一边拍照游玩，香雪让我把数码相机给她，她把左手支撑在轮椅扶手上，吃力地举起相机给我拍照。我们等待着妈妈，好半天过去了，她还没来。我和香雪都觉得有点奇怪，心里不安，然后就赶紧往回走。离开河边，过了桥，都走了一半路程了，忽然看见妈妈从前面急匆匆地赶来了。

“你们怎么回来了？”妈妈大声喊。

“你怎么才来呀？”我问。

“哎呀，”妈妈说，“刚出门隔壁家媳妇在问，这是你大儿子儿媳妇啊？他们不知道呢。我跟他们说是我大儿子儿媳妇。他们问干啥的？我说我儿媳妇是作家，写书的，还上过电视呢。完了走到老李家门口，他们也问我，我又跟他们说了一遍……我这紧赶慢赶的，你们先玩好了。”

我突然明白了，妈妈这是解释了一路呀。我们的到来也成了这个村庄的焦点了，但我们给妈妈带来的是幸福和骄傲。她自豪地、反复地跟别人说，我大儿子，儿媳妇，家里啥都不缺，日子好着呢。这一刻我更加明白了，对于父母而言，只要孩子去陪陪她，就会给她无限的幸福和欢乐，如果孩子能再取得点成绩，就会给她无限的荣光。

妈妈一边说着，一边跟我们往回走，妈妈和香雪一样，非常喜欢拍照。走到哪里看风景好，就停下来让我给她和香雪拍，路过一块玉米地，她说这玉米长得好，叶子绿油油的，她也要和香雪拍……就这样一路走，一路拍地回家。妈妈和香雪相处非常融洽，照片拍出来两个人笑脸盈盈的，很温馨。我心里很舒服。此刻，在妈妈眼里所有的景色都是美的，一路上拍了很多张照片。妈妈知道我们不会长住，尽量用照片留住我们在这里的时光。照片里，每一张她都会弯下身子搂着香雪，那种浓浓的母爱亲情渲染着每一张相片，这是我眼里最美的画面。

把快乐留下来温暖妈妈

遵化的天气比较干燥，不像徽州那样闷热潮湿，即使八月份，待在屋里，体感还是比较舒服的。香雪每天中午都在炕上睡个大懒觉，这些日子不写作，她的身心都放松下来了。

我们来了之后，生活琐事几乎都被妈妈包揽了，包括我们的衣服，全部她洗。妈妈每天都是笑容满面的，来人就一顿炫耀，儿媳妇是作家，包括香雪送她的珍珠项链。妈妈真的是非常高兴，时常哼着歌曲，那是我小时候经常听她哼唱的。空了她就和香雪聊会儿天，她们娘俩倒是有说不完的话。傍晚，三个人正在院子里说着话，院门吱嘎一声响，走进一个苍老的身影，拄着拐杖，是已九十高龄的姥姥。妈妈赶紧起身去接她，嘴里有点担心又嗔怪："你咋自个来了呢，我还准备明天去接你，你说路上万一摔着咋办呀？"姥姥跟随四姨生活，离妈妈家有一大段路，四姨这几天正忙着几个大棚，全家起早贪黑摘蘑菇。人年纪大了，腿脚就不灵便，也不知道这段路姥姥走了多久。多年不见，姥姥还是梳着整齐的中短发，用发夹把头发固定在鬓角，身上衣服清爽，脚上一双老布鞋。我也赶紧过去，和妈妈一起把姥姥扶到屋里坐下，再把香雪推进屋。姥姥很自然地把炕头位置让给香雪坐，我把香雪抱上去坐好。

姥姥叫着我的小名儿，笑呵呵地看着我，目光慈爱。然后，她就很自然地端详着香雪，跟妈妈说："是个好孩子，身体不好可惜了。"她抓起香雪的手抚摸着，夸香雪长得好，人也能耐，打扮得漂亮。姥姥说话轻声细语，好像生怕吓到香雪。一个人内心的感觉，真的很奇妙，姥姥第一次见香雪，就知道这是个好人，她就像是突然看到一件很美的东西，爱不释手，满眼都是稀罕。姥姥抓着香雪的手，好似有千言万语，却又不知说些什么，苍老消瘦的脸上一直微笑着。香雪也是一脸微笑，抚摸着姥姥枯瘦的手，温柔地回应姥姥。在我的印象中，过世的姥爷，是家里绝对的主导，姥姥逆来顺受，沉默寡言，自然不会有很大的情绪起伏，我从来没有见过姥姥这样亲昵地对待过谁。姥姥对香雪的喜爱，完全超乎我对她的了解。我相信人是有第六感的，尤其是对美好纯净的事物，会有本能的亲近感。老人是有生命阅历的，姥姥对香雪的亲昵足以证明我的感受。我心里很开心，又一次证明我的老婆找对了。晚上，姥姥妈妈我们四个人睡一铺大炕，姥姥挨着香雪睡。姥姥是真的喜爱香雪，满眼的慈爱，轻轻地帮香雪掖被子，感慨我找到这样的好媳妇，文化人。

上午，四姨过来请我们去吃饭，表弟开着三轮车来接姥姥，他和继父、妈妈聊着天。香雪坐在炕上，把手上戴的银镯子摘下来，示意我给姥姥。我会意地走过去，接过银镯子给姥姥戴在手上，姥姥连忙推辞，但我已经给她戴好了。姥姥嘴里说着："这辈子还没戴过银呢。"姥姥张着嘴，笑得很开心。银手镯是香雪生日的时候，我送给她的礼物。很多时候，一个举动胜过千言万语，我很感激香雪这么做。妈妈也笑得一脸褶子，说姥姥："你老了老了，还戴上银镯子了。"

我们和妈妈继父一起去四姨家。四姨喜欢养花，满院子都是花。尽管农活很忙，家里依然打理得井井有条。很快，菜都端上桌了，四姨两个儿子抬了两箱啤酒回来，大家吃着丰盛的饭菜，开怀畅饮。两个表弟比我小十几岁，年轻气盛，不停地劝酒。开始我还把着分寸，后来气氛太活跃了，加上有妈妈照顾香雪，我索性就放开了喝。我醒来的时候，已经在妈妈家炕上了，我头疼欲裂，彻底断片儿了。这还是结婚以来第一次喝断片儿。香雪坐在我旁边，看我醒过来，焦虑不安的神情放松了下来。她很生气，向来温柔的她，很严肃地训斥我。我酒劲儿还没过，大声说道："我没喝多，没事。"

香雪娇嗔地叫道："妈，你看他，喝成这样还不听话，你管管他。"

妈妈在窗前的桌子上收拾着什么，她笑呵呵地说："爱喝着呢，爱喝着呢。"

香雪哭笑不得，片刻，她又气呼呼地接着训斥我，拿拳头狠狠地捶我，打在我身上就像挠痒痒。我不做反抗，任由她撒气，我心里知道，她对我是心疼和担心。我胃里难受，肚子也好饿，想起小时候妈妈做的疙瘩汤，就躺在炕上大声叫："妈，我要吃疙瘩汤。"妈妈答应着，赶紧去厨房，不一会儿，一碗疙瘩汤就端到我面前，均匀的面疙瘩，里面有肉丁、土豆丁，上面飘着嫩绿的葱花，香气扑鼻……本身我就喜欢吃疙瘩汤，小时候妈妈经常做，现在喝多了，肚子饿了，第一个想到的就是疙瘩汤。来了遵化，我想看着妈妈把我记忆深处的味道做出来，端过来……心里真的好温暖，好幸福。香气扑鼻的疙瘩汤，味道依然没有变。疙瘩汤里的味道，有我以前那个家的味道，有姐姐，有爸爸，那么温暖的家……通过味蕾的记忆，我重温了一下那个家的幸福。我讨好地喂香雪吃，她生气不肯吃。我哄她："好吃的，妈妈做的。"看我这样的态度，香雪气消了，顺从地吃了几口。一碗疙瘩汤吃完，胃里也不那么难受了。

来了这些天，一直是妈妈在忙着照顾我们，难得来一趟，我也想为妈妈做点事。妈妈基本不会用手机，打电话也都是别人帮她拨号码，而且她那个手机很破旧了。我想着给妈妈买个新手机，教会她打电话。这次之后，我就可以跟妈妈经常联系了，可能我不会经常给她打电话，但妈妈想我了随时能找到我，给我打电话。我不能时刻在她身边，但是通过电话，多少可以慰藉她思念儿子的心情吧，这是我唯一能做，也是比较可行的一个办法。我去手机店给妈妈买了手机。当我把手机给妈妈的时候，她非常开心，那是一种放大了的快乐，非常快乐，这种快乐不能用钱来衡量。

新手机界面不同，妈妈就很蒙，不会打电话了。香雪扑哧笑了，她柔声说："妈，没事，我教你用。"

"那你来教吧。"我把手机递给香雪，在一边点了根烟抽。

香雪坐在炕上，妈妈站在她身边看着。香雪耐心地帮妈妈把重要的号码存上去，教妈妈拨打号码，她对妈妈说："第一个号码就是阿格迪，这个就是他，然后点他，再按这个绿色的按钮，接通他的电话，他那边接了，就能听到你的声音了。"妈妈还是有点儿蒙，打了一个电话到遵化我同母异父的妹妹那儿，告诉她，我们大家一起去遵化玩。挂掉电话之后，她又不会打了。我觉得妈妈好笨，笨到可爱。我笑着丢掉烟头，走过去和香雪一起教妈妈，一遍一遍地，妈妈勉强懂了。当她成功拨通了我的手机，立刻笑得合不拢嘴。

下午，看到屋里有换下来的衣服，我就把衣服抱出去洗了。把香雪也推到院子里，她安静地坐在轮椅上，用手机拍我干活的样子。其实，不是我有多么勤快多么爱干活，从内心来讲，我就是想为妈妈做点事儿。在这里我能做什么呢？我觉得给妈妈洗洗衣服吧。某种意义上，我是在弥补不能经常来看望妈妈、不能为她多做些什么的缺憾。洗洗衣服，是我这几天里，唯一能为妈妈做的，也是为自己的愧疚情感找的一种平衡，尽量让自己觉得心安理得一些。这次来了，每天都是妈妈来伺候我们，我哪怕洗一次衣服，帮妈妈打个洗脸水呢，情感上都会比较舒服一些。

妈妈买东西回来，开心地笑了："我儿子洗衣服啦，我来洗吧，你会不会洗呀？"

我非常不服地说："你儿子什么不会做呀？家里活都是我做呀，香雪也不能动。"

香雪和妈妈都笑了，我感觉她俩是一伙的。妈妈站在我身边，一边看我洗衣服一边笑着和我们聊天。我使劲搓着大盆里的衣服，很快就满盆白泡沫，好在有自来水管接过来，一会儿就换一盆水，把衣服漂得清清爽爽。我也很久没有手洗衣服了，偶尔的，香雪有些衣服不能用洗衣机洗，才手洗。今天一口气手洗了一大盆衣服，妈妈笑呵呵地和我一起把衣服晾晒起来。香雪努力举起手机给我们拍照。现实的生活束缚着我，我也不能经常来看妈妈，就让这一点点快乐在妈妈心里刻得深一点，我们走了之后，好让回忆温暖她。

时间真是快呀，到了要回家的时候了，妈妈舍不得我们走，用各种理由挽留着我们。我们顺着她意，又多住了两天。妈妈带我们去了遵化妹妹家，顺应妈妈的愿望，父母兄弟姐妹一大家子，一起拍了一张全家福。妈妈从相机里挑出两张最好看的照片，让妹妹把照片放大洗出来。这张全家福很温馨，人人带着微笑……妈妈要我们带两张回家挂着，她家里也挂。在妈妈的意识里，徽州那边是她儿子家，我们结婚，她没有参与进来，但是她想以这种方式融入进来，体现一个母亲的存在。她这边也是我的家，自然应该有我们，包括她在遵化的儿女家里，也要挂着这张全家福。我懂妈妈的意思，虽然我们不是同一个父亲，但是同一个妈妈，不分彼此，跟亲兄弟姐妹一样的。这是老人内心美好的愿望。妈妈还有一层意思，她不识字，她知道，她来不了我们家，所以，她以这种方式出现在我们家。然后，她把照片挂在自己家里，好比我们还一直在这里，没有离开，她天天都能看得到，我们天天都在她眼前。这张照片在妈妈眼里就是一条血脉纽带，把大家连在一起。然而，人生真的是一场聚会，注定是聚聚散散的，只有回忆能够伴着我们一路走过。

终于踏上回程的列车，我刚在卧铺坐下，香雪说她口袋里有个红包，是妈妈放进去的。

香雪入选全国演讲大赛

过了中午，街上的车就少了，鞭炮声宣告着春节到了。往年春节都是去岳母家过，今年香雪弟弟和岳母在外地开店，不回来过年，我们就过个二人世界。下午，接到妈妈的电话，大声问我们今天吃什么，几个菜……妈妈的声音充满喜悦，如今，她随时可以联系到我了，非常开心，我心中也充满慰藉。

去年在遵化辞别妈妈，带着香雪回到徽州，已经是初秋时分，徽州的天气不再燥热。休息两天后，香雪恢复写作，两个人卖卖毛巾，回归正常的生活。两个月之后，公司忽然遇到问题，订单一下子少了很多。但还好，生活还过得去，只要生活过得去，香雪的写作就不能受到打扰。

时间就这样过着，一转眼就要过年了。我按北方的风俗，把家打扫得干干净净的。除夕上午就给香雪洗澡，换上新衣服，像我小时候过年那样。香雪是该洗澡了就洗澡，来新衣服了就穿，倒是很配合。把香雪收拾好，她香喷喷地往客厅一坐，看着家和香雪都清清爽爽，我心里很舒服。下午我就要忙碌晚餐了，想了想，我把果盘和一堆吃的糖果零食往香雪面前一放，让她摆盘。香雪小眼睛一亮，笑了，她是最乐意干这个活儿了。她白嫩嫩的小手，一块一块地把麻酥糖摆放整齐，神情专注，像是在做一件很重要的事情。我还买了她喜欢吃的大白兔奶糖、核桃、瓜子、花生，够她忙活一阵子了。能动手的事情，香雪是要参与进来的，有活干才会有成就感。然后，我就在厨房里做菜，和面包饺子。徽州人过年不吃水饺，我呢，感觉不吃饺子就等于没过年，所以三十的饺子必须包，半夜放鞭炮了再吃。

屋外，时不时地爆竹声就响起来。等我厨房里忙碌得差不多了，香雪早就把果盘摆好了，果盘摆得满满的就是一种幸福感。我还买了两个小蜡烛，就像小时候父亲做的冰灯，只不过这个冰灯是迷你版的。傍晚的时候，屋外爆竹声密集起来，我们家的年夜饭也上桌了：有鸡有鱼有汤，荤素搭配六个菜，还有香雪给我买的哈尔滨红肠，这是我的最爱。菜上齐了，我把两个小蜡烛点亮，屋里的气氛立刻就温馨浪漫起来。我开了一瓶红酒，给香雪倒了三分之一杯，多了她拿不动。我举杯邀香雪，惬意地用英文说了句："Cheers。"

香雪不懂英文，但她从我的动作明白了这句英文的意思，她含情脉脉地微笑着，举杯模仿说："Cheers，春先生辛苦了。"

我开玩笑："心不苦，命苦。"

生活总是会有一些不如意的地方，虽然毛巾生意不好了，但这不代表着快乐和幸福就少了。无论怎样，我和香雪对生活依然有我们的要求。两个人吃完年夜饭，我按惯例包了一个六百元的红包，塞到香雪的衣服口袋里，象征着来年赚钱顺利。香雪按按口袋，心领神会地冲我一笑。我心里期盼着香雪的书今年能出版，毛巾生意能好一点。

六月中旬的时候，香雪接到残联通知，说有个全国演讲比赛，要组建残疾人代表队，让她提交一个演讲稿。香雪在张老师的指导下，很认真地写了演讲稿并递交。不久，香雪接到通知，她获得参赛资格。香雪非常兴奋，同时也有点不安，万一什么奖也拿不到，怪丢人的。

省里对这次比赛很重视，安排了省演讲协会的裴老师一对一指导香雪，由于裴老师有外出任务，他坐高铁到歙县之后，只有两个小时的停留时间。我带着香雪准时赶到约定的酒店。裴老师大约四十多岁，高高瘦瘦，儒雅帅气。他不愧是演讲家，说话抑扬顿挫的，一口标准流利的普通话。在酒店大厅寒暄几句，裴老师就夸奖香雪："你状态很好，很阳光，不像残疾人，衣服也很漂亮。演讲，形象分也很重要。"我很高兴，很有成就感，因为香雪的生活起居是我在照顾，衣服也都是我亲自选的，他夸奖香雪就是对我付出的肯定。香雪脸上流露着不加掩饰的开心，她微笑着道谢。在酒店大厅的休息区，我们一起在沙发上坐下。裴老师直奔主题，教了香雪一些非常核心的演讲干货，以及如何写好演讲稿。两个小时很快就过去了。我感觉时间太短了，我仍意犹未尽，因为演讲毕竟是专业性很强的事情，要学习的还有很多。临走前，裴老师和香雪互加了 QQ，他说会抽空网络指导，如果比赛开始，他出差回合肥了，他会到现场来加油。听到这里，我心里踏实了很多。我们依依不舍地和裴老师道别。

短暂的见面之后，裴老师在工作之余，不定时地通过 QQ 留言，指导香雪。香雪学习能力强，一教就会。裴老师对演讲稿要求很严格，即便稿子当时确定了，过后又会推翻重写，一句话不对都要改。香雪反复写了十几遍，终于定稿了。这时，离比赛只有一个星期了，香雪必须对稿子做到倒背如流，然后脱稿练习，模拟实战。六分钟时间，绝对不能超时，也不能五分钟就结束，否则影响成绩。香雪对着书桌上的镜子一遍遍地练，找最合适的节奏，最自然的表情，直到最后一张口就是那个节奏、神情，我们终于放心了。一个上午，我带香雪去了郊外，在一个大树繁茂的树林草地间，香雪对着大自然模拟比赛。当她开始演讲的时候，就好像全世界都不存在了，整个世界只有她一个人，只有她在那里跟随着内心的情感来讲述这个故事，她的感情时而激烈，时而平缓……香雪状态很好很自信，能不能拿奖，按香雪的话说，就看台上六分钟了。

残疾人代表队一共三名选手，香雪是唯一的女选手。这是一件让人骄傲的事情，同时我们两个都有压力，毕竟代表着庞大的残疾人群体，还有，既然是全国比赛，那一定是和专业的人同台竞技。香雪虽然参加过多次省级比赛，但和参加全国比赛的要求还是有差距的。香雪是个表面柔弱，骨子里要强的人，只要比赛，她就不想空手而归。我安慰她："能参加全国演讲比赛，本身就已经很牛了，其次才是名次，心态放松就行。"我嘴上这么说，心里比香雪还盼着拿奖。8 月 16 日中午，我们坐高铁到了省城合肥，比赛地点在一家大酒店。举办方考虑到香雪身体不便，安排了一个宽敞的大套房给我们住。当晚设有欢迎晚宴，一个偌大的餐厅挤满了全国各地的选手，后来知道参赛选手有 120 人。虽然是香雪上台比赛，其实我也慌得很。香雪安静地吃着饭，习惯性"灵魂出窍"的她，此刻像个局外人似的看热闹。晚宴结束，我推着香雪回到房间，给她洗漱完毕。在大大的落地窗前，欣赏着万家灯火。香雪躺上床之后，我给她做了按摩，让她放松睡个好觉。明天是抽签分组比赛了，比赛是淘汰制。

我开玩笑地说："以你的实力，小组出线绝对没问题。"

香雪冷静地说："不敢说呢，还不知道抽到哪个组，我知道的知名演讲家就有三四个，有的还有名师指导，都是专业的。万一我和他们都在一个组，那就残酷了……"随后，香雪又自我安慰，"不管那么多了，争取拿个优秀奖，不空手而归就好……实在拿不到也没办法，高手如云呀。"

第二天上午，我推香雪去楼下大厅抽签分组。电梯门一开，里面好多人，我在轮椅背后搂着香雪，把她护在我的双臂里，以免她被人碰到。等人都走出来，我才推她进去。比赛分三个赛区，抽签的大箱子有点高，香雪手不方便，我替她抽了，是二组。我有点遗憾，没抽到一组，感觉一组更好。

下午一点，二组比赛在酒店三楼一个大厅举行，现场抽签排序，香雪抽到31号，比较靠后。随后，比赛正式拉开帷幕，由于选手很多，男主持人在台上报过名字籍贯，选手就得立刻登台演讲。台下一米处是一大排一看就很厉害的评委，散发的气场很强。后面是一排排的选手和观众席位，好几位穿红马甲的志愿者，在场地旁边站着，随时为大家提供服务。我们坐在最后一排席位，方便推香雪的轮椅走动。看了前几位选手在台上的演讲，感觉比香雪弱一点，心里多少轻松了一点。比赛大厅的空调吹得很冷，香雪怕冷，整个人都缩成一团了。我轻手轻脚地把香雪推到厅外的休息区，这里温度高一些，还能听到大厅里的演讲。我回到比赛现场，接下来有两位选手发挥很出色，其中有一位就是香雪说的跟随名师学演讲的。而一个小组只有前四名能进入决赛，我很忐忑，看到得分高的就紧张，得分低的就松一口气。中间出去看香雪，她人坐在轮椅上，魂儿不知道在哪儿神游。看见我走过来，她回过神来。

“阿春，我紧张。”她说。

我微笑着，连忙抱抱她：“没事，目前没几个人讲得有你好，正常去讲。”

能不紧张嘛，等下她就要上场比赛了，实际上我比她更紧张。快要轮到香雪的时候，我把香雪推回比赛大厅，重新帮她把辫子解开梳理整齐，把她身上的衣裙也整理了一下，蓝色披肩拉好，看起来大方雅致。我又给她做了一次颈肩按摩，让她身体放松，思维更清晰一些。

终于轮到香雪了，我郑重地推着她大步往台上走去，在主持人的帮助下把轮椅抬了上去，香雪面带微笑看着舞台下，开始演讲……从香雪上台演讲那一刻，整个世界一下就安静了，我的位置离香雪有二十米，我能清晰地听到她温柔清脆的声音……我眼睛看着手里的演讲稿，耳朵听着香雪说出每一个字，当我觉得香雪的情感稍微有点不到位，或者是稍微有点停顿，我心“嘣”就跳起来了，身上一身汗……哪怕她零点一秒的停顿，我都能准确地捕捉到，惊出一身汗来，赶紧抬头看香雪，就怕她卡壳。等她接着讲了，我又赶紧看稿子，一字不落地看……整个六分钟，我就重复着这个动作，心情高度紧张。这六分钟真的非常漫长。终于，香雪讲完了，现场热烈的掌声把我拉回现实世界，我浑身已经湿透，快虚脱了……我把香雪推到后面位置上，心里有点小沮丧，因为有好几个地方，香雪没发挥好，但是我还要克制着这种失望的心情。毕竟综合来看，香雪在小组出线应该问题不大，她至少在前几名的。

香雪在演讲比赛

香雪回到席位之后，围过来好几个观众，他们对香雪说："你讲得真好，很感人又接地气，你肯定能进决赛。"香雪微笑着道谢，没有多说话，我们都在紧张地等待着分数。片刻，评委报分，香雪获得了 9.72 分，这个分数不低，很靠前。我和香雪在大厅里，等待最后几位选手演讲得分。这时候，一个穿红裙子的年轻女孩走过来，满脸兴奋地对香雪说："你晋级了，进前十二了。"香雪说："你怎么知道？"她把手中一张写满字的纸伸到香雪面前，她说："每个选手的比分我都记了，你排小组第四。"香雪在轮椅上抬头看我，眼神既惊愕又激动欣喜。我觉得这个女孩记分是对的，立刻心跳加快，同时也察觉到了，自己有点过分的神经紧张，香雪讲得很好的。我一激动，下意识地搂住香雪的肩膀，香雪用下巴使劲地压了一下我的手臂，以示拥抱，我们都很激动。我觉得香雪好棒，第一次参加全国比赛，如果真的能拿一等奖，那真是很厉害的一件事情了。比赛结束，后面没有比香雪分数高的。大家集体合影留念，香雪激动得快要哭了，同时又极力克制起伏的情绪。那个男主持人说，小组比赛排名，半个小时后以海报的方式张贴在比赛大厅。大家陆续散去。我们决定留在三楼等待。

半个小时后，我赶紧去大厅看分数，让我非常意外，香雪排在了第五名，她和第四名仅仅差了 0.02 分。我出去告诉香雪的时候，香雪一脸不可思议，她有点蒙："你推我去大厅，我看看海报。"

我不想让香雪见证失望，就告诉她："海报上字小，你近视看不清楚，"同时安慰她，"可能那位朋友记录错了。"

香雪最终获得这次全国演讲比赛的二等奖。非常遗憾，以这么微弱的差距和一等奖擦肩而过。或许人生就是这样，起起伏伏，充满了不可预知性。但是，这毕竟是历届规模最大的一次全国演讲大赛，与专业的选手竞技，二等奖已经远远超出我们预期了。我和香雪在短暂的失落之后，还是非常高兴的。裴老师出差还没回合肥，他消息灵通，发来短信："恭喜获得二等奖，不错呀。"裴老师也很高兴。赛后，我们带着红红的奖状，带着这份荣耀回到了歙县。

生活回归正常节奏，晚上，香雪在书房写作，我在客厅上网、喝茶。香雪从QQ发来消息，打开看到一张截图。香雪说，是一位演讲比赛志愿者的留言，让我看看。留言如下："香雪老师，我是'诚信与法治'全国演讲大赛的志愿者，复赛演讲赛场A组统分区的孩子。听到您的演讲，看到您的坚强，也看到了您的爱情和幸福，从此脑海里您微笑的模样挥之不去，故而特开通博客只为可以再看到老师。亲爱的老师，您的阿春哥哥真的是个体贴入微的暖男哦，无论您在台上台下，无论您是进出电梯，仿若您一直就是他的整个世界，所有的人都跟他无关，样子酷酷的哦。香雪老师，愿您永远幸福，如初次在电梯口见到您的模样。"

看完香雪转发给我的留言，我很高兴，我的脑海浮现出省城那个酒店三楼的比赛大厅，那些穿红马甲的志愿者，男男女女，不知道哪一位是他……不过，这并不重要，很多时候，很多人，不需要太多的解释，这世界上有这么多的可能；这辈子匆匆一面，但是他会了解我所有的东西，而且他在我身上得到的东西会影响到他，并且让他记一辈子。反之，可能有些人一辈子都找不到走进内心的那条路。这就是所谓的气场相通。懂得幸福的人，自然会看到幸福，懂得美的人，自然会看到美。通过这位志愿者的留言，我知道，他是个非常热爱生活，热爱家庭的人。有些东西，其实是出于一种本能，带香雪出门，首先，保护她的安全是第一的；其次，我也不希望其他人触碰到香雪的身体，因为香雪怕脏，不喜欢蹭来蹭去的。这都是我们这个特殊家庭，我这个丈夫基本的日常出门注意事项。但这种基本的日常，很多人都是好奇，只有少数人知道。作为我本人，我这样做，无形当中会增加香雪的幸福感和安全感；女人嘛，在情感世界中都是有虚荣心的，那就是以她为中心。我觉得，我做得还可以，要给自己一个肯定。但是，我觉得还可以做得更好，慢慢做，生活还要慢慢努力。我用心照护香雪，让她创作出好的文学作品，我善待生命给予我的所有，无论什么我都可以温柔以待。我唯一的愿望就是命运能够眷顾我们一下，在未来能够让香雪在衣食无忧的状态下，在文字里尽情地起舞；一个肉体被命运束缚的人，势必要有一个高飞的灵魂，而文字就是香雪的翅膀。我亦可在琐碎的家庭生活中，抽出一点点的时间，来补充属于男人的那个世界，那个完全独立属于自己的自由空间。

第七章 有她才有家

一个人去住院

2015 年的冬天是个暖冬，天气晴好，我几乎每天都可以推香雪到大院的桂花树下晒太阳。香雪把桂树的小枝条用力往下拉，绿叶垂下来，挡住了部分阳光，这样既不刺眼，太阳又能晒到身上。我开心地笑起来，她还真是聪明。网店生意冷清，前段时间开始，香雪把网店交给我管理，她接了一份网络兼职，为了生活，不得不放慢写作进度。日子就这样平静地过着，虽然两个人的工作都很辛苦，但是生活依然温暖快乐。

这两天，失明的右眼总疼，我就按照以往的经验，去药店买了眼药水，用了几天不见缓解。香雪连忙托合肥的朋友买了小牛血去蛋白提取物眼用凝胶快递过来。一支五十多块钱，很贵但是效果好。我以为这次用几天就会好了，谁知不见好转，反而越来越疼，看东西也有点模糊，脑袋也是昏昏沉沉的，走路都有点不稳。晚上更是疼得不能入睡。刚开始我还瞒着香雪，不想她写作分心。这天晚上，细心的香雪还是看出我不舒服了，问我："眼睛好些了吗？"因为用了这么好的眼用凝胶也不见好，我也有点焦虑了，就告诉了她。香雪立刻就心急火燎了，她马上就打电话给好友叶氏夫妇，拜托他们帮忙。

第二天，叶氏夫妇开车带我们去市眼科医院检查，回来的时候，又带我们去了县医院，得到的都是同一个答案：坏掉的眼球已经严重萎缩，角膜溃疡严重，而且眼压很高，已经引发另一只眼睛青光眼，建议手术摘除，再植入人工义眼。县医院的医生，好心地给了香雪合肥二附院眼科张主任的联系方式，说这位主任水平很高，人也很好。我的心情沉重起来，心里想，家里没什么钱了，仅够生活之用，我一旦去手术，肯定是一大笔花费，而且香雪的写作也会停掉，我一时间找不出好办法，心乱如麻。叶氏夫妇送我们回家之后，香雪看出了我的心思，她用不容置疑的语气跟我说："阿春，必须去合肥做手术，钱不用担心，我们手里有点，如果不够我再找朋友借点。你的身体最重要，一定要健健康康的，要不我可怎么办？"叶氏夫妇也和香雪意见一致。我嘴巴上不做反抗，应付着说："好的。"心里想，再坚持两天应该就不会疼了，只要不疼就不去手术。可晚上依旧是疼得昏昏沉沉睡不好。

上午，香雪跟我说："你明天去安徽医科大学第二附属医院，高铁票我已经买了……"原来，香雪通过医生给的联系方式，跟那边的眼科张主任联系了，说了我眼睛的情况和我们的特殊家庭情况，希望张主任能给我做手术。张主任把床位都预留好了，他过两天要出国进行学术交流，所以明天必须去合肥。看到香雪这么用心安排着，我知道，我的身体健康是她最大的愿望，更是她所有的基础保障。我的身体，从我们结婚那天就不再单纯属于自己，它还肩负着香雪的身体重量。去合肥手术来回至少十天，我一定要把香雪安顿好。

我打电话给香雪的小姐妹羚儿，她患有轻度脑瘫，但是能自理，让她跟香雪做伴，香雪晚上睡觉也不会害怕。羚儿家离我家不远，我骑电瓶车把羚儿接了过来。我对她是很放心的。香雪的日常生活起居，我就拜托给隔壁三个女邻居了，好在我平时对邻里关系比较重视，大家相处得很好。知道我的情况后，她们都爽快地答应下来，没有丝毫的不情愿，一致地说："没事，你放心去做手术，香雪交给我们。"然后，她们互相讨论着，分工照顾香雪。其中高个子的燕子还年轻，照顾香雪应该没什么问题。为了邻居们照顾香雪方便些，香雪这些天就只能坐在床上了，身前放个小桌子，我又拿出移动马桶，放在床边，这样基本不用把香雪抱来抱去了。女生毕竟体力有限，我也担心她们抱的时候发生危险。我去附近小饭店要了电话号码、微信号，这样香雪可以自己点餐。既能照顾好自己，又不会给邻居们增加太多的麻烦。我把香雪的衣物都整理好，告诉香雪哪一层放内裤，哪一层是外衣。安排好一切，最后，再次叮嘱邻居们照顾香雪的细节及需要注意的地方。

早上，我简单收拾了行李，就去高铁站了。拿完票，我忽然意识到是一张，以前都是两张的……走进候车室，我整个人心里空落落的，总觉得哪里不对劲，下意识地就觉得身边缺了什么……我坐在椅子上等车，这种独自出门的转变，来得很生硬，我很不习惯……每次出行都带着香雪，突然间一个人，感觉世界很空，很孤独。原来，很多的牵绊早就根植于心，只是自己不知道。心里想着，我这一走就是十多天，虽然有邻居替我照顾香雪，但我怕她们做不好，不放心……看着候车室里一张张陌生的面孔，我下意识地寻找香雪的影子，总觉得香雪在一边等着我。每次都是两个人一起出门，这次只有我自己。看着手中孤单的车票，我在微信里发了个朋友圈："一张火车票，两个城市之间的距离，是否能丈量出那份不舍和牵挂。"歙县到合肥的高铁只有一个半小时，但这次感觉时间很漫长，在座位上还是会不自觉地找香雪；有时候带香雪坐高铁，买到的座位在车厢中间，前几排又换不到位置的时候，香雪就会选择坐在车门那里。我坐在车厢座位上发呆，感觉太安静了……旁边那些人坐在那里嘻嘻哈哈，但他们和我没关系。好几次，我都下意识地以为香雪在车门那边……一个人去陌生的城市手术，我心中没底，不踏实。

到了合肥，我找了一个离医院最近的宾馆住下，香雪打电话过来，告诉我："阿春，你明天上午九点之前，直接去眼科病区，不用挂号，先找到张主任，他给你做检查，他会提前在那里等你。"于是第二天上午，我按照香雪说的，直接找到了眼科主任办公室。办公室门开着，我敲敲门，张主任看一眼就知道是我，马上站起身迎过来……看年纪张主任有五十多岁了，面容亲切和蔼，穿着一身深蓝色西装。看得出来，他今天是特意在等我。彼此简单热情地寒暄几句，他仔细地给我做了检查，建议我手术。"炎症是可以消下去，最多两年还得做手术，而且你会疼得更受不了，"张主任人很沉稳，说话不紧不慢，他说："你夫人跟我说，希望我来给你做手术。因为我年纪大了，做学术层面比较多，手术做得不多。我给你安排了眼科副主任徐医生，他手术做得多，经验比我丰富。我明天要出国做学术交流，一个星期后才回来。"然后，他打了个电话叫徐医生。很快，他说的徐医生过来了，是一位四十来岁的男医生，身穿白大褂，张主任特意嘱咐徐医生："这是我的朋友，我要出差，这个手术交给你了。"一切安排妥当了，我心中轻松了很多。我恭恭敬敬地送了一本香雪的书《马头墙里的向阳花》给张主任。他很认真地双手接过去，翻了几页，抬头对我说："我会拜读，谢谢，谢谢，我七八天就回来，到时候再去病房看你。"

办理好住院手续。香雪微信上发来消息："打了一万元到卡上，八千交住院费，剩下的是吃饭。一定要吃点好的，要手术了，免疫力很重要。”

我吃惊地问：“钱都打给我了，你怎么办？”

“我手里还有几百块钱，河北写作班的女同学，听说你手术，主动借了五千块钱给我们，并且不急着还钱。”香雪说，“我想想办法，再凑一万打过来，应该就差不多了。”

我告诉香雪：“估计用不了那么多。”

刚住院，就是每天挂水，因为眼压很高，先要把眼压降下来。第二天上午，徐医生过来查房，他告诉我手术费八千，包含人工球体，但不包括眼片。徐医生建议我做玻璃眼片，会舒服很多，玻璃眼片是八千左右，手术之后到上海去定做。我听完头都大了，费用超出我的预期很多。晚上吃饭后，香雪打来电话，用激动的语气跟我说：“阿春，朋友们知道你去手术了，发了好多红包，希望你早日康复。朋友们和网友们给你凑了三千多，你放心做手术吧。”我听到这个消息，眼泪差点没下来。在这艰难的时刻，朋友们和那些素未谋面的网友们，每人一点善行，汇聚成了帮我渡过难关的力量。此刻，我真正感受到爱的力量和善良的含义。记得香雪跟我说过，无论生活如何对我们，都要保持那份善良，因为生活把你给了我。我何尝不是如此呢，生活把香雪给了我，我才活得如此温暖。

住院第一天还好，因为病友们都不太熟，第二天，隔壁病床有人问我：“眼睛做手术啊？没看你家人来呀。”我“嗯”了一声说：“我自己。”整个病房，其他人都是两三个家人围着，伺候着，只有我独自躺在病床上挂水。一种凄凉感、孤独感包围着我，这种感觉就像个大冰窖似的，心一直在往下掉，凉凉的让人很不舒服。想着过两天就要做手术了，我从来没做过手术，心里是害怕的，尤其是眼睛做手术。

旁边病床刚做完手术的男人，也是做的摘除，手术出来昏睡了一天。我问他是什么感觉？他说："哎呀，头晕得不得了啊，恶心，吃饭也吃不下，很难受。"他每次起床的时候，他老婆，他女儿，包括女婿一起搀着他，护着他，面面俱到的。我看着这情景，心里说："妈呀，我可怎么搞啊？……"我不由得想，如果香雪在身边多好啊！我心里会踏实，至少不会孤单，她虽然不能照顾我，但是她会在情感上给我全方位的抚慰，包括我挂水什么的，她会全心全意看着，专注在我身上。然后，可能我自己就会勉强来回走。果然人生病了，心理就脆弱。但是我又想到，崩溃的是，香雪来了之后，我都照顾不了自己，她怎么办？……想她来，但是又不现实，这种情感上的落差，冰火两重天，在撕扯着我的身体，让我感觉到一种极度的孤独和痛苦，这种痛苦超越了眼睛的疼痛。我努力勉强自己，把这种痛苦压制下去，还是要极力地调整好自己的心态。挂完水，中午的饭点过去了，去食堂打饭没有吃的，我拿着空饭盒回病房，出去找饭店吃饭。走到医院附近的广场，北风很大，吹在身上很冷，我整个人的状态忽然就很不好了，莫名的凄凉。下午，护士长过来跟我说："你的眼压降下来了，后天上午手术哈，要签一个免责协议，要本人签字，家属签字……"她停了一下，"你是自己住院是吧……那你自己签字吧。"护士长走了之后，我心里很不是滋味，马上要上手术台了，自己还要签字，很酸楚，想哭。我实在忍不住了，给香雪发微信："后天就要手术了，我真的有点害怕，你能来吗？找得到人陪你过来吗？我真的想你来。"

香雪发过来一连串的拥抱，她说："不怕，不怕，我想办法过来，我来想办法。"

坐着轮椅风尘仆仆陪我手术

住院第三天，我去食堂吃早饭，没什么菜合我胃口，就吃了稀饭咸菜回到病房。隔壁床的陪护也换班了，来的人拿着两个饭盒，里面应该是好吃的早餐。我独自躺在病床上，索性闭上眼睛，也尽量不去听他们的声音。“42 号床挂水了，”护士拿着药，走到我身边，“吴旭春哈，你明天上午手术。”护士温柔地说着，娴熟地把针头扎进我的手背血管里。明天就要手术了，自己签字，自己上手术台……那种凄凉感愈发强烈。看着窗外灰色阴冷的天空，我不由得打个冷战，这是一大袋冰冷的药水，挂完至少一个半小时。我就把手机定个闹铃，闭上眼打盹儿，迷迷糊糊中感觉一个人坐在床边的凳子上，以为是邻床的陪护，也就不做理会继续睡。手机闹铃响了，我闭着眼按下枕头旁的呼叫器，通知护士换水。

“春哥。”一个声音飘过来，这声音如此亲切，感觉好久好久没有人叫过我的名字了，甚至自己都快忘记自己的名字了。我以为是错觉，或者又怕不是真的，就更不敢睁开眼，心却充满期待跳得厉害。

“春哥。”这次声音很大很清晰，我的眼睛不受控制地睁开，循着声音看去，一个高高瘦瘦很斯文的小伙子，站在病床前。

我疑惑地问：“你是……”

“我是小赵，香雪姐的朋友，我是来陪护你的。我也做过视力矫正手术，知道没有人陪伴是很难过的。”

我想起来，香雪昨晚跟我说过，她有个网友可以过来陪护我几天。那就是他了。此刻，听着小赵自然平淡地说出这些关心的话，我心里又有想哭的感觉，也非常感激他能来陪我。激动半天，嘴巴里却只挤出一句："谢谢你，辛苦了。"

他微笑着说："没事，正好这个月假期没休，我就在上海，过来也近，陪你几天。香雪姐上午也会过来，等会儿我去高铁站接她。"

这时电话响了，香雪打来的，"阿春，我来了，马上就要上高铁了，十一点半到合肥，燕子陪我来的……"

香雪一个电话，就把我的孤独无助和凄凉感，一下全部驱散了，此刻我就是最幸福的人，眼睛好像都不那么疼了，心里高兴地说着："老婆来了，没事了。"这时，护士拿着药来换水了，我跟护士商量，我要去高铁站接老婆，下午再用药吧。看看时间快十点了，我和小赵两个人打车去高铁站了。

我们早早地就进了站台，站在六号车厢停靠位，一边聊着天，一边往高铁驶来的方向看着。感觉时间好漫长，列车还不到……我们等了十多分钟，列车终于进站了。车门一开，我就看到了香雪和燕子，她们就在车门过道的位置，人群从她们面前不断地拥挤下车。

我赶紧大声告诉燕子："让其他人先下，香雪最后下车。"我带香雪坐车都是最后一个上下车的，怕匆忙的人群挤到香雪。

香雪看到我的一瞬间，表情又惊喜又惊讶，小眼睛发光。她不知道我来接她。我看到她的身体在轮椅上不自觉地晃动着，她是想过来抱我的，当她想抱我的时候，就会下意识地挪动身体，那就是想俩人抱在一起，她的肢体语言我太了解了。香雪看着我，满脸激动喜悦，还有各种心疼。我心里也激动高兴，嘴角不自觉地抽动，想笑。香雪一来，我心里是踏实的，她在身边就是不一样，我整个人都感觉有力量。同时，我又很心疼，内心还是有一点点自责，怪自己："折腾香雪干吗呢？"香雪出门要是我带着还无所谓，别人带她出门，我心里多少会觉得太难为她了。这种情绪很复杂。毕竟燕子一个女人带她来的，一路上估计香雪也是没少受苦，然后她又坐在轮椅上，穿得不是很多……我们就这样隔着三米多的距离和涌动的人潮，激动、喜悦、心疼，各种复杂的情绪都在四目交汇中。下车的人很多，眼巴巴地隔空看着，人群来回走着，我就想着车上的人赶紧下去。香雪在轮椅上也是坐立不安了，我能看得出来。但是人群确实走得很慢，时间也很长……终于等人都下完了，我赶紧走进车厢，燕子很自然地把轮椅让给我。我把轮椅把手下压，让前轮离地，香雪的头正好靠在我的胸前，这样轮椅的大轮子可以平稳地跨过车厢与站台的缝隙。把香雪推下来之后，我就弯腰用双手抓着轮椅的两边扶手往前推，这样就像把香雪整个人搂在我怀里一样了；其实，我可以拥抱一下香雪的，但是我觉得太夸张了。在我心里，夫妻间的情感是很神圣的，随意地把一个很神圣的东西展现出来，我觉得是不好的。夫妻之间的很多东西，不应该给别人看到，无论动作，还是语言，有些只属于夫妻两个人。所以，我只是用下巴使劲儿顶了一下香雪的头顶，表达我的喜悦。

走出站台，我习惯性地检查香雪的衣服；作为一个特殊家庭里的丈夫，这是我的本能。香雪身上穿的是黑白条纹羊绒外套，里面是保暖内衣加羊毛衫，下面穿了黑色羊绒裙，我捏了一把，感觉单薄了。

我说："里面裤子穿少了。"

香雪微笑着，她温柔地告诉我："袜子里贴暖宝宝了，不冷。"

香雪乌黑的长发整齐顺滑，编着一条好看的花样麻花辫，应该是燕子给她编的。香雪满眼心疼地说："你瘦了。"虽然分开只有三四天，却感觉像是过了很久。我推着轮椅走出车站，就连手摸到轮椅，都是那么熟悉亲切。只有推着香雪，我的生活才是完整的。

四个人到医院附近的小饭店吃了午饭，回到医院，小赵和燕子带香雪去医生那里详细询问了手术相关事宜，还有术后康复的情况。到了病房，看着单薄的被子，香雪说："要不要买个厚被子。"我带的内衣内裤不够换了。小赵衣服也穿少了。合肥昨晚突然降温，天气很冷。香雪来了，她虽然坐在轮椅上，但是我能明显地感觉到，她努力想要照顾我、呵护我，她极力地想，她能做些什么？因为我在病床上呢。以前都是她在病床上。然后，香雪让燕子、小赵帮忙去给我购买衬衣裤，面包牛奶什么的。我心里非常温暖踏实，香雪很少会有这种主动意识，她连自己需要穿几件衣服都不知道的。但是今天不一样，她知道我就带了一套衬衣裤来，她嘱咐燕子："衬衣裤买一套好一点的，再多买几条内裤，纯棉的就行，当一次性的穿，省得阿春洗了。"随后小赵和燕子出去买。护士又拿着药水来了，我躺在床上挂水，香雪就坐在轮椅上看着，她柔声问我："眼睛还疼得厉害吗？"

"基本不疼了，眼压也降下来了。"我说。

此刻，香雪的关怀就是最好的药，我心里暖暖的很舒服。我询问："早上谁带你到高铁站的？怎么上的那段高台阶？"

香雪告诉我："燕子老公开车送我们去高铁站的，四个大男人把我抬上去的。"

我赶紧问："谁扶着你的头？"香雪的脖子是没有任何支撑力的，她会往后仰，往后仰的时候，呼吸就会非常困难。

香雪说："我仔细跟他们说了，轮椅抬起来一定要保持平衡。到最后几个台阶的时候，不太好抬，脖子倒了，不过很快就到站台上了，他们马上就把我扶起来了。"

我听了有点心疼，照顾香雪有太多的细节，别人是不知道怎么做的。香雪知道我惦记她，她告诉我，邻居们和羚儿对她都很好，带她去理发店洗头，每天给她编辫子，让我放心。我们自顾自地询问着彼此的情况，就好像病房里只有我们两个人，其他的都和我们无关。就这样，一边慢慢地聊着天，一边挂着水，闹铃也不用定了，反正随便它挂了，香雪自会看着。我心里特别安全，特别踏实，香雪来了之后，我整个人就很放松了，有时候也闭上眼睛眯一会儿，一半是休息，一半是仔细感受这份幸福。香雪在身边，我心理上有依靠，但是心里又知道，她明天就要走，她一回家，我最起码在这儿还有十多天。我就想尽量把此刻的幸福安宁延长一点，这也是对香雪的陪伴。挂完水，已经是傍晚时分了。想着香雪一天没有小便了，就想赶紧找个酒店，把她安顿好；抱香雪上厕所需要力气，更需要技巧，这是其他人做不了的。小赵说他已经订好酒店了，就在医院附近，一会儿直接去就可以。给香雪方便好，大家出去找了个饭店，放松地吃了一顿可口的晚餐。

回到酒店，我先给香雪洗漱，安顿她躺下。照顾香雪，洗漱都是次要的，最重要的是上厕所，一个是一般人抱不动她，还有，她下面每天要用温水清洁。洗好之后，抱她躺在床上，需要帮她来回地左右翻身，一直翻到她最舒服的位置，屁股不疼，她就能一觉睡到天亮了。这种细节，别人做不来的。给香雪翻身之后，我又待了几分钟，香雪说："可以，位置正好，屁股很舒服。"我把她的被子掖好，再次确认她躺的姿势是舒服的，就准备回医院去了，八点之前我要回到病房，晚上还有一袋水要挂。

临出门之前，我又叮嘱香雪："如果半夜需要干吗，就给我打电话，我过来很近，没事的。"香雪听话地答应着。只要是我在香雪身边，我就要护理香雪，我照顾她，她会更舒服，我也会放心。燕子第二天还要带香雪往回赶，要让她保存足够的体力，这样香雪一路会更安全。

忍痛赶走她

第二天，我早早就醒过来了，上午九点就要手术了。过了不一会儿，燕子推着香雪快步走进病房，小赵拎着早餐跟在后面。这是住院几天最丰富的早餐，有包子、豆腐脑，还有南瓜粥、鸡蛋，都是我爱吃的。一定是香雪告诉他们买的。

香雪叮嘱我："多吃点，手术之后不一定有胃口吃了，伤元气。"

我享受着被温暖包围的感觉，早餐都好吃了很多。吃完早餐，燕子立刻过来收拾干净。我抱香雪上了卫生间，就踏实地躺在床上，心里知道其他事情香雪会处理好。一会儿医护人员推着轮椅过来，我起来坐到轮椅上。

医生拿着单子问："哪位是家属，签字了。"

香雪在轮椅上大声说："我是。"

我知道，香雪指定是要签这个字的。在她心里，我的身体比她的身体重要，她真的想签字，这也是她能为我做的为数不多的事情。而香雪签字，我也会有一种踏实感，我放心。香雪的手用力地抬起来……她的手，在悬空的状态下最多三秒钟就会掉下去，此刻，她的手就在悬空的状态下，艰难地签写自己的名字，她的手臂因为努力坚持在颤抖，牙关也咬起来了。整个过程是在很严肃、很艰难的状态中完成的，但凡香雪能为我做的，她是不想落下任何一件事情的。用她的话说，她能为我做的事情太少了，她不能像正常的妻子那样，给我洗衣做饭什么的。我就这样看着香雪用尽力气在单子上写好自己的名字，从她严肃的神情中看得出来，签上字，这是她作为妻子应该做的，不可能让我自己签字，更不会假他人之手……

当香雪签完字，我抱着一种非常轻松的心情去接受手术了，完全没有害怕。想着老婆就在手术室门口，然后还有几个朋友，我手术出来之后，第一时间就能看到家人。无论什么手术都是有风险的，万一有什么风险最起码有香雪在身后。香雪虽然身体残疾，但她却又是我最依赖、最信任的那个人。走到手术室门口，护士让家属在外面等着，我回头看看香雪，香雪脸上流露出心疼和怜爱，眼睛有点红。

在一个偌大的空间里面，有很多手术台，每个手术台都用帘子单独围起来，护士推我进了其中一间，扶我上手术台。徐医生带着几位大学实习生进来了。护士用一块纱布把我整个脸都蒙上了，就露着一只要手术的眼睛。

徐医生走近跟我说："没事，你放心，不用紧张。一会儿先给你打麻药，我们张主任跟麻醉科的主任也打过招呼了，说了你有癫痫的情况，你放心。"

我"嗯"了一声说："谢谢。"

片刻，麻醉科医生过来打麻药了，很快我整个脸就没知觉了，头晕乎乎的。徐医生第一刀下去，我感觉很疼，徐医生说我痛感神经太敏感了，还要打一针麻药。第二针麻药打好，我才不觉得疼了。徐医生一边手术，一边给实习生讲解："把这条神经剪断……"徐医生下刀，刀走到哪儿，包括把我眼球摘除的时候，我都能感觉到，每一句话也都听到了，虽然感觉不到什么，但是心里不好受，毕竟手术刀挖来挖去的。偶尔还是有些许的疼痛感。我一紧张手就动，边上的几个实习生就握紧我的双手，分散我的注意力。徐医生告诉我："我现在给你安装眼台了。"安装眼台的时候，可能因为我的眼窝小，做了一些处理。往里安装的时候，我能明显感觉到往里塞东西，胀胀的。眼台一装上去，头更加晕了，身体也不敢动弹。医生开始缝合，最后，用绷带把它紧紧地包扎起来，这个包扎很特殊，要复位，要保证眼压，让眼压在几天内恢复平衡，缠得很紧，头好沉。

手术做完了，护士用轮椅推我出来，香雪和小赵、燕子都在门口等着我。我一出来，就看到香雪焦灼不安的神情，她一看到我，满脸的紧张立马放松下来。后来我才知道，手术比预计时间延长了二十七分钟，香雪急了，她在手术室门口不停地祈祷。我坐在轮椅上，保持着头和整个身体的僵直，整个人很不舒服，感觉天旋地转要倒下去，就连呼吸都不能用力，不然头就“嗡”一下子，非常难受。为了告诉他们手术成功，我拼尽力气，勉强举起手，做出一个胜利的手势。我觉得香雪知道我的意思。因为麻药的原因，人是昏昏沉沉的，甚至睁开眼睛都要用尽全力。我的意识不是很清楚，但心里知道香雪该回家了，车票昨晚买好了。我在这里还要十多天，没人能照顾香雪。小赵单位有急事，早上打电话叫他回去，他今天也要赶回上海。回到病房，护士赶紧过来给我挂水。

香雪轻柔地告诉我：“护工找好了，下午就过来。”然后，她怯生生又忧心地说，“阿春，我想再陪你一天，我再找个力气大的护工，和燕子两个人一起照顾我，应该没问题。”

我大喊一声：“回家，我没事了。”

我头特别昏，房子在打转，床在倾斜，眼皮沉重，意识也模糊，身体随时都要倒下去。我知道，自己坚持不了多大一会儿了，可能一会儿就昏睡过去了，如果不赶紧让香雪走的话，这怎么办啊？护工不了解香雪的身体情况，香雪是个没有生活经验的人，很多事情她自己都说不明白，这是很现实的问题。麻药的作用很大，我努力打起十二分的精神强撑着，保持一丝理性来想这个事情。香雪的身体情况，对温度的要求都和常人不一样，护工是不可能像我这样照顾她的。虽然香雪在身边，对我是情感上的慰藉，但是这份慰藉是要付出代价的。所以，只能把她赶回去，这是最合适的，她在家，再怎么样也比在这儿要好得多。她必须回家，我才会安心休养。

香雪心疼又焦虑，她说："别叫，刚做完手术不能激动。"

我整个人是晕的，本来心情就很不好，太痛苦了，手术后的反应和对香雪的纠结……虽然我知道，香雪很想陪在我身边。我又何尝不是呢？每天在病房，睁开眼就能看见香雪，我的病痛都会减轻很多。可现实情况是没有人照顾香雪，想到这里我就很崩溃。她走了之后，最起码，我在医院少一份牵挂。我的意识有点模糊，头一直晕，我就努力控制它，尽量不要晕，然后吸一口气，大喊出来："回家，走啊。"这一句话我已经拼尽全力了，喊完之后整个人、整个身体就感觉彻底在倒下去、倒下去……

在我近乎粗暴的喊叫中，香雪无奈地妥协了。小赵也对香雪说："姐，你今天回去，我还能送你上车，明天就没人送你了。春哥这儿你放心，护工等会儿就来了，我会嘱咐护工照顾好春哥。"小赵和燕子推着香雪走出病房，此刻，我松了一口气，眼皮好沉重，头好晕。耳朵里听见香雪说："走慢点，让我再看他一眼。"我用最后的意志睁开沉重的眼皮，病房门口，正好轮椅转弯，香雪回头一直看着我，她的脸上流着泪，满是心疼……香雪走了，我放心了，一秒钟都不到我就失去意识，昏睡了过去。我睡得很沉，感觉没多久，听见有人叫春哥，心里知道是小赵，但是我就是睁不开眼睛，迷糊中，潜意识告诉我香雪不在身边了，我心里空落落的。在小赵温和的呼唤中，我强撑着睁开眼睛，小赵关切地说："春哥，我送姐姐上车了，我也要走了，我给你买了些吃的，"他手里拎了一大袋子东西，"护工我嘱咐过了，很快就到，你好好休养。"我头很晕，又要昏睡过去，赶紧坚持着，努力对他说："好的，好的。" 潜意识里还想问问香雪上车的情况，想谢谢小赵陪护，但没等我说出口，就不受控制地昏睡过去了。

"老板，老板……" 昏睡中，一个陌生的声音在身边持续不断地叫着，叫得心里很烦躁，我不想睁开眼睛，一睁开就头晕得受不了。但是那个声音不停地重复，我努力睁开眼睛，看到一个陌生的中年男人，那人自我介绍着："老板，我是医院的护工，是你老婆找我来护理你的，有什么需要你尽管跟我说。"说完，他把护工证给我看了一下。我"嗯"了一声，就又昏睡过去了。醒来已经是晚上快八点了，头顶像被重物压着，又晕又沉，胃里也不舒服。护工问我吃什么？我说胃不舒服吃不下。护工很有经验，他说："做这个手术后几天都是这样的，你吃点清粥咸菜吧。饭打回来了，虽然吃不下，但还是鼓励自己一定要吃点，争取早点康复，快点回家。" 我想着香雪应该到家了，迷迷糊糊地打开手机，看见香雪留言："阿春，我到家躺下了，放心。我打了两千块钱到你卡上，是在内蒙古的兄弟姐妹们给你的。明天叫护工给你买鸡汤，床头柜有鲜牛奶，叫护工拿给你喝……此刻你还不方便接电话，就微信给你留言了。等你状态好的时候给我打个电话，你一定要照顾好自己啊……我在家等你。"

休养之后去深圳打工

麻药劲儿过去之后，虽然头还是很晕，但是人清醒了。香雪回家了，小赵也走了，我一个人在这个病房里，身边只有一个陌生的护工，心里不免一阵阵失落。唯一的好处就是我不需要自己冒着寒风去打饭了。

窗外时而阴云笼罩，时而晴空万里，感觉时间过得很慢很慢。下午挂完一袋药水，我下意识地看一下时间，三点多了，这个时候香雪应该要上卫生间了。

我就在微信问她："燕子来给你小便了吗？"

香雪很快回复："来过了，你在挂水吗？"

我们就在微信上聊起来了，这是我住院生活的常态。反正一天只要醒了，第一时间就会惦记香雪，马上就问她起没起床？吃没吃饭？吃的什么？……不在香雪身边，那我也要第一时间知道她的点点滴滴，比如上厕所、吃饭、喝水，包括手机有没有电，我都要问清楚。她粗心得很，有时候手机用到没电了才会发觉。我不在她身边，始终就是不放心，任何人照顾她，我都不会放心。我要知道邻居们，包括羚儿，有没有丝毫情绪上的变化，毕竟这次时间很长，照顾香雪是很辛苦的。如果她们有一点不耐烦了，就会因为不耐烦而照顾不到位。我心里放不下。香雪告诉我，邻居们照顾她认真细心，没有一点不耐烦，有空了还过来陪她聊聊天。羚儿闲不住，每天洗衣服、拖地的，大家对她真的非常好。听到这些，我略微放松了一些，感激邻居们和羚儿。但我还是不能完全放心，邻居们虽然尽心尽力照护香雪，毕竟不如我了解香雪的身体，一定有照护不到位的地方，香雪每天还是吃苦的。只有我在香雪身边，才能把她照护得很舒服。

这段时间除了睡觉、挂水，其他时间基本都是在微信、电话里和香雪说话。听到香雪的声音，感觉她就在我身边，人会很放松，可以打发难熬的时间，也可以转移注意力，头就不会那么晕眩了。我也想知道她在干吗，坐着累不累，有没有躺一会儿……这种惦记很折磨人，这所有的牵挂，远比一个人在医院的孤独、疼痛要更难熬。

每隔三天，手术的那只眼睛就要重新包扎一次，拆开绷带之后，头上就好像减掉了好多东西，一下子好轻松，但是疼。护士这边拆掉，徐医生那边马上过来绑上，里面还放了什么东西，就是要保持正常的眼压，我想让医生绑得松一点，会舒服些。

徐医生温和地安慰我："必须这样绑着，才能稳定眼压，让肌肉组织跟眼台尽快融合在一起。"

终于熬到手术后第七天了，今天会拆掉绷带，期盼着能出院，我早起就坐在病床上等着医生。护士过来了，她温柔地叫我去清洗检查。到了徐医生那儿，看到张主任学术交流回国了。徐医生给我清洗检查之后，张主任又亲自过来给我检查了一遍。张主任穿着白大褂，神清气爽，气场更加让人温暖踏实。

他神情满意地说："手术做得很好，恢复得也不错。"然后，张主任把在场的医护人员都叫了过来，大家站在那里，张主任很正式地向大家介绍我，他说："这是一个伟大的男人，值得我们每一个人尊重和学习。他从千里之外的内蒙古来到我们安徽，照顾一个残疾的姑娘。他的妻子是一位身残志坚的作家。我这次出国，在飞机上看完了他妻子的书，写得非常感人。他妻子的书，值得你们都看一看……"

张主任的赞赏让我从心里感到自豪，但是在那么多穿白大褂的医护人员注视下，我也有点不好意思了。最后，我问张主任："能不能出院了？我太惦记香雪了，只要没什么大问题，我就出院吧。"张主任和徐医生都说："为了对你的健康负责，再消炎三天出院。"虽然我很想今天就回家，但还是安慰自己，一定要听医生的，反正三天熬一熬就过去了。没什么问题再出院，也是对自己身体负责。虽然头还疼，但是很快可以回到香雪身边了。住院第十一天，带着医生开的药和暖心的叮嘱，办理完出院手续，我出院了。走出医院的那一刻，我整个人都轻松了很多，赶紧就打车直奔高铁站。

回到家，虽然只离开十多天，感觉像过了很久很久。我拿出钥匙打开门，客厅地板很干净，我轻轻地放下背包，换好鞋子，蹑手蹑脚地走进卧室。香雪穿着臃肿的粉红棉睡衣，坐在床上，身前放着小桌子，羚儿坐在她身边。两个人看到我非常惊喜，一下子开心地尖叫着笑了起来，香雪笑得非常灿烂，真的是乐开了花。

“回来了，累不累，眼睛疼吗……”

香雪仔细地询问手术恢复的程度。我走过去抱了抱她，告诉她：“还是有点疼，不舒服，头晕。”羚儿看我抱香雪，她一脸温暖又有点羡慕地笑了。想着羚儿这十几天一直陪香雪待在房间里，也闷坏了，我赶紧把羚儿送回了家。我回来了，家里恢复正常的二人世界。

我跟香雪说：“有个问题呢，我的眼睛每天都要清洗，自己又洗不了，去哪儿洗呢……”我有点发愁。

香雪说：“我可以给你清洗。”她看我有点迟疑，就用坚定的语气说，“你相信我，我会处理好的。”然后，她拍了拍她的腿示意我躺下。我上床，拿个枕头放在香雪大腿上，然后，我就躺在香雪的怀里，闭上了眼睛。这一刻，哎呀，好舒服，感觉自己就像皇帝一样被人伺候着。香雪把纸巾叠成豆腐块，一叠放在我眼角旁边，一叠放在眼睛下方脸颊上，然后，她把左手轻轻搭在我额头上，用还有一点活动能力的大拇指轻轻拨开眼皮，右手拿起准备好的瓶子，往眼睛里倒入生理盐水。凉凉的液体从眼睛里溢出来，马上就被纸巾吸掉了，不用担心流到耳朵、嘴巴里。香雪温柔地说:“分泌物很多，再倒一次生理盐水，把它泡软点，不然清理的时候会难受的。”我闭着眼睛“嗯”了一声，很享受，我觉得这才是养病的状态，我就是奔着这份家的温暖赶回来的。香雪开始用棉签给我清理眼睛了，动作非常轻柔，一点儿也不疼。耳边传来香雪轻柔的声音：“棉签用生理盐水泡透了，很软，放心。”

我依然闭着眼睛，嘴巴里“嗯”一声。香雪仔细清理干净分泌物，最后上眼药水遇到难题了，香雪手没力气，她挤不动硬塑料的眼药瓶。这下麻烦了。我想起来去卫生间，照着镜子自己弄。香雪却灵机一动，她说：“你拿着眼药水，我扶着你的手，你跟着我移动，我说好了，你就挤瓶子。”我觉得可行，就拿着眼药水，按香雪的牵引走……就这样，我们相互配合完成了护理难度最大的一项，顺利地把冰凉的药水滴入眼睛，很舒服。

回到家，没事还是躺在床上静养，头还是晕，但是我能起来做饭，也能正常做家务。每天抱香雪去卫生间的时候，眼睛会疼；我提前问过徐医生，他告诉我，用力的时候注意一下，不要突然用力，不要用力过猛，让眼睛有个适应的过程。我就懂了。抱香雪我是有经验的，我抱着她走路，也是很慢很轻地走。尽管头一直是晕的，但是这段时间，我的精神状态很好，每天香雪给我清洗眼睛，就是我最舒服、最享受的时候。香雪一边仔细地清洗，一边心疼地问，这疼吧？那疼吗？这才是我最舒服的时候。一个人最幸福的状态，就是有一个人用心地感受着你的呼吸，然后，整个人就安定下来了。虽然香雪能做的就这么多，但对我来讲，躺在香雪怀里就好舒服，暖暖的，软软的。

两个月之后，正是四季之首的春天，世界生机盎然，万物蓄势待发。要去医院复查了，这回不用麻烦别人，我直接带着香雪一起去。徐医生检查之后，满意地说：“恢复得不错，先给你戴上塑料眼片，美观一点，但是不太舒服，有时间就可以去上海做玻璃眼片了，那个戴上没什么感觉，舒服。”徐医生见到香雪，也是很尊重，亲切地询问她最近在写什么作品。香雪和徐医生聊了一会儿写作的话题，她表情平静，带着微笑，但是我能感受到，她内心是低落的。我有点难过，为了生活，香雪的小说已经停了很长时间了。有时候，她也会焦灼不安，对我说，“我要抽出时间写作，不然，都不好意思面对张老师了。”六月上旬，我按徐医生给我的联系方式去上海。这是一家德国眼片工作室，现场做了一个玻璃眼片。这种材质的眼片润滑且凉爽，戴上非常舒服。看着镜中的自己，失明的右眼不再像以前那样浑浊发白，而是和健康的眼睛一样，清澈明亮，黑眼球也和正常的眼睛一样转动，几乎看不出真假。精神面貌好了，我整个人都自信起来了。

生活就像这个世界一样，不慌不忙地按原有的轨迹进行。从我做手术开始，这半年来，毛巾越发卖不动了，香雪做着各种网络兼职，基本就是以赚钱为主。我的眼睛正在恢复期，电脑也不能长时间看，网店已经荒废。有时候，我的心里会不由自主地焦虑，苦于生活没有出路。为了生存，香雪只能在生活的夹缝里写作，小说还有最后一万多字了，就是抽不出时间写。还有古典诗词，几乎都荒废了。我心里有说不出的酸楚，更多的是自责，身无一技之长，不能给香雪足够的生活保障，让她心无旁骛地在文字里自由驰骋。

六月底的一天晚上，香雪在深圳的一位朋友打来电话，他说深圳有个公司准备招一些有能力的残疾人，他向公司推荐了香雪，公司很感兴趣，邀请香雪和我过去。挂掉电话，我仔细询问了情况，认为可以。

香雪穿着水墨画睡裙，坐在书桌前，乌黑的马尾拖到腰际，她神情犹豫地说：“深圳是商业人才聚集地，竞争太激烈。”

我毅然决然地表态：“我承认，在深圳我们不具备职场工作能力，但是我们有我们的优势，况且这家公司就是专门针对残疾人事业的。”

我坐在香雪的书桌旁边，和香雪进行了深入的沟通：“最现实的问题是，我会一点点老去，现在年轻体力好，照护你没问题，等老了怎么办啊？不是谁都能照顾得了你的……”我非常希望，老了之后，最起码有能力请护工，一个护工照顾不了，两个护工还照顾不了吗？

我和香雪老了是不想去养老院的，这就需要经济的支撑。而现实是，我们俩生活面太窄，我要出去工作，一没有技术二没有文凭，赚不到钱，而且香雪又时刻离不开人。这个工作机会很难得。为老去提前做好准备，这是我们必须要考虑的。聊到老去的生活，香雪开始认真考虑这个邀请了。我和香雪憧憬过很多次，两个人白发苍苍，依旧拥有温暖家庭生活的情景。我们都不想在养老院里度过余生。我们好不容易才拥有了一个自己的家，我们是要守着家，一直到满头白发都不离开的。生命可以老去，但家始终是温暖的。这辈子，我们要一直拥有这个家，拥有这份温暖，这是我生命中要坚守的东西，不能放弃。为了这样一个愿望，我们确实需要做一些大胆的事情。我们需要有个长远的计划，一份稳定的收入，最后可以支撑我们养老。

我跟香雪说："尽管不知道结果如何？但这是个机会，你去了可能有，你不去，它一定是没有。万一能赚到钱呢，我们就真正的有固定收入了，慢慢攒点儿钱，就能够实现养老心愿。如果不行，就当是长了个见识，积累一个生活经验吧，大不了就当是出去旅游一趟了。"

经过几天的商议考虑之后，香雪神情坚定地跟我说："我们去深圳吧，至少去看看情况，不行就当旅游了。"虽然两个人有很多不安，但心里对深圳充满了憧憬。接下来，我就开始收拾东西，去买了两个塑料箱，把换季的衣服全带上了。知道深圳冬天不冷，棉衣不用带。考虑到在那边上班，朝九晚五，不可能有过多时间来打理香雪的长发，出发前，我忍痛让香雪把长发剪掉了。真的很心疼，当理发师的剪刀伸到香雪长发的那一刻，我转过头去，心里一痛，就像美丽的天鹅翅膀被我折断了……去深圳的日子马上就到了，以前出门都是北上，比如北京，那是实现我和香雪的人生梦想，这次南下则是以赚钱为目的。之前香雪出书、演讲，某种意义上是以她自身的精神力量奉献给社会，但跟物质也没关系。结婚七年了，我们的生命质量在提升，但是经济上没有本质的改变，我的一次手术就体现出来了。我自己不能出去做事，内心已经很自卑，再生病花钱就更难过了。这一走也不知道多久能回来，我就把家里的东西都彻底分类放好，床用大被单蒙好。就这样，我们买了去深圳的高铁票，带上仅有的微薄积蓄南下了。我推着轮椅，背包里带着随身用品，再三检查了煤气、电闸、还有门锁，反复确认几次，依依不舍地离开这个属于我们俩的家。

我带着生活不能自理的老婆，踏上了去深圳打工的高铁。想着香雪一个才华横溢、晶莹剔透的女子，拖着残疾的身体，跟着我为了几斗米而去打工……我心里自责又酸楚，也暗暗发誓，只要能被录用一定用心做事，争取多赚点钱。列车缓缓启动，离开徽州，去往深圳，那里充满了未知。

意外入职

带着香雪坐了八个小时的高铁，晚上七点半，我们终于到了深圳。两个人拖着疲惫的身体，随着陌生匆忙的人群出了高铁站。深圳笼罩在夜色下，远处霓虹闪烁，看不清她的模样，显得更加神秘。车站前没有我想的那么车水马龙，反倒有一点点萧条。我打了一辆出租车，到公司定好的福田区一家酒店，办好入住手续，快速推香雪进房间。香雪一个姿势坐了整整一天，她的腿浮肿了。我先抱她上床，用手托住她的肩膀，慢慢放下去；坐久了，必须一点一点地把她的身体打开，否则她的腿根会痛得受不了。就这样慢慢地放下去，她也是“哎哟”

叫着，躺下之后，帮她揉了一会儿双腿，以减轻疼痛感。

酒店房间不大，但很干净，床也很舒服。虽然奔波忙碌了一整天，身体已经很累，但是躺在床上这一刻，脑子又无比清醒了。想着明天去公司，心里充满了期待，更多的是焦虑，没有文凭没有工作经验且身体残疾的夫妻，是否能被公司录用呢？在胡思乱想中，一半清醒一半迷糊地睡到天亮。

深圳的天气很好，蓝天白云，晴空万里。起床之后，我振作精神，给香雪换了一身孔雀蓝连衣裙，胸前戴了一块玉佩。给她梳完头发，我仔细看了看，香雪整个人淡雅中带着一丝沉稳，气质不错。我也换了一身米色中国风套装，和香雪的气场很搭。白天的深圳，展现出钢筋水泥的现代建筑，又散发着烟火气息，随便走进一条街道，就能闻到小吃的味道。两个人简单地吃过早餐，回到酒店大堂等公司来人接我们。从福田区到公司所在的盐田区，还要坐车一个小时。九点多的时候，手机响了，公司人到了，是个年轻男人，一身西装，身材瘦高，长得很清秀："你好，我是小叶，程总让我来接你们。"简单的寒暄后，小叶开车带着我们，将近十一点的时候，到达了盐田区公司所在地。

这是一个由十多栋办公大楼组成的一个创客中心，小叶带我们走进其中一栋大楼。乘电梯到了三楼公司，小叶刷卡打开门禁，我推着香雪跟着他走进偌大的办公区。楼里空调清凉，白墙上用美术体写着一些句子："未来的你，会感谢今天努力的你。创意赢得未来。"整个办公区散发着一种拼搏向上的工作氛围。我们走到了最里面的办公室，小叶敲门引我们进去："程总，那个作家夫妻俩到了。"

这是一间装修考究的办公室，一张大大的实木办公桌后面，一个梳着背头，面容严肃的中年男人坐在老板椅上，他用带有质疑和惊讶的眼神打量着我们。我和香雪礼貌地说："程总好。"他"嗯"了一声，然后跟小叶说："中午了，你先带他们去吃饭。"这一刻，我有点蒙，不知道这个老总是什么意思？小叶带我们去附近小店，吃了客家腌面。再回到办公室的时候，程总才跟我们大致介绍了一下公司的情况，公司是做电子商务平台的，准备以残疾人为核心，打造残疾人专属的商业营销模式，为残疾人提供就业孵化基地。他用带有试探的语气问香雪："公司需要一句口号，你是作家，能不能想一句？"

香雪在轮椅上没说话，看得出她的脑海在高速运转。我一下子很紧张，香雪应变能力差，我怕她想不出来，而且这个也不像写东西，有时间让人慢慢思考，它是一个企业的口号，跟写作是两回事。某种意义上，这是个脑力挑战，当场要答出来，是有难度的。不光是香雪，就是其他的入职人员，我想也会有压力。这又是老总提出的第一个问题，如果答不出来，老总一定很失望，面试就失败了。我在一旁看着香雪，心里"嗵嗵"直跳。

片刻，香雪从容大方地说话了："公司是服务残疾人事业，提供残疾人就业为主的，口号可以这样写'让每一个残疾人都能就业'。"

程总冷峻的脸上露出喜悦，他说："好，不愧是作家。你们也累了，先休息，熟悉一下环境，明天上午开会，我们再好好地聊一下。"

我松了一口气，心情轻松了。香雪的表现很给力，超出了我的预期，这句口号能不能被采用是一回事，关键她答出来了，完成了老总的第一个试题，这很重要。小叶带我们去了宿舍，宿舍和公司在同一栋大楼，二楼朝北的一个小公寓，面积二十多平方米，有卫生间。卧室里有一张床，衣橱，靠窗有一个长条桌。小叶登记了我们的身份信息，随后把房间钥匙也交给了我。我检查了卫生间马桶，还有地面瓷砖，还好，是防滑砖，马桶高度也适合香雪。看着光秃秃的床，基本生活用品都没有。我跟香雪说："你自己在这里，我赶紧去买床单被子，洗漱用品，不然晚上不好睡觉。”好在房间桌子高度适合香雪靠着，我先用纸巾擦了两遍，让香雪坐在桌子前，就打车去了最近的超市。恰巧小叶打电话过来，他说：“你们要买些生活用品吧，不要去超市买，超市里东西很贵，去别的地方。”小叶告诉我地点，我就按照他说的去了。由于路比较远，一来一回的，买完回到公寓时已经傍晚了，我打扫房间卫生，再拿出床单被子铺上。

香雪有点嫌弃，她说：“应该先过一下水再用吧。”

我无奈地说：“这么晚了，再说洗了今天就没有用的了，在外面不可能像家里那样方便，先将就一下吧。”

整理好用品，晚饭叫了两份外卖，吃好就忙着把之前寄过来的两箱衣服整理好，放进衣橱里，还有香雪常用的东西，比如艾条……给香雪洗好澡，十一点的时候，两个人躺到床上了。“这床硬邦邦的不舒服，屁股疼。”香雪的语气很发愁，也有点委屈。我知道，她想家里的床，可能也想家了。香雪四十四岁了，虽然带她出过好多次门了，但这次不同以往，这次是带她背井离乡来打工，要和利益第一的商人打交道。这对香雪来说是非常不习惯的，尤其她的身体特殊。但是为了生活只能面对。我也只能假装没懂她的意思，安慰她：“回头买个厚实的垫子就好了。”

第二天早早地起床，我特意给香雪搭配了一身白色的中国风套装，配上她安静的气质，乌黑的齐耳短发，知性典雅。我心里很期待香雪能够顺利入职。快九点的时候，我推香雪乘电梯去公司，准时到达会议室。老总招呼我坐下，我就在香雪身边坐下了。七八个人围坐在会议桌，鼓掌欢迎新人。几位老总做了自我介绍，他们以前做实体店的，这两年电子商务兴起，是个赚钱的风口，就想以残疾人为依托，开发这一块市场。但是会议给我的感觉是，他们以残疾人为核心来做就业孵化，主打农副特产，但是具体实施方案什么的，都没有成体系。由于讨论都是抽象的，香雪是比较谨慎的人，她神情很认真地听着，思考着，没怎么说话。

我听着急了，忍不住说："以残疾人为核心的话，要先对接一些有影响力、有网络销售经验的、有代表性的残疾人，联合培训一批残疾人做销售。公司产品定义在农副特产，必须要对接优质绿色农场，品质一定要很好的。那产品有了，销售也有了，公司只需要把平台搭建起来……"

我话没说完，程总兴奋地说："小吴，你说的就是我在想的，你很有想法呀，这样，你也加入公司吧，你们夫妻一起做，负责把公司文案策划写出来。"程总吩咐人事，"今天就给他们办理入职手续。"

我惊到了，这太突然了，我没想到老总会让我入职，但是我心里对这样的工作也是非常渴望的，我渴望工作赚钱。不过，我也有点不自信，担心自己不能胜任，毕竟没有接受过系统的学习，如何来做公司的运营？刚才那些问题，我就是凭着感觉说出来的。但是我有一个信心，就是做事情一定要赋予它足够的生命力，足够的情感，要有温度地去做商业。尤其是残疾人这一块儿，不要苦情悲情，要把它做出一种鲜活的感觉，要能激励他人。同时，我们也要让残疾人有尊严地去生活，去工作。别人买东西的时候，是冲着优质的产品，冲着这份情感温度，而不仅仅是冲着残疾人。让每个残疾人不但有工作，还能活得有尊严，这是一项很伟大而又有意义的事业。香雪表面淡定，但她看我时温情的眼神，微微翘起的嘴角，都在告诉我，老总叫我入职，她同样非常高兴和骄傲。

晚上，公司为我们补了一个欢迎晚宴，在一个大酒店精致的餐厅包厢里，几位老总，我和香雪。第一次吃潮汕菜，味道非常好，香雪也很爱吃。晚宴上，程总酒后吐真言："你们是姚总看中的人，他坚持要你们来。我本来想让小叶带你们在深圳玩两天，买车票送你们回去。我的印象里，残疾人哪里做得了这工作？没想到南姐这么有才华，一下子就确定了企业的愿景，从这里就看出了你们具备这个工作能力。小吴也是很有想法的人，以后好好合作。"

姚总是个亲和稳重的中年人，他坐在我们对面，笑着对程总说："我的眼光没错吧，一下子让你收获了两个人才，你要谢谢我呀。"

程总哈哈一笑，对姚总说："感谢，感谢！"程总主动敬了我们一杯酒，我很坦然地站起来和程总碰杯，香雪举不动杯子，她就敲桌为敬了。其实，会议上我说出那些话，只是出于一种热情和激情，因为公司主打残疾人就业，如果是其他的，可能我的热情不会那么多。酒杯"当"地碰在一起，美妙而愉悦，这是梦想开始的声音。

晚饭后，我带着些许醉意，推着香雪走在盐田区的人行道上，路上没什么人，夜很静。深圳没有我想象得那么热，夜晚反倒有些凉爽，海风吹来很舒服。

我跟香雪说："往前走不远就是盐田港的海关，过去就是香港了，这里还有一个全国唯一的航母主题公园。"

"你怎么知道这么多？"

香雪的声音在夜幕中很惊讶很清晰。我在来深圳之前，已经在网上把深圳的情况了解了一下。我附在香雪耳边说："这里的海鲜很好吃，渔民打捞上来绝对新鲜，"我知道香雪喜欢吃扇贝生蚝，"以后带你去吃。"

香雪开心地笑着说："好呀，"片刻，她用有点复杂的语气，轻柔地说，"阿春，我们两个都上班，以后你可就辛苦了。"

"没事，这些我都不怕，你不要担心。"我说。

吹着清新的海风，推着香雪走在安静的地砖人行道上，路灯照着我们俩的影子，忽长忽短。我的耳边响起了那首从小就喜欢的《外婆的澎湖湾》：“晚风轻拂澎湖湾，白浪逐沙滩……”原来在海边吹风是这种感觉。人生真的有太多的未知，就像当初不知道会遇到香雪，更不相信会有个作家老婆。未知的明天终究会来，而最重要的是，要过好今天。我心里有个美好的憧憬：我和香雪在深圳工作几年，未来公司壮大了，我们是公司的核心成员，公司会有一定的影响力，是全国知名平台，我们公司很有温度，业绩很厉害……我很自豪能够参与进来，而且更自豪的是，这事儿做成功了，真的是可以让很多残疾人受益。我所做的一切，不光是在为自己老去的生活做准备，也是一件能够让人骄傲几辈子的好事情。因为我们都是残疾人，我了解残疾人的需求，无非就是生活上、经济上能够独立。这个事情很伟大，让每个残疾人都有尊严地去生活。想着这些，我推着轮椅，踩在地砖上的步伐踏实而轻盈，一路回到了公寓。

努力获得认可

我们顺利地在这家公司入职了，接下来几天，我把生活日用品也基本配备齐全，床也加了一个软垫子，这样，香雪屁股压力减轻，睡觉就会舒服点。没有洗衣机，洗衣服就很麻烦，只能在洗脸台的水池里手洗，池子小，一件衣服要过好多遍水才能漂干净。两个人一天内外换一套、加上袜子，每天都要洗个六七件。洗完之后，也没有晾衣服的地方。我就窗子上，衣帽架上，哪里能挂就挂哪里，卫生间也挂，满屋子晾。其实打理生活是很琐碎的事情，心里想，要有个洗衣机就能省好多时间，把这时间给香雪揉揉腿，陪她聊聊天也是好的。生活对于我来说就是坚持，无论在什么样的环境下，我每天要做的那些事情都是必要的。香雪说："手洗太辛苦了，这样不是个办法。"为了减轻我的负担，她网购了一台洗衣机。这让我很开心。我了解香雪的心情，我在做各种事情的时候，她都是想帮忙的，我一旦忙碌辛苦的时候，虽然她不动，但是她也会跟着累。洗衣机小一千块钱，我也有点心疼，身上钱不多了。

公司每天上午九点上班。休息时间很充足，这对我来说很重要，毕竟，我是一个人扛着两个身体在工作生活。手机闹钟定到早上七点半，我从容地起床，给香雪穿衣服洗漱，下楼去买早饭，不紧不慢地吃好早饭，然后推着香雪乘电梯去公司上班。中午有两个小时休息，可以回公寓睡一觉。这个节奏适合我的精力，我很喜欢。

上班之后，同事把公司现有的资料发给我们。香雪和我看过后发现，所有的东西都是概念性的，需要我们一样样用文字落地建成体系。这样的工作超出我们现有的能力，但是来了也只能硬着头皮去做，好在我们是有想法的，文字能力也得到了老总的认可。由于公司很多东西都在筹建之中，老总也不着急，让我们慢慢写。我们每天上班就是做文字相关的工作，并会提出自己的想法，不懂的就上网查资料学习。我们在深圳的职场生活，就这样开始了。每天下班回到公寓，第一件事就是把香雪抱上床，一点一点地帮她按摩身体，轮椅上坐了几个小时，她腿很疼，"哎哟、哎哟"地叫着。她慢慢地躺到床上，我连忙给她双腿按摩，促进血液循环，不然她的双腿会浮肿。我们的办公室是一个大空间用隔断分开的，空调开得很足。其实，长时间在低温的空调间，我知道对香雪身体不好，她吃苦了，我愧疚又心疼。给她按摩好，又赶紧给她拿出艾灸盒艾灸。这些东西，来深圳之前，潜意识就告诉我要带着。先点着蜡烛火，再掰一截艾条，艾条很粗，必须用烛火慢慢点燃，这个流程在家里我已经操作过无数遍了。最后，把燃烧的艾条插在艾灸盒里，给她放在中脘穴上灸。因为艾灸不能在夜晚做，也不能午休时做，带着一身艾烟味上班，只能下班后简单艾灸十几二十分钟。这么热的天点火，弄完我也一身汗。

“你快去擦擦汗，别流到眼睛里了。”香雪说。

“没事。”我说。

自从我眼睛手术之后，香雪感觉我抱她力气小了，而且眼台还有两年的身体接受期。香雪对我的眼睛和体力都特别敏感。事实也确实如此，没想到一个小手术也这么伤元气。我去卫生间洗了把脸，心里更多的是怕香雪身体出问题，她体寒，一直都怕空调吹的，而现在每天都长时间在空调间上班。但是，每天按摩做艾灸，应该不会有事吧。人啊，总是会自己骗自己，自己给自己找理由，其实，就是不想去面对一个真实会发生的、很不好的事情。

今天周末休息，晚饭不想吃外卖，我想带香雪出去探寻深圳的烟火味。我一直认为，从吃的东西里才能感受到一个城市的文化，而且这个吃的一定要在街头巷尾，那才是这个城市最真实的味道。通过吃的东西，能够了解这个城市的历史，它的故事。这样的探寻，是有益于香雪写作的，我觉得，一个作家一定要多了解最普通的生活，才能写出好的文字。傍晚时分，我推着香雪走出创客中心，穿过马路，走进一条小街，这里边都是小吃店。路过一个店铺门口，香雪说：“这个店可以。”我看了一眼，忽略，继续往前走。一路上，香雪看中了三个店，都被我一一忽略了。小街快要走到头了，看到路边一个不起眼的小店，我轻声对香雪说：“这里好吃。”

香雪惊讶地说："你怎么知道的？"

我直接推她进去了，叫了一个潮汕砂锅粥，要的甲鱼粥。这个食物祛寒祛湿的，对香雪身体好。我找了一张靠窗的桌子，和香雪相对而坐。砂锅上桌，我尝一口，果然味道鲜美，很好吃。

香雪一脸疑惑，在对面小声追问我："你是从哪里看出来这里好吃的？"

我笑了一下，告诉她："你不要看店多大，店里没人就不行，要找这种巷子里的小店，你看人很多的，指定好吃。"

听我说完，香雪一脸如梦初醒的表情。这些年我也带香雪走了不少地方，每到一地，我都会带香雪一起去寻找当地的特色小吃，丰富香雪的生活体验，给香雪采风。本身人活着，吃也是一件很快乐的事情。不过在深圳，我们基本上都是吃外卖，店里毕竟花费大。

我继续说："虽然他们是在做基本的营生，其实，他们做的又是传承这个城市味道的事情。一旦找到这样的地方了，你用心去品尝食物，就能从心窥见这座城市的历史脉络。比如你们徽州的石头粿，它其实就是以前人出门挣钱，路上带的干粮。"

香雪赞赏地点点头："阿春，你真的很有智慧，能感受、发现很多别人不知道的东西。"

我"嘿嘿"地笑了，香雪夸我，我就是高兴。吃完后，我们一路溜达地回到公寓，窗子开着，晚风吹进来，体感还比较舒服。深圳没有想象中那么热，为了香雪的身体，晚上我不开空调，都是开窗睡觉。

"深圳有一点真好，没有蚊子。"香雪说，"这个时候在歙县，一天不点蚊香都不行。"

香雪提到歙县，我知道她想家了……

一转眼，我们在深圳工作一个多月了。这天，接到老总通知，说过几天有领导以及企业工作人员来公司考察，让我们准备发言稿、PPT 及相关的文案，香雪作为公司形象代表，要做个演讲。突击工作开始了。其他的我能帮忙，演讲稿我是一点也帮不上忙的。看着轮椅上敲打键盘工作的香雪，在冰冷的空调间里，她身上穿着厚实的红外套，下巴因为吃外卖长出了疙瘩，心疼和酸楚涌上心头。我默默地走到她身后，帮她按摩肩颈，让她休息放松一下。

香雪和我在深圳工作

“累吧？让你吃苦了。”我叹息着说。

“没事，工作哪能不辛苦呢。”香雪说，片刻，她感叹一声，“你更辛苦啊，又工作又照顾我。”

“我没事，我扛得住，你不用担心我。”我说。

我知道，这份工作对香雪是超负荷的，无论脑力体力都是，但现实始终是逃避不了的，我们既然来了，只能坚持挺过去。我除了力所能及地照顾好香雪的身体，包括工作上面的事情，我能多做一点是一点，尽量让香雪不要太过劳累。我们这个特殊的家庭，好不容易找到这份工作，我是想做下去的。这种心理很复杂，其实，直白地说，我真实地知道，香雪的身体……可能会扛不住，但是，内心还不想去接受。我怀着一丝侥幸，觉得应该没事儿，天天艾灸做着呢，我也给她按摩，空调间里，我也都给她穿得很厚实。多年后回想，我才明白，来深圳工作，为了生活所做的这些事情，看似是对的，其实是错的。但是此刻，我只能逃避着现实，告诉自己好好工作，期待公司早日上线。到时候跟老总商量一下，就让香雪在公寓远程上班，必要的时候再来公司，那样，香雪就不用长时间待在空调间里了。

“南姐，春哥。”

一个温柔愉快的女声传来，是安总来了。安总年纪和我们相仿，圆脸大眼睛，身材娇小，她是深圳一家慈善机构的负责人，因为跟公司有合作业务，经常过来。她尤其喜欢香雪，喜欢和我们在一起。这次，她带来了自己煲的营养汤给我们喝。看着我给香雪按摩，她不由得又一次赞叹起来：“南姐，你真幸福，春哥对你这么好。”

香雪高兴地笑出了声，每次别人夸我，香雪都是毫不掩饰的满脸甜蜜幸福。其实，每次听到别人这样夸我的时候，我身上都会起鸡皮疙瘩。在我自己的认知里，我觉得一个家过日子，夫妻指定是要相好的，对老婆好是天经地义的事情，我不要任何人夸，我觉得很别扭。我赶快转移话题，把营养汤拿给香雪喝，顺便向安总请教了一下煲汤的食材，回头我也想煲给香雪喝。

这天上午，老总考察回来了，说考察团明天到公司，让大家做好准备。气氛立刻激动紧张起来，这意味着，公司要真正落地了，我们写的东西也就发挥价值了。我心情激动还有点儿忐忑，怕写得不够好，通不过。第二天下午，考察团一行十多人来到公司，有农场老总还有当地的领导。会议室已经布置一新，公司老总做了简短发言，以及公司介绍，我也做了简短的发言。香雪演讲是压轴节目，她白色长裙，宝蓝色披肩，清雅脱俗，轮椅挡不住她的大方自信，演讲有理有据又充满激情，获得热烈的掌声。我对香雪演讲已经不再担心紧张，因为我对她有足够的信心和底气。最后，程总亲自在投影仪前做了公司项目路演。这个路演文案是我和香雪合作写的，听着程总侃侃而谈的路演，真的感到很自豪，又有点不敢相信自己能写出这么好的文案，工作真的很锻炼人。由于一切都经过了充分准备，效果很好，对方明确地表达了合作意愿。老总们以及参会人员都非常高兴。晚上，老总请对方一行人员，以及公司参会人员去深圳附近的一个海岛上吃海鲜。

散会后，香雪犹豫地对我说："阿春，我就不去了吧，抱上抱下的，还要上岛，不想你太累。"

我知道她是心疼我的身体，我说："你是公司核心人员，今天演讲那么好，你不去不好的。而且是在海上，正好带你去看大海了，虽然是个内陆海，但是以后就不知道什么时候能去了。"

我不能把香雪丢下的，我想抓住眼前，让她感受一下真正的大海，没准儿还能看到远处的香港。凡是香雪没有去过的地方，我真的都想带她去体验一下，让她的生命更加丰富饱满。她毕竟是搞写作的呀，我相信她接触的事物越多，将来写出的作品也会更出色。香雪被我说动心了，其实她也是爱玩的。一行人开车到了海边，海风吹过来十分清爽。一座窄窄的木桥，一直延伸到海面五六十米处，尽头停着一些用来接送客人的快艇。上船的时候还好，公司的人都来帮忙。快艇速度很快，海风在耳边呼啸而过，香雪的短发被吹得凌乱。我右手紧紧地抱着她，保护她的安全，左手举起手机和香雪自拍了一张照片留念。

这是在几块巨大的礁石上搭建的一个人工岛屿，有台球室、娱乐室、茶室、餐厅，我推着香雪在外边玩了会儿，海风很大，海面波涛荡漾，没有看到香港，但是感受到了大海的波澜壮阔。回到茶室喝茶，茶室装修得很特别，潮汕文化浓厚，包括听他们说方言，都感觉很有意思。这是一次非常愉快的海鲜晚餐，现场捕捞，新鲜出锅，味道鲜美嫩滑，我每一样都夹给香雪品尝，她爱吃的再多夹点。对方领导和老总主动给我们敬酒，夸香雪演讲得好。我们很高兴，这说明他们对我们也很认可。

愉快的考察结束之后，公司项目顺利实施，网站搭建完成，开始陆续地上架产品，App 也在开发。两个月后，公司搬出了创客中心，在商业中心租了个写字楼。我们依然住在公寓，每天上下班推香雪走路，三五分钟就到公司了。深圳的工作，节奏非常快，强度也大。这段时间里，老总要我们写培训方案、招聘文案，公司网站的宣传片也让我们参与脚本创意。好在我和香雪两个人互相配合着，表现还是不错的。老总们对我们的工作都表示了赞赏，跟我们说：“努力工作，你们是公司的核心员工，公司会给你们一点股份。”老总的承诺，让我和香雪都非常高兴，终于看到未来在招手，自己想要的生活真的近在咫尺。

可是，香雪身体开始不舒服了，穿着厚外套进空调间还是觉得很冷。我赶紧给她煮姜汤驱寒，心里安慰自己，应该不会那么严重吧。当生活无路可走，人是脆弱的，只能是一边愧疚，一边做着错的事情。

为香雪放弃股份回家

一个星期后，香雪的身体情况忽然严重起来，头疼头昏，脸面也浮肿，一进公司空调间就浑身不舒服，只好请假在公寓休息。早上起来，我买好早饭给她吃过，她就继续躺在床上睡觉。出门前，我说："有事就给我打电话，我那边过来几分钟就到。"然后，心情有点沉重地去上班了。前些日子香雪也头疼过，不过没这次厉害，我给她喝点姜汤，做做艾灸就会好起来。这次怎么喝姜汤，做艾灸都不见好，连窗子都不能开，自然风吹着都不舒服。中午下班，我匆忙去快餐店买了两份盒饭回到公寓，推门进去，房间里闷热得透不过气。闷热的房间里，香雪侧身躺在床上，听见我的脚步声，她虚弱的声音说："阿春，回来了，我一身汗，帮我擦一下。"

"你没事吧？我去拿毛巾。"我说。

我连忙放下盒饭，去卫生间拿毛巾。香雪身上衣服都被汗水湿透了，像刚洗完澡一样，我用了两条毛巾才擦干。我轻轻地把她扶起来坐好，换了一身衣服，梳理好头发，拿出小桌子放在她身前。

"我渴，想喝水。"她说。

我倒了一杯水给香雪，用手端到她嘴边，她喝一口，歇一下，一杯水都喝掉了。出了那么多汗应该早就渴了。我心里十分自责，也很心疼香雪，一个人孤零零地躺在床上，没有人来给她倒水喝。看着香雪虚弱的身体，我心里隐隐作痛，很茫然，工作和香雪，不知道怎么去平衡……我把盒饭端过来，香雪嫌弃的表情告诉我，她吃不下。

我轻声地说："香雪，饭一定要吃一点，你本来就生病了，不吃饭绝对不行的。"

香雪无力地点点头，“嗯”了一声，此刻，她难受到连说话都要鼓起很大劲才可以。在我的连哄带逼下，她勉强吃了几口，最后看她实在吃不下，就不忍心硬要她吃了。我知道香雪要去看医生了。想起安总说过她认识一个中医理疗馆，针灸技术很好。我给安总打了电话，安总说下午带我们去中医馆。吃过午饭，我跟公司请假，带香雪去看身体。香雪怕空调冷气，我把一件秋天的连帽衫拿出来给她穿上，又在帽子领口系上一条围巾。整个人只露出一双眼睛。最后又拿出那条宝蓝色的羊毛披肩，披在她身上。下午一点半，安总打车过来接我们，坐了一个多小时的车才到那个中医馆。在福田区，一个看起来很普通的店门，进去之后，里面很大。对方是一位四十来岁的男医生，体魄强健，面容和善。安总给我们双方做了介绍，这个医生是中医针灸世家，水平很好。我看到墙上贴着很多来诊所针灸过的明星照片，医生上电视节目的照片。我解开香雪的围巾，脱下连衣帽。医生给香雪查看了一下就说：“这是空调吹坏了，面瘫，嘴巴有点轻微歪斜了。”我一听，心里咚的一下好像被什么东西砸了一下，头有点晕，差点没站住。我赶紧仔细看看香雪的脸，确实像医生说的，嘴角有点歪斜了。怪自己太马虎了，以为是浮肿呢。医生带我们进入后面的一间理疗室，我把香雪抱到理疗床上，他给香雪仔细做了检查，又按摩了一会儿头和颈肩。

“严重瘀堵，脸和脖子都是肿的，直接刺穴吧。”医生说。

“刺穴疼吗？”香雪问。

医生说：“不疼，就是有点感觉。”

我问医生：“她这个具体怎么治疗，多久能治好。”

医生说：“先针灸，再艾灸，治疗……那要一段时间的，一次两次没用的。她身体残疾，就不太升阳，经络淤堵很严重，空调基本上不能再吹了，再吹会加重。”

来诊所的时候，我还幻想香雪身体可以调理好，我能继续在这里工作。毕竟，我已经四十多岁了，这可能是我这辈子唯一的一次工作机会，又做得这么顺利，正是上升期，我心里真舍不得放弃。听完医生的话，我知道，我们的工作之路基本上就否定掉了……我心里在挣扎，孰轻孰重，是要做出一个选择了。医生从一个木盒里拿出一个布袋，布袋在桌上摊开，上面好多银针，长的短的都有。只见医生左手刚拨开香雪的头发，右手的银针就刺进去了。我站在边上，根本来不及反应，吓了一大跳，那么长的针就快速扎进去了。只见香雪也没什么反应，好像是不疼。银针一根接一根，不一会儿，香雪头上就扎了十几根银针。接着，医生又在香雪脖子后面，手上，脚上都扎上了银针。随后喊来两个女孩子，让她们在香雪扎针的部位艾灸，每穴灸十五分钟，头上不要灸。半个小时后他来取针，说完就出去了。我赶紧看看香雪头上的针，长长的针只剩个针头在头发外。

我小声问香雪：“疼不疼？”

香雪说：“放心，不疼。”

我心里想，针灸真的太神奇了，我要是会针灸多好呀，就可以给香雪治病了。在这里治疗，一定是很贵的。香雪的身体需要一个长期的治疗过程。香雪身体搞成这样，其实，我心里非常懊悔，但是懊悔之余还要冷静面对，告诉自己：“事情都这样了，再多的纠结也没用，只能是想办法给香雪调理身体……身体是第一位的，不能拖了……说到底，工作可以没有，因为以后还有其他的办法赚钱，香雪身体搞垮了，那真就是完蛋了。”半个小时后，医生过来给香雪取下银针，他跟我们说：“等下艾灸做好就没事了，以后每隔三四天来理疗一次。”两个女孩子继续给香雪艾灸，医生指定的穴位都要艾灸到，满屋烟雾缭绕。做好已经是傍晚五点多了，我去服务台付钱，一共四百八，一听价格，心里还是有点吃惊的。

打车回到公寓已经七点多钟。做完理疗，香雪苍白的脸有了点血色。此刻，我的肚子饿得咕咕叫了。

我问香雪："你吃什么呢？"

香雪有点为难地说："不知道……"

香雪的选择困难症，这么多年也改不过来了。我拿着饭盒，去附近的东北饺子馆，买了酸菜猪肉馅饺子。我先付了钱，饺子出锅装好，沿着人行道一路小跑往回赶，这样饺子不会闷太长，味道会好一点。回到公寓，赶紧打开饭盒，用筷子夹起来喂香雪吃，我实在是心疼她。可能是理疗有效果，香雪有胃口了，吃了十个饺子。以她的饭量，应该吃饱了。

"你赶紧吃吧，饺子凉了就不好吃了。"

香雪催促我，我拿筷子一只接一只送进嘴里，一会儿二十多只饺子就吃完了。晚上给香雪洗完澡上床，她说："阿春，我又头昏了，感觉脑袋里血在涌动，像高血压似的，估计是针灸起作用了。"我有点不放心，打电话给安总，安总联系医生后打电话过来，说让香雪躺着休息，多喝温水。我便照做了。第二天早上醒来，香雪头晕减轻，人也舒服了一些。

两天后的下午，公司合作的网站来人开会，老总叫香雪一起过去，知道香雪身体不好在理疗。老总特意说，让香雪坐得离空调远一点，她在场就行了。但是香雪一进入空调间，不大一会儿就头疼了，虽然是离空调最远的位置，她依然浑身难受，直冒冷汗。会议不到一半，我就提前给老总发信息，带香雪回到公寓。香雪在闷热的环境里坐了好一会儿，又喝了一杯温水，冷汗才逐渐停止，慢慢缓过来。晚上睡觉的时候，香雪呻吟般地在我枕头边说："阿春，我想吃你煮的粥了，上面有一层粥油的，还有鸡蛋酱，葱油饼，那个好吃啊……"忽然，香雪在被窝里小声地哭了，"我想家了，在这里太遭罪了……"

我心里一沉，"回家吧，我劝自己不要强求了，毕竟香雪身体残疾，这是没办法的事情。不能按照自己的心情任性下去了，香雪会垮掉的，她垮掉了，我赚再多的钱，也没意义了……"不如两个人回家平平淡淡地过日子，把她的身体养好，书写好，只要是能吃饱饭，能穿上衣就好了。人的生命是要创作出很多有意义的事情。我们的意义就是香雪不停地去书写出自己的故事，把自己的东西都记录在文字里面，一直存在这个世界上。现在，一切都是为了所谓的赚钱，所谓的物质梦想，我忽然就觉得很可笑。

"我们回家，你的身体是最重要的，在这里，第一，理疗费用我们承受不了；第二，这里的环境也不适合你养病。"我叹息一声。

"你舍得吗？"香雪问我。

我笑起来："我人生的加减法很好做，无论什么事情，你就是我的选择，但凡和你有关的，我都会毫不犹豫选择你。"

我听见香雪在枕边轻轻叹了一口气，我知道她也是矛盾的，她想工作，身体又跟不上。此刻，我已经想通了，真正的夫妻，只有两个人在一起好好地守护着家，家庭经营好了，才会有无限可能。第二天早上，我去公司当面和老总说明了情况。几位老总都非常惊讶，不想我们走，表示可以让香雪继续在深圳治疗，费用公司报销，等身体好了再上班。面对老总们的各种挽留，我都一一婉拒了。最后，老总失落地说："好吧，你们先回家，等南姐身体好了再来。公司给你们留着位置，包括股份，随时可以去办理。"老总的态度让我蛮感动的，我觉得，我们来过、拼搏过，就可以了，结果并不重要。其实，成功也没法去定义，而且我们两个残疾人，这样特殊的情况，也算是一种成功，因为得到了别人的认可。

公司给我们买了飞机票。送行宴依然是在当初举办的欢迎宴的饭店，香雪不能吹空调，就在外面放了张小桌子，我和同事轮流给她夹菜出去。看着熟悉的同事，想着在这里工作的点滴，心中充满着不舍，我心里很想喝点酒，但为了照顾好香雪，明天准时出发，更怕自己控制不住情绪会醉酒，我只简单吃了点菜。

程总说："明天让司机送你们。"

我直截了当地说："谁都不要送站，更不要说再见，吃好饭和平常一样各自散去，是最好的告别方式。"

回家的飞机要两个多小时，飞机上的空调是很低的。出发前，我带香雪再次去做了理疗，医生给香雪做了艾灸，又做了放血疗法。他说放血驱寒来得最快，能让香雪在开空调的飞机上坐两个小时没大问题，当然，还要做好保暖。第二天收拾了随身物品，其他的前一天都寄快递了。我背上背包，拉着轮椅上的香雪，倒退着走出房间，出门的那一刻，仔细看了一下这个承载我梦想的房间，关上了房门。

从盐田到宝安机场要坐两个多小时的出租车，我跟师傅商量，不开空调，开点窗，师傅同意了。就这样到了宝安机场，我去取了登机牌，香雪的轮椅需要托运，我又把香雪抱上机场轮椅，用披肩当腰带捆上，不然她坐不住。过了安检上飞机，飞机上空调温度很低，看着身边裹得严严实实，脸色苍白，缩成一团的香雪。我告诉她："飞机两个小时就到黄山了，回家什么都不做，就是给你调养身体，我再也不让你受这样的苦了。"

飞机起飞、升高，深圳的建筑渐渐地变成一个个蚂蚁一样的点，最后彻底消失在云层之下。一切都像做梦一样，深圳，我来过，好像又没有来过，心中怅然若失。仔细想想，人生也是一个梦，当时就跟做梦一样来了深圳，现在这个梦醒了，有甜蜜的、美好的，但更多的是痛，因为，我们真的是把很多的梦留在了深圳。

第八章 梦想如诗

不能虚度时光

晚上七点半，飞机准时降落在黄山机场，叶氏夫妇开车来机场接我们。此刻，已是九月份了，初秋的徽州，晚上带有凉意，好在香雪身上穿得比较多。叶氏夫妇带我们去饭店吃饭，算是为我们接风。听说香雪身体不好，他们也是建议我们回歙县做理疗，毕竟在家门口，方便些。吃完饭已经很晚了，他们又帮我们在酒店开了个房间休息。

第二天，我们很晚起床，在屯溪吃了午饭，打车回到歙县。我拿出钥匙打开房门，熟悉的家映入眼帘——家是如此的温暖，无论什么时候她都会等着你。两个多月了，地板和家具都落了一层薄薄的灰。我让香雪在外面等我一会儿，我先进家拖地，把香雪的书桌和椅子都擦拭干净，再把她推进家，抱到椅子上坐好。然后把蒙在床上的被单轻轻卷起来，放到洗衣机里，趁着下午太阳正好，把被子枕头都拿出去晒太阳。忙好这些，我烧水泡茶，用盘子装点瓜子花生，坐在香雪面前休息，边喝茶边享受着家的惬意。和香雪喝了一会儿红茶。也许是回到家的原因，香雪神色轻松，说话也有力气了："阿春，家里真好，我们再也不出去了，好吗？"

看着香雪病态憔悴的脸，我抓住她的手，郑重地对她说："以后我们再艰难也不出去了，你的身体是最重要的，明天就去理疗馆，如果效果好就在那里做，不好我们再找其他的。"

晚饭，我特意煮了香雪想吃的粥，淘完米，加水，就放在锅里煮。等煮开锅了，放点小苏打，然后开小火在锅里焖，焖一个小时以上。这样焖出来的粥，米粒儿都煮得很软很软，漂着金黄的粥油，粥油是很有营养的，又好吸收。那边锅里焖着粥，这边锅里我就开始炸酱了。先把肉切成小小的肉丁，下锅爆炒，一定要炒得干干的，炒出焦香味儿了，再把酱倒进去炒，那酱一下就把那肉香全都裹到里边，酱香和肉香混在一起，让人忍不住流口水。下稀饭吃面条都是绝对的香。最后，放点碎青椒葱蒜起锅，这就是北方地道的炸酱，香雪最爱吃的。然后，我用花生油和面，烙了两张喷香的薄饼。这是我们两个多月来吃的最舒服的一顿饭，香雪也是胃口大开，很争气地吃了两碗粥，小半张饼。家就是这么神奇，会让我们很轻松、很舒服，粗茶淡饭在家的温暖下，都变得美味无比。此刻，我坚定一个信念，无论未来如何，都不会再让香雪受那样的罪了。我们的生活以及人生都会围绕着家的轨道前行。回到家一切都是轻松的，洗好澡抱香雪上床，干净的被单散发着太阳的味道。家里的床，香雪身体熟悉，我也是如此，把她放下基本上就是适合她的位置，翻一下身就可以了。在深圳的时候，每天睡前都要翻身四五次，而且她的屁股还会疼。

香雪躺在被窝里，眼睛里满是泪水："家里的床好舒服。"她说。

我亲亲她的脸："今晚睡个好觉。"

第二天上午，按照联系好的时间，我推着香雪步行二十分钟，找到了在老城附近的理疗馆。一栋两层楼，老板是一对年纪和我们相仿的夫妇。还好，一楼就有理疗室，不用上下楼。女技师检查了香雪的身体，说的情况基本和深圳的一样，只是这家不会针灸，他们用中药膏外敷，加按摩、红外线灯等理疗方法。我推香雪进入理疗室，中间有个布帘隔断，拉开就是理疗床，我把香雪抱到理疗床上躺好，站在边上看女技师怎么做。她先是给香雪按摩，疏通经络，从头到脚按摩一遍就两个多小时，然后，用中药膏涂后背，边涂边按摩，最后拉过来一个红外线灯烤着，促进药物吸收。这个药膏是祛寒祛湿的，很快香雪身上的汗珠就像水一样流下来，大颗的汗珠不停地流。女技师说香雪湿气太重，过几天就不会这样了。烤了有二十分钟，女技师说可以了，她给香雪擦干身体，我给香雪穿衣服。每次按摩的时候，香雪都很疼，但是做完之后就很轻松。

大概半个月后，香雪的浮肿消下去了，头疼明显减轻，嘴角恢复正常，整个人精神也好了很多。香雪病情稳定了，我的情绪也随着香雪身体的好转轻松很多。这天下午做好理疗，我愉快地推着香雪，沿着江边漫步，往回走。傍晚的天空晴朗，阳光透过云层，金色的、黄色的光照在碧绿的江面，折射出美丽的色彩，随着波浪不停地微微荡漾，江边的花草沐浴在神奇的光芒之中，就像落入人间的花仙子……这景色就是人间仙境呀。我和香雪停了下来，两个人呆呆地看着，最爱拍照的香雪，都忘了叫我拍照了。我们从来没有如此心无旁骛地去欣赏风景。自然的美景带给我感动的同时，也给我一种感悟，我觉得，忽略和无视自己与自然之间的联系，就是在浪费生命，自己真的虚度了好多时光。有些美的时光，转瞬即逝，只能赶紧拍照，自然是要把香雪也拍进这美景里的。

“它是彩色流动的江河，大地的彩练，真美呀。”香雪说。

“这是大自然给人类的恩赐，其实大自然赐予了人类很多东西，就看你能不能感悟到。”我说。

我拍照时，心里冒出个想法，看到美景这一刻，我要怎么留住它？要想永远拥有它，就要用文字把它记录下来，这样它才被真正地留下来了。我觉得，不光是香雪的命运要用文字来体现，我的命运、我的人生，也需要用文字来体现。我不想证明给谁看，只是觉得自己应该这么做。出于对自然景色、对生命的感动，我突然意识到之前的自己是虚度了那么多光阴呀。人生其实很漫长，但很多的时间都被我们荒废掉了，那么，在时间没有彻底荒废之前，我是不是应该做点什么？那只能是文字。

看完美丽的夕阳，我对香雪说：“走，回家，我给你做好吃的，炒辣椒！”

香雪扑哧笑了，她撒娇地叫起来：“不，我不吃辣的。”

我故意逗她：“要吃辣椒，辣椒驱寒效果贼棒，而且是那种朝天椒，一口就把嘴巴辣得肿起来那种。”

两个人旁若无人地嬉笑着，我们的开心，留在了这个美丽的黄昏，我们身后走过的路上，仿佛还有幸福的余音……此刻，我发觉，和香雪生活这么多年，这是最悠闲的时光。晚饭做了香雪喜欢吃的炒粉丝。吃饭的时候，我脑海里一直浮现着江边那个美丽的夕阳景色，想着怎么把它写下来，还是用诗歌体裁吧，诗歌我多少有点熟悉。收拾完厨房，我走到香雪身边，她刚打开书桌上的电脑，准备写作，身体状况平稳了，她就想把小说最后一万多字写完，在深圳一个字都没写呢。

我心血来潮地对香雪说：“现在每天都去理疗，时间松散，我继续跟你学写诗吧。”

香雪一听，小眼睛立马明亮起来，她说：“可以呀，但是学诗歌是需要耐心和韧性的，你不能半途而废呀。”

香雪不但是我老婆，她更像一个多年的好友一样，比我自己都了解自己。我是个情绪化的人，做事欠缺长久的耐性。看到香雪认真的神情，我知道，话说出来了，就得说到做到。

我连忙又说：“先考虑一下，明天给你准确答复。”

香雪在书桌那儿，有点失望地说：“你看，一猜你就会这样。”

我知道，香雪希望我在文学上能跟上她的脚步，可我是否能在琐碎的家务中，抽出时间静下心去学习呢？我还不太敢确定。

用文字拥抱生命

很快，一个月过去了。这段时间，除了给香雪固定做理疗，回到家，我继续给她做些简单的按摩，其他时间就空下来了。时间慢下来了，人也心静，我沉淀下来，仔细地感受时光在身边滑过，日出日落黑白交替，季节的变换……这世间如此美妙，徽州是如此迷人，内心有千万种语言想赞美她，可惜词穷表达不出来。这天傍晚回到家，处理好日常，我坐在香雪的书桌面前：“南先生好，教我诗词入门吧。”

香雪用带着期待的眼神看着我，她问：“你想好了吗？确定吗？想好了就要坚持下去。”

我坚定地说：“确定了。”

考虑了这么久，这次，我下定决心要学习诗词写作，以前断断续续学了些，基本都还给香雪了。现在，我要重新捡起来，并且是要一辈子去拥有这种心灵与文字的互通关系。拥抱生命，从拥抱文字开始吧。晚上收拾完厨房，歇了一会儿，等香雪写作结束，给她洗澡，将她抱上床，她在床上躺好的时候，才是我这一天工作结束的时刻。这时候，我长长地舒了一口气，整个人都放松下来。我给自己洗了个澡，然后拿着手机进卧室上床。微黄的暖光灯下，卧室里气氛温馨，我把枕头立起来当靠垫，半躺半坐，然后对香雪说："来吧，教我写诗吧。"

香雪在被窝里笑了，她说："好呀，这样，我们先进行一个诗歌写作训练，你不要去管内容写得怎么样，你只要跟着我的要求去写就行。"

我说："遵命，南先生。"

然后，只见香雪在手机上打字，不一会儿，她给我发来了几句诗，她说："你按照我写的这几句话往下接，想象一下，你就在我写的这个环境当中，然后，这样一个环境带给你的感触、感觉以及内心的想法等等，你把它写出来就行了。"

香雪发给我的是她随手写的半首诗：

"当青的叶子 / 挂满枝头 / 一只蝴蝶飞过 / 春的花怒放……"

看着香雪的诗，春天、蝴蝶和花，我的脑海中很自然地浮现出一个美丽的花园，心里突然间感触：我要和香雪在这个花园里，两个人一起老去，到老都可以相拥彼此，旁边的花儿依旧鲜艳。于是，我飞快地写下了后半首诗：

"窗外的花园 / 心中的花园 / 有我有你 / 带着永远的青春 / 和你认真地老去。"

写完自己感觉还可以，看到自己把感受用文字呈现出来，我的心情是激动的。能够驾驭自己的心境和文字，这种感受很有成就感，而且心情很愉悦。我连忙发给香雪，看她怎么评价，在她没有批阅之前，我还是有点担心，怕是自我感觉良好。没想到，香雪非常高兴地夸奖了我，她说："情感很饱满，结尾朴实又升华了全诗。给你打九十分。"香雪的评价，真的让我很高兴。那就初步说明，我能够用文字来记录自己的心情，记录自己的生活了。我很有成就感，我把自己的心境用文字表达出来，用文字来呈现心境，它俩是相通的。

我跟着香雪正式开始学习诗歌写作，每天晚上，在卧室柔和的暖光灯下，两个人往床上躺下的时候，是一天里最惬意的时光。香雪要么写几句短诗让我接，要么发一张图片，让我看图片写诗。每当我写出一首作品的时候，我就会赶快发过去，然后期待着香雪给我点评，准确地说，是期待着香雪的表扬。香雪很正式地像课堂老师批改作业一样，给我指点诗歌中的优点以及不足的地方，最后再打个分数，每次都在九十分以上。我知道这个分数有亲情在里边，但是我也相信，香雪对我的评价是中肯真实的。

香雪的理疗在深秋时结束，她的身体基本恢复正常，只是落下了病根，怕寒怕风，冷风一吹就感觉脑袋像个冰箱，头昏、头疼、背疼就会发作起来。所以，不是大太阳的天气，我尽量不带香雪出门，以免她受寒犯病。这天下午，天气很好，温度也很高，热得我都穿上了短袖。香雪跟我说："这叫十月小阳春，热两天就会冷了。"徽州今年的桂花开得比较晚，于是，我就趁着大晴天热乎，带香雪去古城看桂花。我给香雪穿了一身白色的长袖连衣裙，带上相机就出发了。到了徽州古城府衙门口，看到边门里面有一棵挺大的桂花树，花很密，我就推香雪去里面玩。这里人少，环境古朴，适合寻幽拍照。我和香雪都非常喜欢桂花，它盛开在深秋里，散发出生命的浓郁芬芳，让人感动。桂花很奇妙，它是一边盛开，一边芬芳，一边飘雪似的掉落。我推着香雪走到桂花树下，置身在这浓郁的香气里，每一口呼吸都是香的。桂花不时从头顶掉落下来，像雪花一样挂在身上，香雪忽然颤巍巍地用力举起右手，去够一枝桂花，把花拉到面前，去吸它的芬芳。下午的阳光照射在花树上面，满树散发金黄色的光芒和香气，香雪一身白衣，乌发齐肩，手里拉着一枝金黄的桂花；这个动作对她来说是很艰难的，但是她做到了。我赶紧举起相机，把这个画面拍了下来，相片很美，好像轮椅上的天使和花仙子在对话。桂花虽然不娇艳，但是只要走近它，它就会毫无保留地把它的美、把它的香气给你。它虽然小朵小朵的，但那么小朵的花散发出这么浓郁的香气，它就已经超越了所有的花。就像香雪虽然坐在轮椅上，她只有两根手指可以打字，在理疗治病的过程中，还坚持写完了她的第二部长篇小说，她的生命和桂花一样芬芳。

香雪和桂花

香雪松开手里的桂枝，转头对我说："阿春，花坛上好多桂花，你捡一些，带回去夹在书里，书会很香，而且会香很久。"

我在花坛的水泥地上捡了一些桂花装在口袋里。桂花掉在树下，都和树上的一样完整新鲜，没有衰败感，它只是落了下来。它给这个寂寥的秋天，平添了这么浓郁的香气，好像在告诉我们，生命不会结束，只是一个轮回。我要写一首诗，来感谢她给微凉的清秋带来香气，回家之后，就按香雪的意思，把桂花夹在她最爱的几本书里。晚上的诗歌课堂，我就想写桂花，我半靠在床头，写了一首《深秋》：

“深秋，屋子微凉 / 外面一地金黄 / 我推着你，让轮椅慢慢走 / 我们一起朝着阳光的方向走去 / 踩着落在地上的秋叶 / 向前走，走到秋的身边 / 走到那花瓣落尽的桂树下 / 去吸几口她的香气 / 把属于秋的味道留在记忆里 / 和金色的秋做个拥抱 / 再道一句离别。”

写完之后，看着香雪在手机上忙碌什么，我故作失落地碰了她一下：“你怎么不教我写诗了？”

“哦，你先写，我马上。”香雪的语气中有些许歉意，又像在哄小孩子。

“我已经写好了。”我非常嘚瑟地说，心里期待着香雪的表扬。

“啊，发我看看。”香雪有点惊喜。

我把诗歌发给香雪，香雪看完非常感动，她说：“这首诗写得非常感人，充满了感情，把我们也写进去了。整首诗，简洁有回味，还带着一丝伤感，很好。”

香雪的表扬让我有点骄傲了，我挑衅地说：“今天我写诗，你来接，你接我这首诗。”

香雪笑着：“我不会写现代诗，我只会教你，我是抛砖引玉，我写的都是砖。”

我说：“我不管，反正今晚你要接我的诗。”

香雪拿我没办法，她就安静地写了起来，大概十分钟，她把诗写好发给我了，诗名叫《洗礼》：

“坐在桂树的花朵里发呆 / 暗淡轻黄的柔软 / 随风扑簌 / 香气唤醒，沉睡的灵魂。

桂花千万朵，悄无声息 / 用浓郁的香 / 侵袭所有的生灵 / 天地庄严，温柔而蜜意。

点点花枝是自然的秘密 / 把尘世的铅华遍洗 / 教我们拾起 / 遗失的肃穆和干净。”

我读完，不由得感叹：“哎呀，还是老师写得好呀，就是比我的好。”

香雪说：“你写得很好了，独立完成的好几首诗歌，质量都不错，可以出师了。”

我心头一惊，赶紧说：“你要做我一辈子老师的，难道你要抛弃我吗？你不想做我老师了吗？嫌弃了，觉得我烦了……”

“不是，”香雪说，“你有智慧，有深厚的感情，我相信你可以……”

“你想不做这个拐棍儿，那是不可能的，这辈子都不可能的，哼。”我靠着床头大声说。

香雪在被窝里笑了半天，又好笑又幸福的那种笑。可是，我是真的觉得自己还达不到独立写作的能力，在文字上面，我是永远要虚心地跟香雪去学习，永远需要香雪来供给灵感的。我不可能超越香雪，这一点我心里绝对有数。我只是凭着感觉去学去写，我享受的是写诗的这个过程和状态。从严格意义上来说，我敬畏文字，尊敬香雪。我喜欢写诗歌，即使有一天可以写得如香雪一样好，我依然不自信，因为在文字上我是离不开香雪的，我是需要她以及生活来滋养的。这一切，只因为我是通过诗歌认识了香雪，文字是我和香雪灵魂交流的方式，它在滋润着我们的情感和生活，是我和香雪生命中最重要的一部分。

写诗的快乐

2017年1月，我们的屋子周边盖起了高楼，阳光被挡得严严实实。因为是一楼加上是老房子，屋里变得阴冷潮湿起来。这样的环境，已经不适合香雪孱弱的身体居住了，她的头痛头昏经常发作。基于这种情况，我们申请置换了一个采光好的新房子。新房子位于歙县城东，这里依山傍水，地名叫渔梁，是古代徽商第一码头，有一个唐朝修建的千年渔梁古坝，历史底蕴深厚。

新房依旧是在一楼，但这里的一楼就是二楼，地下有个车库，地面不潮湿，轮椅依然可以直接推进家门。我们给新房子做了简单的装修，当然，木地板必须要铺，走路不滑，抱香雪进出房间安全。客厅有一个室内阳台，我把阳台设计成一个五十厘米高的、宽大的榻榻米，买了一张炕桌放上，香雪坐着有依靠，也可以用电脑。榻榻米上一排宽大的玻璃窗，被我擦得近乎透明，香雪坐在榻榻米上就可以看到外面的青山、白云、蓝天，在家里她也可以晒太阳了。八月底的时候，我们叫搬家师傅运东西，搬进了新家，两个人心情都很好。我仔细地布置新家，香雪在一旁指挥，榻榻米靠墙的一面打了个书架，香雪指挥我分类摆放她的古典诗词类书籍，自然也把张老师和她同学的书放在最显眼的位置。我买了一张书桌摆在饭厅，把它变成我的书房，笔墨纸砚摆上，打算空闲时间写毛笔字玩。新家，新的生活，新的起点，我们在这里又将有怎样的故事呢。

如今，香雪睡觉不能吹空调，也不能开窗。夏夜，我就睡在榻榻米上，开着所有的窗，让晚风吹走闷热。清晨，我起大早，去卧室看看香雪，她还在熟睡，我就出去围着渔梁附近走了一圈。先熟悉了一下超市、菜场、药店、理发店等都在哪里，渔梁不大，很快就转完了。我悠闲地走到渔梁老街，沿着老街走到练江的面前，新鲜的空气中带着草的清香，那是生命的气息。我沿着江边的小道，一路走到了紫阳桥，这是一座建于明初的石拱桥。我站在高高的桥上，两边的青山，桥下的江水尽收眼底，雾气散去，苍翠的青山尽显无余。桥上鲜有行人，耳边风声、鸟鸣、流水声……看着奔流而去的江水，仿佛看到了一队队商船、精壮的船公、富甲一方的徽商，扬帆起航顺流而下，去开创一个辉煌的徽商时代。我想，这么美的地方，下次一定要带香雪过来看看。

徽州的季节，我最喜欢它的秋天，这时气温不再燥热，雨水不再缠绵，晴朗的下午，适合带香雪出去走一走。我推着香雪穿过渔梁的石子路老街，轮椅比较颠簸，我问她："这个石子路颠簸，难受吧？"

"没事，气囊坐垫减震的。"香雪说着，给我介绍，"这叫鱼鳞路，你看它的石子铺得很有规律，就像鱼鳞一样，中间直线的石子是鱼骨，这条老街的地形就是一条大鱼。"

我仔细一看石子铺就的花纹，还真是那么回事，想到此刻我们正走在一条大鱼之上，不由得感叹古人的智慧和审美。我放慢脚步，减轻轮椅颠簸，让香雪坐着更舒服点。古代徽商的繁华已经褪去，只剩沉寂破旧的商铺，马头墙上青灰色的斑驳印记，倾诉着老街昔日的辉煌。老街上人很少，宁静悠远，长长的伸向远方……偶尔从一扇陈旧的木门背后走出一位苍老的妇女，这种感觉，好像穿越到了古代，这是我在徽州其他老街没有感受过的。我和香雪最喜欢走在安静的街道上，没有人打扰，可以慢慢地走、慢慢地看，时间慢了下来，我们就可以看见远方和未来。老街上有很多房子，后人搬走了，破旧荒废，看着挺可惜的。其实房子也是有生命的，从它的陈旧中，能感受到它曾经的故事和繁华，引发内心的想象空间。我们可以去猜测它的背后，曾经住过什么样的人，或者就在一扇木门前，就有着一个美丽的徽州女人，她穿着旗袍，安静地走在这个悠长的街巷。

我对香雪说："你买条旗袍，哪天我在老街给你拍照，一定很美，可惜，你撑不起油纸伞。"

"轮椅上的美，比油纸伞动人，因为反差越大越触动人心。"香雪说。

我和香雪聊着，慢慢走出老街，走到了紫阳桥上。连绵的山川在蔚蓝的天空下，勾勒出清晰的线条，红黄的叶子点缀着群山倒映在练江里，天空群山江水，令人陶醉其中。我在桥上给香雪拍了很多照片，满足她的爱美之心，她是每到一处都想留下痕迹的。走过紫阳桥，香雪让我在路边采了一些野花，捡了几片红叶，还在河边摘了几支未开的荻花。香雪说："出来就要把秋天带回家，珍藏起来。"诗人的情感是如此丰富。她只要有情怀就可以了，然后动动嘴巴，其他的就交给我。傍晚，我推着香雪踏着金秋的夕阳朝着家的方向走去，家沐浴在红色的暖阳下。

回到家日常操作，做饭吃饭，收拾厨房，料理香雪。等我自己躺上床之后，香雪躺在被窝里，拿着手机不停地打字。我照例拿出床头柜上的《诗韵新编》，来学习"韵部"。我已经跟着香雪学了一段时间古诗词，也勉强写了几首五言，七言诗，但是古体诗词真的好难，平平仄仄，仄仄平平的，我驾驭不了，但还是努力在学。我想着，今天写一首什么古诗呢？先看看哪个韵部字多，选择空间大一点。

香雪说："我写了一首诗。"

我心想，诗词课开始了，不过今天出去玩的时候有点收获，应该能写出来。我立刻说："赶紧发过来。"

很快，我的手机微信上就跳出一首诗，是我从来没有见过的一种诗词体裁……

秋

堆绣

红叶羞

溪水鱼游

残荷半低头

只影凌波似愁

院门深锁绿依旧

无人问无人堪解忧

墙头花果不知为谁留

千年一梦百年古宅重楼

雁飞万里见晴空悠悠

银杏金灿纷繁不休

野菊群山相对瘦

寂寥窗外孤友

藤上丝瓜守

不如杯酒

香满袖

醉透

秋

我第一次看到这种诗，而且香雪写得这么好，我感到新奇又激动，不由自主地笑出声来，很骄傲，很开心。然后，我又很尴尬，我对不出来，怎么办？

我笑着问香雪："这个好玩，这是什么诗？"

香雪说："这个叫'新百字令'，全诗有一百个字，从一个字开始，每句加一个字，写到第十个字的时候，每句减一个字，最后一个字收尾，但是最后一个字要和开头的字一样。"

听完香雪的介绍，我觉得这种形式的诗很有趣，就说："我也要写。"

香雪以退为进，用激将法说："百字令很难写，你还是写简单的五言古诗吧。"

我不服气地说："我一定会写出来。"

香雪的小眼睛里闪着坏坏的笑，她说："好的好的，你能写出来，我很期待。"然后，她又认真地跟我说，"新百字令的特点是每一句都要押韵，平仄都行，同一个韵字不要重复出现。全诗要围绕第一个字的意思来写，读起来要气韵贯通，而且它还可以倒着读，很好玩，也是一种文字游戏。"

我赶紧把香雪写的《秋》，倒着读了一遍，果然意思也通的。我觉得很有趣，可玩性很高，它那工整的菱形排列，每句都要押韵，同一个韵字还不能重复，正读反读都是通的。这个很好玩儿，我要写，这就是写作的乐趣呀。我看了一遍香雪押的韵，作为参考，想了想，决定以"家"为题来写，因为家是最重要的地方，我现在能写诗歌，都是家赋予我的。我在韵书上翻到"阿"韵，开始写百字令。大概写了有半个小时，我完成了我的第一首新百字令《家》，马上发给了香雪。

家

春夏

伺娇娃

蝴蝶飞呀

你我乐开花

案头齐眉书画

谄媚俗夫理无暇

数载不忘初时心发

酒酣把盏诗词曲唱雅

十年十年再十年白首啊

长愿相依笑谈渔梁坝

八月秋遥广寒宫下

疏影花丛舞步佳

人生束缚不怕

与我笑天涯

舍小也大

有琴茶

有她

家

香雪看完不由得夸赞起来：“阿春，你真的有写诗天赋，你是个情感丰富细腻的人，天生的诗人。”我“嘿嘿”地笑了。不知怎么回事，香雪每次由衷地夸奖，都会给我莫大的信心，还有鼓舞。

我说：“百字令好玩，我要多写几首，先写个‘琴棋书画、诗酒花茶’，人生‘八雅’嘛，写八首。”

香雪语气坚定：“好呀，我相信你，加油。”

我就拿起韵书啃了起来，在手机上写着，等觉得困了，天都快亮了。香雪在被窝里轻轻地打呼。我心里懊恼着，舒服的时光过得总是这么快。那段时间都是在写诗当中度过，《八雅》新百字令完成五首了，写到《琴》这里，写了几句卡壳了。这天傍晚我在厨房炒菜，忽然想到了一个很好的句子，心里想着赶紧写下来，锅里炒菜就添了点儿水，连忙拿出手机写起来。写完感觉很满意，就去客厅跟香雪分享。

香雪夸我写得真不错，她说："把'纤指弹奏'改成'纤指慢弹'，这样更有韵味一些。"然后，香雪把她的手机打开给我看，"我正在写你说的最难写的《画》，写了一半了。"

我一看香雪写的，气得叫起来："写得这么好。"

香雪"咯咯"笑，她敷衍我说："我随便写的。"

我更气，叫道："随便写的都这么好。"

我又嫉妒又无可奈何。两个人正说着，突然闻到什么味道：

"哎呀，锅……"我赶快冲向厨房，"完了，这锅报废了，锅底都焦了。"

"啊，那晚上没菜吃了，要吃开水泡饭了。"香雪笑闹着大叫。

我坚持着学习写作，大概花了有个把月，把新百字令《八雅》写完了，真的很有成就感，香雪表扬我写得好，我心里真的很愉悦。香雪对于我学习写作的态度非常认可，并且鼓励我，再写一段时间，可以出诗集了。我听到心里一颤，诗人作家，我也能出书？感觉有点遥远，但好像也不是遥不可及，作家梦，我是否可以实现。

落在心里的民宿梦

十月底的时候，香雪接到一个画室邀请，他们在义乌有一场活动，来回路费报销，还有出场费。由于香雪体寒的病根，体质差了很多，时常头昏头疼，中药不断。从深圳之行到搬入新家，这两年几乎都在不停地花钱，进项却很少。生活的困境没有给我们犹豫的权利，当然答应下来。

出发的时候，我给香雪穿上了厚实的秋装，加厚羊毛裤，还带了一件连帽棉袄。轮椅背包里装了一堆暖宝宝贴。上午八点多钟，歙县高铁站台上，阳光灿烂，没有风。我们依然排在人群末尾，等一群人全都上车之后，最后一个上高铁。这次买到的位置就在车厢的第二排，很靠前。我把香雪抱到座位上坐好，连忙拿出暖宝宝给香雪贴在后背、肚子的衣服上，然后给她穿上棉袄，帽子戴好，帽绳系紧。由于香雪最怕寒气的是头部，我给她帽子两侧也贴了暖宝宝，再用一条蓝披肩盖在头上、绕过脖子披在身后，这样她就不会太过难看和尴尬了。在冰冷的空调车厢里，一定要给她做好全方位保暖，不然，她就会抵抗不住而生病。

歙县到义乌差不多三个小时，我跟香雪说："你注意着点儿，感觉有一点点冷都要告诉我，我给你加贴暖宝宝。"

忙完了，我在香雪身边坐下，心里其实挺不是滋味的，真的不愿意让香雪这样奔波劳累，何况她现在身体不同以往。一路上，我小心翼翼地照顾着她，过一会儿就问问她："冷不冷？热不热？"香雪的身体对温度的感知比健全人要慢一拍，我得时不时地问。保温杯里带了我自己煮的姜汤，过一会儿就打开给她喝一口。就这样一路到了义乌，打车到了举办活动的大酒店。还好，保护措施到位，香雪体感比较正常，没有受到明显影响。

第二天午后，书画活动在酒店四楼活动大厅举行，现场有一百多人，香雪身穿红色羊毛斗篷披肩，黑色羊毛裙，在主持人的介绍下，优雅自信地在台上给活动做了预热，以及她的励志演讲。分享结束，我就带香雪离开现场，回房间休息了。我和香雪都不年轻了，身体也折腾不起，我们真的是需要一个稳定长效的事业来支撑我们的生活。生活不只是风花雪月，还有柴米油盐，这个总是要面对的，何况我们两个是不会去养老院的。虽然目前基本生活没问题，但是对明天的担忧依然存在。

香雪有个小姐妹叫阿紫，是一个性格活泼的女孩子，她在歙县附近的西溪南镇做了一家古琴民宿，打了几次电话，叫我们去她民宿玩。我和香雪也知道民宿，对民宿也很感兴趣，想去看看阿紫的民宿是什么样子的，就当去学习和旅游。同时了解一下做民宿究竟要花多少钱。第二天午后，我们打车到了阿紫的民宿。在西溪南一条幽静的老街里，一栋明朝老房子改造的两层民宿。阿紫推开厚重的老木门，只有一个台阶，我轻松地压低轮椅，抬起前轮，推香雪进去。

一进去，古色古香的装修，简单雅致的布置，就让我心生欢喜。墙上挂着好几把古琴，我伸手拨动琴弦，发出一阵悦耳的声音，正好门后风铃响起，琴声和着风铃声，在我心里久久回响。看到墙上的老画，阿紫说是居民家里淘来的。这里很多物品都是阿紫淘来的老物件，都让我很喜欢。从民宿边门走出去，是一个大园子，有果树花圃，还有小池凉亭，阳光明媚，还飞着小小的白蝴蝶，香雪喜欢极了。

夜晚来临，阿紫知道香雪身体怕冷，就把壁炉生起火。我们围炉而坐，喝茶吃点心，聊天。阿紫还把古琴抱来抚了一曲《高山》，琴音宁神静心，让人非常舒服。香雪喝着温热的红茶，她兴致盎然，即兴写了一首《十六字令》词：“娴。冰镜当窗弄小弦。青罗袖，遗梦古筑边。”

香雪写了古诗，我也不甘示弱，也在手机上写了起来，一首《追梦》：“把头抬高一点 / 看到房顶，还有上面的鸟儿 / 再高一点是远处的青山 / 再高一点是天空和太阳 / 低下头，是自己的双脚，还有路 / 路的那头有花儿，还有蜜蜂。”

当我写下这几句诗，我心里的梦想也被彻底唤醒了。其实，我的脑海中，想要有一个自己的房子做民宿，这种想法很久了。因为身边有很多人做民宿，歙县又是旅游城市，市场很好。民宿不同于酒店，不同于农家乐，它是一半商业，一半情怀，做自己喜欢的事情，就会空出很多时间。在这种生活状态下，在这种氛围的滋养下，会让我和香雪的文字，让我们的生命得到一个质的飞跃。民宿，就是我们梦想中的生活。而阿紫的民宿风格，特别符合我和香雪想象的感觉，但是造价远超我们的能力。从阿紫那里回来之后，我和香雪心里都种下了民宿的种子，梦想真的被激发了。

这天下午，我和香雪在榻榻米上喝茶。想着阿紫那个民宿的氛围，我忍不住说：“以后如果有条件，我们也做一个民宿，可以是诗歌，可以是茶，风花雪月又不脱离生活，而且我们还具备这样的特质。”

香雪微叹一声说：“是呀，一来我身体不好，二来慢慢的你年纪也大了，以后我们出门的次数会越来越少……我不想和外界失去联系，如果我们有个民宿，世界就可以向我们走来……可惜，我们没有这个经济能力。”

香雪觉得民宿的梦想很遥远，她想的我也知道，但是我依然对民宿充满信念。我说：“我们是没什么钱，但是可以有这个梦想，人就怕没梦想，给我一个梦想就好，只要有梦想，说不定哪天就实现了呢。”

“梦想是要有的，努力，然后随缘吧，”香雪低头喝了一口茶，片刻，她又抬头憧憬地说，“我理想中的民宿，要有个园子，我要种桂花、梅花、海棠，围墙上爬满蔷薇……阿春，你知道吗？好的环境，对诗词写作是有帮助的，如果没有园子，就不会有‘庭院深深深几许’‘一庭蕉雨交加’‘小园香径独徘徊’这样的好诗句流传下来……”

“希望老天眷顾我们，实现民宿梦想。”

我们一边喝茶，一边聊着……我的脑海里浮现出美好的想象，如果民宿做起来，我们就可以和文化圈里的诗人、作家、画家互动起来，交流学习，跟我们的兴趣相符。我们也不奢求民宿房子有多大多豪华，只是有想象中的温暖，有个园子，有花有草，有一些闲适的时光，还能维持生计，就可以了。在这样的环境里，不但我们的文字水平会提升，生活也实现了长久的稳定。一茶一屋一块田，有她有我两个人，三里世俗，三里桃源地，春夏秋冬四季轮回……这是多么美好的生活。我理想的后半生，要把更多的时间留给我们自己，我不会再去为了生活带着孱弱的香雪去奔波、去忙碌；做自己喜欢的事情，这也是很多人的理想诉求。在这样一个民宿里不断地去写文字，然后一点点地在这种状态下老去，这真的是一件很幸福的事情了。我的脑海中浮现出一幅美好的画面，这个画面有了之后，真的就是想要做一个民宿了。我已经四十多岁了，再不做点真正的事情，对于男人来讲，心里始终有个地方是空缺的。民宿具体怎么做，我还不知道，但是只要往这上面努力，就有机会做成功的。种子一落在心里，就拿不掉了，我的心啊，已经在民宿这个梦想上了。

善缘助力梦想

秋月春花，年复一年，每一天都在为明天努力，这就是我和香雪的生活状态。一转眼，两年过去了。2019年夏天，我们迎来一件喜事，香雪的书稿在政府的关怀下，获得出版资金，与人民出版社签约。这本书写了三年，等待了三年，终于要出版了，书名为《走向阳光的爱情》。这六年间是我们最忙碌的时候，经历了我的眼疾手术、深圳之行、香雪调养身体，等等。无论在什么情况下，香雪都坚持着创作。这也印证了香雪说的话，认真去努力就好，老天不会让一本好书埋没。

拿到新书那一刻，正是满城桂花飘香时节。香雪身穿嫩黄色毛衣，坐在榻榻米上，黑亮的头发又齐腰了，她眼含深情地看着我，说："阿春，这本书是我为你而写的，是我献给你的礼物。你是我的丈夫，也是我的恩人。"

我对香雪说："不要这么说，我们是夫妻，我为你做什么都很正常。"

一本书，捧在手心沉甸甸的，这是香雪多年努力的重量，是她送给我的一颗真心。香雪不能为我做什么，她把对我最真诚、最炙热的情感，全部投入到文字当中去了，因为这就是她的所有，是她生命中能拿出来的最好的礼物了。我也知道，很多类似我们这样的残疾人家庭，其中残疾人的伴侣和家属，就像香雪说过的："他们具有闪亮的人性光辉。"香雪写的这本书，让被红尘埋没的一个光辉群体得以展现和流传了。我翻开书页，一股书香迎面而来，那一段段文字，记录着我们的过往……如此，我和香雪的生命会以另外一种方式永远活着，并且可以去温暖激励到很多人，这就是文字的力量。香雪的书桌上堆满了书，是之前预售的，香雪认真地签名，并写上满满的祝福。几百本书连续写了四五天，还有一大堆等着写，看她两根手指辛苦地写字，我真的很心疼。

“累了就少写几个字，直接签名也可以呀。”我说。

香雪则是倔强地回应：“每一位买书的朋友，都会认真地看我们的故事，我要用最真诚的感情去回应每一位读者，书是架起我和读者之间的桥梁。”

听她这么说，我说：“那就歇会儿吧，喝点茶，不要太累着。”

一个星期之后，预售的书都快递出去了。家里还有一千多本书，我正发愁怎么卖书的时候，扬州的媒体朋友尹总，打电话给香雪。他说：“我们公司的范董事长，听我说了你们的故事，安排了两场签售会，估计可以卖一千本书。”尹总让我们尽快安排时间去扬州。听到这个消息，我和香雪都很高兴。我当即把书发到尹总给的公司地址，再收拾行李。香雪身体不如从前，每次出门需要带很多东西，我又是个比较马虎的人，所有的东西必须过三遍，确认全部带齐了，才装进行李箱。11 月 21 日，我们坐高铁出发了，依然是一个阳光灿烂的日子，我出门就喜欢晴天，方便且心情愉悦。上车后，香雪就给尹总发了信息，告诉他我们出发了。尹总回复：“翘首以待，扬州人民欢迎你。”看到这个回复，我和香雪都开心地笑了。我说：“尹总情商很高，高情商的人说话就是不一样。”下午两点半，我们在扬州火车站下车，一到出站口，就看见站外拉着一条长长的大红横幅，上面写着：“欢迎作家南香雪老师莅临扬州新书签售会”，尹总在出站口等候我们。尹总年纪和我相仿，是一个身材高大帅气的男人。一出站台，就过来两个漂亮的女人，捧着鲜花送给香雪。边上几个人拿着相机拍照录视频。在众人的簇拥下，我把香雪抱上了一辆奔驰保姆车，车队缓缓启动往扬州老城区驶去。车子开到文昌路的时候，路中的那棵银杏树正在怒放，满树金黄。前面就是文昌阁了。记得上次来扬州，是扬大的吴老师接待的我们，她是一个充满智慧且慈爱的大姐，香雪和我对她一见如故。在吴老师身上，我看见了姐姐的模样，她关心我们的那种神态，还有我内心对她的感觉，尤其见面时，她满脸笑容地向我们走过来的那种气场，就和我姐姐一样的……很多时候，很多人，一次相见便是一生，而那种油然而生的亲切，便是走到一起的理由。已经两年不见了，这次来扬州一定要见见吴老师。

车子驶进一条胡同口，我抱香雪下车，帮她在轮椅上坐好。我们跟着尹总，沿着古色古香的胡同走了五六分钟，香雪的脑袋又像个拨浪鼓，左右看不停了。在尹总的引导下走到一个四合院门口，门头上有一块匾，写着：云栖堂。好雅的名字，云朵都会驻足的地方。尹总推开门，迎我们进去。一个雕花老木板照壁映入眼帘，绕过照壁，是个院子，有茶台，枯山水和鱼池。一看就知道院子的主人一定是一个懂得生活，有情怀的人。尹总带我们走进主厅，介绍说这院子是他的民宿，平时自己也在这里谈谈事情。尹总是那种做事认真的人，为人很低调，没有过多的客套话。他平淡地说：“只是力所能及，微不足道。”在他看来微不足道，对我们却是莫大的帮助。尹总拿出专门为我们准备的茶杯，两只天青色汝窑四方杯。“四方杯，意喻着四方来财。”尹总笑着说。一位美丽的女茶艺师过来给我们泡茶。我把茶端到香雪面前，香雪拿起茶杯闻了闻，告诉我：“好茶，很香。”一早从歙县出发，奔波大半天，我也累了，也很渴，就一杯接着一杯喝起来。

我轻声跟香雪说：“这个院子很有古趣，以后，我们要做民宿也要做成这样的。”

香雪微微一笑，她说：“那得多少钱啊。”

尹总听见我们的对话，他说：“你们会有的。”

尹总的语气不容置疑，那么肯定，有没有先不说，他这话就让我心头一暖。我们按照尹总安排的行程，拜见了范董事长，非常感谢他如此费心。范董事长很谦和，说小事一桩，不用客气。接下来，就开始了签售活动。带香雪做签售，对我而言是高强度的运动，有时候一天去两个场地，抱香雪上下车，上下楼，加上照顾香雪，一天下来要二十几个来回。我也怕身体扛不住，还要咬牙坚持着。好在，签售效果非常好，没几天就结束了。尹总知道我是内蒙古人，这天晚上特意买了很多羊肉回来，羊肉火锅、手扒肉、烤羊腿，还有羊肉串，都是我喜欢的菜，很东北，很鄂温克。我们想念的吴老师也来了，一见面就给了香雪一个大大暖暖的拥抱，却没有抱我，我心里还有点吃醋。晚上赴宴的还有尹总的朋友，五六个人在院子的主厅里吃肉喝酒，这种气氛是我喜欢和熟悉的北方感觉。扬州真是个神奇的地方，我一个内蒙古的鄂温克人，竟然在这里找到了家乡的感觉，也许，这就是扬州独有的魅力吧。

吃到开心处，尹总由衷地对香雪说："不瞒你说，南老师，你别见怪啊！见到你们之前，我以为春哥和你生活，要么你家有矿，要么你貌美如花，结果都不是。见到你们，我才知道到什么是爱情，什么是一个男人的担当。"

"大部分人都会这么认为的，可惜，金钱和美貌我都没有。"香雪淡淡一笑。

"春哥,你是我敬佩的男人,我敬你一杯。"说完,不善喝酒的尹总,倒了满满一杯酒，我们都举杯一饮而尽。

吴老师不喝酒，细心的她，看出我这几天有些疲惫，她贴心地说："阿春，你要注意身体，不能太劳累，你是香雪最大的依靠。你们呢，靠香雪写书，不能解决生活问题，还是要考虑找个合适的事情，有足够的经济来源支撑你们的生活，最起码等你老了，能雇得起保姆，毕竟年纪越来越大，必须有经济基础做保障。”

吴老师很忙，我们都知道的，但是她见到我们之后，她会把所有的忙碌、焦躁摒除掉，剩下的全是关心，还有亲情感。吴老师的话一下就抓住了我的心思，我不假思索就说了出来：“其实我和香雪想做个民宿，就是投资大。如果我们有民宿，第一是能解决生活问题；第二，我们不出门，世界也可以向我们走来。”

我话音刚落，尹总立刻接过话：“春哥这话说得好，有民宿，世界就可以向你们走来。做民宿适合你们，春哥可以打理民宿，还可以照顾南老师。我这个院子，一年只做烟花三月那一季，就可以把一年的房租连同开支做出来。你们做民宿，我尽我所能支持你们，钱大家凑一凑嘛，就算是入股。”

吴老师也亲切地说：“做民宿投资大，但是为了你们的后半辈子，值得一搏。现在生活条件好，大家都喜欢出去玩。你们找好房源，我和尹总都会帮你们一把。”

聊到这里，加上喝了酒，我整个人很兴奋，觉得民宿终于可以做起来了，因为民宿是我这几年内心最大的梦想。人的梦想，美好的人生啊，真的是如梦似幻……来扬州之前，只想卖书，民宿感觉遥不可及。但来扬州这几天，我感觉民宿这颗种子发芽了，民宿梦一下子就近了，很兴奋。我看看香雪，她也是一脸既不安又期待的样子。整个晚宴，大家都在为我们出谋划策，从资金到运营，等等。这是我多年来喝得最开心的一顿酒，酒足饭饱已经是午夜时分了，大家都尽兴而归。

我带着兴奋、推着香雪回房间，走到门口一下在后面抱住香雪，在她脸上亲了一下：“我们的民宿梦可以实现了。”我说。

香雪比我冷静一些，她微笑着，脸上有期待，也有一丝忐忑。给香雪洗漱完毕上床，已经后半夜了，躺在床上，余兴未尽，想着书卖好了，民宿好像也有希望了，我还是很兴奋。我精神振奋睡不着，就拉着香雪对诗玩。我出了上两句发给香雪：“无有岁月懒芳华，清心一念争朝夕。”片刻，香雪接了下两句一起发过来：“三尺琴台流年远，良宵月上彩云栖。”我看看这诗，还真挺好的，虽然是两个人合写的，但是意境衔接得很完美，就跟一个人写的一样。我给诗取名《扬州月》。想着心中的民宿梦，我感觉吴老师和尹总真的是有帮我们的这份情义，这给了我很大的激励和力量感，很开心。

我跟香雪说：“有吴老师、尹总的支持，民宿可以考虑做了。”

香雪没有马上给出答复，只是轻声说：“还要看实际情况，我们没有什么钱，民宿毕竟投资很大，还是要稳妥一些。”她好像又不忍心打击我的热情，接着说，“当然，如果吴老师、尹总他们真的支持，做民宿的可行性还是很大的。”

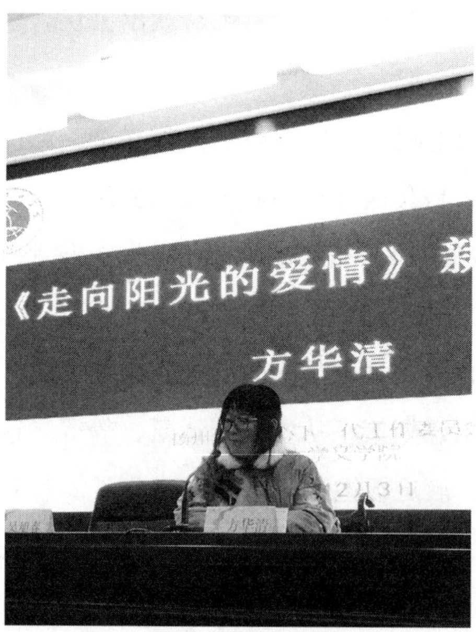

香雪在扬州大学演讲

此刻是深秋，外面微冷，躺在柔软的床上，温暖的被窝，香雪小鸟依人在身边，书出版了，销量也可以，我梦想中的民宿越来越清晰。此刻，我的内心是激动的、温暖的，深秋不再是微冷，好似春天万物勃发……我感觉外边种子在发芽，一切都是万物生长的感觉，我整个人都沐浴在温暖美好的春天里。所有的梦想在春天发芽，民宿就是我梦想的种子，此刻，它已经生根发芽了，我能感受到，那种子破土而出慢慢往上长……多年的期待，突然一下子好像真的要实现了，我有一种亦真亦幻的感觉，有点忐忑……可是，它明明是真的。吴老师和尹总，他们既然公开表态要支持我们，那就证明他们不是一句玩笑话，而是真的有帮我们的一份心。我在深秋的夜里畅想着，心中长出了一个花园，我和香雪幸福地生活在那里……

新书签售的最后一站是扬州大学，是吴老师跟扬大文学院对接推荐的香雪。香雪做了无数场演讲，这是她第一次在大学文学院演讲，讲的还是她的古典诗词。扬大文学院，是无数大师讲课的地方，香雪能来这里演讲，是扬大对香雪古典诗词造诣的一种肯定。签售结束，我们要回歙县了，这天恰好是香雪的生日，晚上，尹总特意在云栖堂准备了好多菜，为香雪庆生，为我们践行。宴席来了很多朋友。晚上八点多钟，吴老师带着送给我的普洱茶急匆匆来了，我和香雪又开心又很心疼她，吴老师每次都是忙里抽闲赶过来的。大家把酒言欢，十分热闹，席间，一位古琴老师演奏的一曲《酒狂》，把气氛推到顶点。我喝了不少酒，意气风发写了一个朋友圈："一个小院子，就是一个江湖，一次相聚，便是一生，未来不远，触手可及，余生无所畏惧。"写罢，我想和香雪合写一首古诗，我写了前两句微信发给香雪："君来一盏茶，对饮琐窗花。"香雪意会地接了后两句，取名《云栖堂》：

"君来一盏茶，对饮琐窗花。弦上拨流水，云栖如我家。"

香雪把这首五绝小诗写在书的扉页，送给尹总以示尊重。我们这次扬州签售，以及和在座的各位相识，都是尹总牵的线。香雪用轻柔的声音把诗读给大家听，表达我们的感谢之情。我们带着满满的收获和对未来的憧憬，回到了歙县。

梦想成真

回到家，休息两天后，我们就满心欢喜地开始寻找合适的老房子了。基于香雪的身体情况，地方不能太偏僻，要不她生活不方便。无论做什么都是要以香雪为核心，这是我生活的基本状态和原则。午后，两个人坐在榻榻米上喝茶，窗外的秋色尽收眼底。徽州的秋天，依旧美得让人窒息，找不出与之匹配的语言来赞美它。想着自己的民宿就在这绝美的山水之间，我和香雪会在那里一起老去，满头白发，是多浪漫的事情。

香雪看着窗外的秋色，她说："渔梁的山水真好。"

我灵机一动："要不，我们的民宿就选在渔梁老街吧。"

我这突如其来的话，让香雪有点惊讶，转而，她眉头舒展，笑着说："可以呀，渔梁老街很有味道，又是徽商码头，还有渔梁古坝，离家近，生活也会方便很多。"

两人确定好地点后，就着手寻找房子。经过了解，老街上很多房子都是公家的，于是，香雪写了租房申请，以及新建民宿策划书，我们去相关部门递交了。领导得知我们要在渔梁新建民宿创业，也给予了大力支持和肯定。我们顺利地签订了房屋租赁合同。2019 年 12 月中旬，这天上午，温度很低，但是阳光明媚，当我在歙县徽投公司办好房屋交接，拿到钥匙的那一刻，我知道我多年的民宿梦实现了。走出办公室，快步下楼梯，走出办公大楼……我的心在一路狂跳，脑海中民宿的样子已经清晰可见，我几乎抑制不住内心的兴奋，想要大声叫出来，但出于男人的矜持，还是忍住了。我骑着电瓶车直奔渔梁老街。二十分钟后，我脚步轻快地走在渔梁老街上，想着每次带香雪来这儿，看到老街两边的房子，两个人都会去想象这些房子里的故事。如今我们在这里做民宿了，自然，那栋老房子里也会装满我们的故事，想到这里，心里激动又幸福。

我拿着钥匙直接走到老街 84 号，打开了那把生锈的锁，推开老木门……这是一座临街的老房，是徽州商铺传统的前店后坊布局，开间三米三，进深大约九米，两层木结构的徽派建筑。老房子建于清末民初，有一百多年的历史，推开门的那一刻，我就感受到了岁月的痕迹，历史的味道。老房子的最后面，连着一栋三层的现代砖混自建房。这就是我们的民宿了。我仔细地看着房子的每一处，脑海中浮现出房间装修好的情景，这栋现代楼房，房间墙面要刷颜色，孔雀蓝、高级灰，窗子要改成落地窗，房门要做成圆顶的……老房子基本保持原貌，前厅要挂香雪的古诗词等等。整栋房子装修好的古朴氛围，我和香雪在这里吟诗写作的情景，在我的脑海浮想联翩。老房子只有一个低低的门槛，香雪轮椅进出很方便。前厅做香雪的诗词主题风格，后面大的区域做一个公区，有茶台、咖啡，用来接待客人做活动。房子后进的墙外有一块荒地，到时候在墙上开一扇边门，把荒地打造成一个花园；已经询问过了，可以给我们做花园。花园里要种上我们喜欢的各种花，四周的墙可以做成篱笆爬藤，当然，一定要栽一棵桂花树，到了秋天，我们的民宿就会沐浴在芬芳的香气中。有个园子，是香雪期待已久的梦，也是她喜欢这个老房子的缘由。晴朗的冬日，春秋的傍晚，我都可以推她到园子里晒太阳，她骨质疏松，需要阳光补钙；夏天，我们可以在花架子底下乘凉，喝下午茶，写诗吟诵。想想都很惬意。在这里，就是我和香雪余生要做的、也是喜欢做的事情。我们在这里会遇见很多人，很多事，可以肯定的是，我们俩的故事一定会更精彩，香雪在这里一定会写出更好的古典诗词。我的心里充满着激动。不过老房子状态不太好，年久失修，破败不堪，看状况就知道资金会超预算。

扬州那边，朋友们知道了都很高兴。尤其吴老师，她很快就付诸行动，把答应我们的资金打过来了。此时，已是年底，马上就是庚子鼠年春节，各单位都放假了，规划审计方案，设计方案等等材料，都过完年再办理吧。这段时间，香雪在本地做了两场新书签售会，网友们陆续购书，香雪签名，年前基本没歇过。两个人都累了，趁着过年正好休息一下，养精蓄锐。过完年，就正式开始装修民宿了，会很忙，但也会很开心。我想，这就是男人的快乐吧，做自己喜欢的事情会累、会辛苦，但更多的是会幸福，会有满足感，会有成就感。心里不由得想和过去的自己说一句："谢谢，谢谢你的努力与坚持。"

春天的徽州，江河青绿，满山的树林冒出了绿叶，野樱花吐出粉嫩的颜色。大自然的勃勃生机，好像一股力量在催促着我，快点行动起来。我迫不及待地联系了设计院，等待做设计的老师来看房子，做设计。想着民宿已经进入实质性阶段，我的心儿不由得充满激情，也非常感谢生命中每一个助力我们的缘分。我时常漫步在清晨的练江边，看江水和青山在烟雾中若隐若现，闻着空气中青草的芳香，转而漫步在石子路上缓缓前行，两边的老房子擦身而过，仿若走入历史的画卷。这天下午，我和香雪照例在榻榻米上喝茶，计划着民宿的进展，心情很舒畅。我提议写诗玩，香雪赞成。我想了片刻，在手机上写出两句七言古诗："一两光阴二两福，三月春风万物苏。"就微信发给香雪接。不一会儿，香雪就接好发过来了："一两光阴二两福，三月春风四野苏。五六七八九十耄，白头如梦心如初。"

看完香雪接的诗句，我真是又惊讶又佩服。她把我的句子改了一个词，然后就把一到十的数字，全都写进去了，而且意思这么通顺、这么流畅，还写出了我的心声。我做民宿，就是要香雪幸福快乐的，我要和香雪一起白发如雪，我的初心到老也不会改变。我认真地给这首古诗取名为《光阴之福》，香雪有我，我有香雪，这样的光阴，我们才有幸福。我想，民宿做起来，我们的生活就好了，我想给香雪的东西，都可以实现。

民宿装修资金还有缺口，这缺口对我们来说是个大数字，为了老了过上理想中温暖的家庭生活，我和香雪决定贷款一搏。毕竟，我们俩都到这把年纪了，人生还能有几次拼搏的机会呢。设计方案一通过，我们就找施工方签订装修合同，盼望很久的民宿终于施工了。这一天，我仿佛年轻了很多，体力精力充沛，恨不得和工人一起干活，以为这样会快一点……遗憾的是，房子边上的荒地，因为某些原因不得不放弃了。香雪已经无数次地幻想过花园里的生活，花园在她心里就是真实存在了，她自然非常失落。我也很失落，但还是振作精神安慰她："人生没有圆满，有缺憾才是常态，失去的东西，只要我们足够努力，命运会以另一种方式还给我们，说不定以后我们还会有花园。"

香雪脸上带着忧伤，她微微一叹："你说得对，只要我们足够努力，命运会以另一种方式还给我们。最起码，我们还有诗歌，诗歌是我们心灵的花园，谁也抢不走，永远在心里芬芳，滋养我们的生命。"

是啊，我们还有诗歌，有诗歌就没什么过不去的。于是，我写了一首诗歌慰藉香雪，《愿你永远微笑》：

“找一块荒地 / 盖一座房子 / 你种下一枝花儿 / 我养几只狗子 / 你怨狗子摧残花瓣 / 我说花香诱惑狗子 / 花儿应季而来 / 狗子贫富不离 / 生活万般不易 / 你送我温暖 / 我护你周全 / 愿你永远微笑。”

2021年春天，在经历了意料之外的坎坷之后，民宿终于装修好了。这半生的经历也告诉我，苦难是生命的养分，一个没有经历过苦难的人，其他的东西都是肤浅的。因为渔梁老街形状是一条大鱼，香雪以我们名字各取一字，民宿取名为大鱼春华。开张这天人很多，岳母和家人也很高兴地来了。和当初结婚的时候截然相反，结婚那天人们表情严肃，不苟言笑，而今天每一个人都笑容满面，笑容里带着真诚，带着祝福。他们都在说：“你们夫妻俩太了不起了，让人佩服。”结婚十三年整了，一路走来体会过各色的人和事，但我们依然是最初的我们，岁月在脸上留下痕迹，同样也增加着生命的重量，这份重量足以改变别人眼中的自己。所以，不争，不辩，是最好的人生姿态，命运自会给出所有的答案。

我把香雪出版的三本书放在民宿最显眼的位置。情感与文字是我们这个民宿的独有属性，我相信一个有温度的人会让人心生欢喜的。我把香雪送我的结婚五周年那首词《诉衷情》，找人刻制成牌匾，挂在民宿前厅，情真意切的诗句，每次看过都会心头一暖。在后面喝茶的公区，又刻制了香雪一首写喝茶的《十六字令》：“闲。竹径清幽彩袖翩。煎茶乐，遗世一枝莲”。雅致应景。

香雪微笑着说：“我把你的《百字令·家》手写下来，挂在民宿前厅的茶桌旁边，那首百字令，你写出了家的核心，夫妻同心，温暖幸福。”

“好呀，那要辛苦老婆了。”我高兴地笑着，也心疼香雪两根手指写字辛苦。

四月的傍晚，夕阳暖洋洋地照在身上，照在练江里反射出星星点点的光芒，好像天上星星掉进了练江。我带着香雪，在练江边的“李白问津处”，给她拍了很多穿汉服的长发美照，然后，两个人沿着老街熟悉的鱼鳞路往回走。两旁的徽派老房子一栋挨一栋，在夕阳下光影交错，勾勒出一幅黑白水墨画。古老的墙壁已然斑驳，一棵桂花树从墙头探出绿荫，每次经过都感觉它在向我们致意，到了秋天它会很香。我推着香雪，因为石子路颠簸，走得很慢很慢，仿佛走在通往世外桃源的路上，轻轻地、生怕这份宁静被惊扰。悠长的渔梁老街前方，最高的鲫鱼背上，就是我和香雪的家，那里有我们的故事，我们的温度，我们的希望和梦想。未来会是什么样子，我不知道，但我相信一定是好的。生命把香雪送给我，伴我追梦行走，有香雪伴我走过春秋，这人世就是美好温柔的。两个人一路慢慢地走着，轻声说笑着，不觉走到了民宿门口，抬头看见“大鱼春华”，回家了。

我们的民宿

后记 笑对命运

一

要说这辈子，我最有成就感的事情，一个是遇到华清，把她照护得很好，另一个就是写了这本书。书稿完成之后，我曾问自己，一个不懂写作的人，为什么要写这样一本书？想成为作家？还是获得名利？仔细想想，都不是，只是觉得自己这一路走来很不容易，经历了很多，很丰富，很精彩。我做到了可以笑着面对命运，跟命运做对抗。从一开始流浪、打工、吃不饱饭，走到今天，我一直坚持着自己对生活的向往，对家的向往，对温暖的向往。直到遇见华清，我和她组成了一个家。人生没有十全十美，虽然华清身体残疾，她的生活事无巨细都需要我照料，但她却是我最温暖的慰藉和力量。我们这个家很温暖，也很不容易，琐琐碎碎的照料，十四年了，我还把她照顾得这么好，心情还很快乐，自己想想都觉得不可思议。这十四年，两个人相互依靠，砥砺前行，面对困难从不退缩，都是迎难而上，经历的事情太多了。我觉得有生以来，直到现在，真的是足够精彩，是非常值得用文字把它记录下来的。若干年之后，可以重温人生的精彩，向曾经的自己致敬。

二

对我这个 “家庭主夫 ”来说，搞长篇写作，难处是多方面的，我要事必躬亲地照顾华清的日常琐事，做饭洗衣服，打扫卫生。然后，还要打理民宿日常，有时接待客人，时间上是极其苛刻的。我每天都强迫自己去挤时间，不能放松。高强度写作一个月之后，体力、脑力都很累了，就把生活中能省的事情都给省了。以前桌子上干干净净，地板拖得发亮。写作之后，桌子上堆满了杂物，地板不一定多久拖一次。包括吃饭也是很简单，烧一顿饭吃一天，更多的时候是到门口的小店买点儿吃。我尽量把时间和精力多一点留给自己思考、打腹稿，这样晚上写作才能一气呵成。但是不管怎么样，每天早上我都会冲一大碗蜂蜜和华清一起喝，一起吃钙片，每天和华清吃一个水煮蛋，保证身体的营养健康。写作对我来说，一是从没写过，二是我必须得心无旁骛才能写。每天晚上给华清洗漱完毕，抱上床之后，我才能静下心来。就这样每天通宵写，白天睡觉，坚持了三个月。我知道自己是一个惰性极强的人，写作中间不能停，这股劲儿一直要拽着，一旦松开了，就不知道什么时候才能动笔了。我也告诉华清：“你督促着我点儿，一天可以少写，但是每天都必须要写。”华清也是很严格，每天盯着我的进度，尤其是下午茶时间，两个人一边喝茶一边聊聊稿子，写作思路就会清晰很多。这么繁琐的生活工作状态下，十七万字的书稿，三个月完成，我相当于是用命来写的。还好我是幸运的，有个作家妻子，我写作的时候，华清就做我的助手，帮我整理文稿，修改错别字，发现稿子中的问题她会及时提醒我。我这三个月的写作，离不开华清的陪伴和辅助，她为我节省了时间和精力，给了我很多鼓励和支持。

这本书是长篇自传体，我是在写自己过去几十年的经历，但是写作的时候，我会跳出自我，以旁观者的角度来看待自己，把过去的一些痛苦和艰难，幸福和快乐，里里外外又重温了一遍。由此，不但磨炼了我的意志，我也得出了一个重要的生活真谛，活着真好，有家真好，活得精彩更加好。

三

借由华清，我认识张大诺老师也十几年了。在张大诺老师的提议和指导下，才有了这本书的诞生。写作是我过去不敢想象的事情，那不是我生活中的东西，完全不懂。具体的写作步骤，都是张大诺老师教我的。光是总纲，在张老师的要求下，就写了六千来字，当时还觉得，没必要写这么多吧。在写作的过程中，我才深刻意识到总纲的重要性，它让我写作思路清晰，主题不会跑偏。我写东西都是随着自己的性子来的，由于没有写作基础，有时候，我会不知不觉地把它写成一个记事本了。张老师跟我说：“你要写的是重点细节和画面，这个内容要占到一节内容的百分之七十。”张老师还经常会提到一点：“某一些场景、心理活动，它其实就跟电影一样的，高潮的镜头，它是要按帧、按秒来写，不能A写完，三言两语就跳到D去了。”张老师的指导很接地气，让人一听就懂，而且感觉很容易做到。就是在这样一种情况下，我慢慢明白了，写书的重点是细节情节和画面，对话也丰富了。由于特殊的家庭和生活，我都是晚上写作，后半夜交稿，老师早上六七点钟就会及时回复，偶尔中午回复的，能听到老师那边很嘈杂，老师边走路边说话呼哧呼哧的声音。一旦老师给我发语音，而且是好几条的语音，那就是稿子有问题了。老师会详细地说清楚问题在哪儿，我再按老师的要求修改。有一次，自我感觉写得还可以，就高兴地睡觉了。结果一觉睡醒，看到老师留了好几条微信语音，我头就大了，愁眉苦脸地对华清说：“老师又语音……”华清温柔地安慰我：“没事，听听老师说什么。”结果一听，原来老师说我写得很好，高兴地把我表扬了一通。我松了一口气，非常开心。过了一会儿，我忍不住又打开老师的语音，对华清说：“再听一遍，老师夸人的声音很好听。”华清的小眼睛里闪过狡黠的微笑。

生命中有些遇见，是很奇妙、很荣幸的，遇见内心那个最好的自己，我才能够呈现出如今这样的人生；遇见张大诺老师，我才会写出这本书。生命是一把锁，张大诺老师是打开我智慧之门的钥匙。真的非常感谢张老师，他对我的指导很认真，关键是老师也不图我回报他什么，纯粹的义务指导。张大诺老师就像华清说的，他是一个真正的先生，一个人格高尚的人。

四

如果没有遇到华清，我绝不会想到能活得如此有质量：阅读、写书、理解世界，找到幸福密码。此生，非常感谢我的父母和姐姐、养育我成长的内蒙古故乡，那是我生命起源的钥匙，是给我和华清打开温暖之门的人和地方。感谢华清的父母养育了华清，她是我这辈子收获最美的礼物。特别要感谢黄山市和歙县政府各部门，多年来对我和华清的关怀和支持，以及对我这本书出版的支持，我们走到今天，取得这么多成果，离不开党和政府的关爱。当然，还有华清，遇到她是我人生的分水岭，遇到她是我生命的另一种开始，时至今日，我才没有浪费时光；遇到她，我把曾经破碎的生活都重新组装还原，并且更加丰富了。华清是“中国好人”，我们的家庭是“全国最美家庭”，诸多沉甸甸的荣誉，是对我们最好的肯定。最后，我要衷心感谢那些在生活中默默地给我们温暖帮助的人们，比如善良的吴院长夫妇，每次华清生病、我生病，都没少麻烦他们；多次帮助我们的孙大爷夫妇，我们有什么事情，都是他们车接车送的；合工大的王博士，扬大的严老师、吴老师，扬州的小苏，都给予了我们无私的帮助；还有以前的邻居们，华清的朋友们、小姐妹们，太多普通而重要的人，没有办法在这里一一列举。我想对你们说，感谢相遇，温暖的记忆就是人生很美的一道风景。

——吴旭春 2023 年 1 月写于歙县渔梁